KB115909

흐르는
강물처럼

흐르는 강물처럼

1판 1쇄 발행   2021년 4월 15일

지은이   김행자
발행인   이선우
펴낸곳   도서출판 선우미디어
　　　　　등록 | 1997. 8. 7 제305-2014-000020호
　　　　　130-100 서울시 동대문구 장한로12길 40, 101동 203호
　　　　　☎ 2272-3351, 3352 팩스: 2272-5540
　　　　　sunwoome@hanmail.net
　　　　　Printed in Korea ⓒ 2021. 김행자

값 13,000원

ISBN 978-89-5658-660-1 03810

흐르는 강물처럼

김행자 자전에세이

선우미디어 sunwoomedia

작가의 말

나의 수필집 1집 『삶의 향기』에 이어서 2집 『흐르는 강물처럼』은 자전적 수필입니다.

2020년은 내 나이가 80세가 되는 해입니다.

어느새 내가 80세가 되었나 하고 세월이 빠름을 실감하며 내가 80년이나 살아온 긴 세월을 되돌아보면서 즐거웠던 일 힘겨웠던 일, 보람된 일 등 지금껏 살아온 과정을 책으로 엮어 보려 합니다.

천진했던 어린 시절, 꿈 많던 여학생 시절, 이상적인 포부가 컸던 대학 시절, 무지갯빛의 나의 장래를 꿈꾸던 처녀 시절, 결혼은 상상한 것과는 사뭇 달라서 실망했던 일, 그래서 현실의 상황을 극복하려고 애쓰며 살았던 역경의 세월, 햇병아리 교사에서 교장이 되기까지의 나의 노력과 성장의 세월, 고등학교 교사에서 대학교수가 되기까지의 남편의 노력과 아내의 내조, 4남매의 출산, 그들의 성장과 교육 그리고 그들의 결혼, 그리고 43년간 나의 교직 생활과 가정주부, 4남매의 엄마, 며느리로서 형수로서 아내로서 살아온 53년의 세월을 이 책으로 엮었습니다.

이런 삶도 있었구나! 하고 읽어봐 주시면 감사하겠습니다.

80년을 살아온 그 과정의 희로애락과 보람 있게 살았음을 자부하며, 그런 나의 삶에 항상 하나님이 함께 하셔서 돌봐 주셨기에 오늘의 내가 있었음을 하나님께 다시 한 번 감사드립니다.

2021년 새봄

매원 김행자

차례

제2부 푸르른 계절

제 3 부 향기로운 계절

제4부 축하의 글

1

초록의 계절

요람에서부터 대학까지

경주김씨 갈천공의 후손, 참판공파 11세손 나의 아버지

경기도 용인군 기흥면에는 경주김씨가 많이 모여 사는 경주김씨 집성촌이다.

나의 아버지, 김한(자)식(자)(金漢植) 씨는 경주김씨 집성촌인 경기도 용인군 기흥면 하갈리에서 태어나셨다. 아버지는 경주김씨 갈천공(葛川公)의 후손 참판공파(參判公派) 11세손이 되신다.

경주김씨 갈천공(葛川公) 김원립(金元立, 1590~1649) 장군의 후손이다. 장군은 조선조 인조 임금 때 병자호란이 터졌을 때 능주목사이셨다. 나라에 위기가 닥치자 떨쳐 일어나 문관이었음에도 의병 3천 명을 모으고 북진하여 경기도 광주 벌판에서 호병을 크게 무찔렀다. 그리고 승전한 기세를 몰아 상경하던 중 임금이 삼전도 벌판에서 용골대에게 항복했다는 치욕의 소식을 듣는다.

전투를 멈추라는 하명을 받고 장군은 의병을 해산하고는, 벼슬을 내놓고 울분을 참으며 고향으로 내려가시던 중 지금의 기흥면 일대에 자리를 잡고 사셨다 한다. 후일, 김원립 장군이 돌아가시고 당시의 임금이 장군의 생전의 공덕을 기리어 갈천공(葛川公)이라는 시호를 내리셨다.

　그 후, 기흥면 일대에 갈천공의 후손이 퍼져 살았는데 마을 이름
도 갈천공의 칡갈(葛) 자를 따서 갈천공이 사시던 지역은 구갈리(舊
葛里), 새로 생긴 마을을 신갈리(新葛里)로 행정상 지명이 되었다.
또 기흥면의 중심으로 동쪽에서 남쪽으로 휘어져 흐르는 개천[葛川]
을 따라서 개천의 상류 마을은 상갈리(上葛里), 개천 하류 마을은 하
갈리(下葛里)로 불렀다.

　갈천공(葛川公)의 후손 중 참판공(參判公)은 하갈리(下葛里)에 뿌
리를 내리고 그분의 후손이 퍼져 하갈리 일대에서 살아 내려왔다.
나의 할아버지는 참판공파(參判公派) 하갈종중의 후손으로 갈천공
(葛川公)의 10세 손인 김(金)자 정(正)자 옥(玉)자는 나의 할아버지
이시고, 택호는 '감바위댁'이다. 나의 아버지 김한(자)식(자)(金漢植)
씨는 감바위댁 김정옥 씨의 셋째 아드님으로 참판공파의 11세손으
로 태어나셨다.

　고조부님, 증조부님, 조부님 대에서는 가난한 선비 집안으로 벼슬
도 하지 않은 채 농사를 지으면서 사셨다. 3대 독자로 태어난 나의
할아버지는 자수성가하셔서 당대에 많은 재산을 일구어내셨다.

　할아버지께서는 한학만 공부하셨어도 현실에 대한 감각이 매우 뛰
어나셨다고 한다. 농사를 지으셨지만 농사지은 곡식들을 효율적으로
운영하여 해마다 계속 땅을 사서 재산을 늘리셨다고 한다. 상업적인
면에서도 운영방법이 창의적이고 뛰어나셔서 그 당시에 이미 금융조
합(지금의 농협)에서 융자도 받아 영농에 활용하셨다고 한다.

아들 삼형제를 위해 서울 혜화동에 집을 사놓고 상업학교(지금의 동성상업학교)에 보낼 만큼 교육열도 높으셨다. 할아버지는 벼농사 외에도 담배 농사도 크게 지으셨는데 중간 상인에게 팔지 않고 담배 농사를 짓는 동네의 다른 사람들의 것까지 모두 모아서 직접 서울 연초공장에 가서 높은 값에 팔고 오시는 등 상업적인 수완도 뛰어나셨다. 현대의 협동조합을 이미 그 시절에 운영하신 셈이다.

내가 어릴 때 뵈었던 할아버지는 근검절약하며 동네의 모든 사람에게 모범적인 분이셨다. 농토가 많아서 농토 일부는 소작농에게 소작으로 주기도 했지만, 육십 마지기의 논은 머슴을 두고 직접 지으셨다고 한다. 가을마다 수확한 곡식들을 내다 팔아 계속해서 땅을 사셨다. 절약하는 자세가 몸에 밴 분이셨다. 겨울에도 잠시도 놀지 않고 집에 새끼 꼬는 기계를 사놓고 타작하고 나온 많은 볏짚으로 새끼 꼬기와 가마니 짜기 등을 하여 볏짚 하나도 버리지 않고 수입을 올리셨다. 이런 할아버지의 근면함과 부를 늘리는 수완 덕에 당대에 가난에서 벗어나 큰 부자로 성장할 수 있었던 것이리라.

감바위댁 막내아들인 우리 아버지가 결혼할 당시에 이미 할아버지께선 아들 3형제분께 각각 3~40마지기의 논과 산, 밭도 3~4천 평씩 분배를 마치신 후라고 한다. 할아버지의 근검절약 정신과 사업적인 남다른 아이디어와 창의력… 이런 분위기에서 자란 아버지의 형제분들은 서울에서 모두 동성상업학교를 졸업하고 은행에 발령을 받으셨다. 그러나 세 형제분 모두 은행원을 마다하고 모두 각자 사업을 벌여서 운영하셨다. 제일 큰아버지는 안양에서 물산상회를 크게 운영하셨고, 둘째아버지는 수원에서 제재소를 나의 아버지는 안양에서 철물상회를 열었다. 아버지는 성공적으로 사업을 운영하고 계셨는데 광복 후 지인에게 큰 사기를 당하고 문을 닫아야만 했다.

아버지는 낙향하여 할아버지가 물려주신 농토에서 농사를 짓기 시작하셨다. 그 후 어찌된 일인지 모르나 큰아버지와 둘째아버지도 고향으로 내려오셔서 결국 삼 형제가 모두 하갈리에서 살게 되었다.

4·19후에 아버지 형제분들의 스승이셨던 장면 박사가 부통령이 되시고 둘째아버지가 용인군에서 민의원이 되신 후 아버지 형제분들에게는 정치 바람이 불었다. 먼저 둘째아버지 댁이 서울로 이사를 하였고, 큰아버지 댁이 그 다음, 우리 집도 1968년에 서울로 이사를 하였다. 아버지는 서울로 이사한 후 건축업에 종사하시면서 우리 사 남매를 모두 대학 공부를 시켜주셨고, 집도 한 채씩 마련하도록 주선해 주셨다.

아버지는 1996년 8월에 위암으로 돌아가셨다. 아버지도 할아버지, 할머니를 닮아서 근검절약이 몸에 배었고 부지런하셨다. 순수하고 정의롭고, 불쌍한 사람들을 항상 도와주는 데 앞장섰다. 자상하지는 않아도 자식 사랑하는 마음은 진정 대단했고, 나에게도 딸이라 하여 차별하지 않고 맏이라는 믿음으로 대해주셨다.

말년에는 내가 교감이 되었다는 것을 자랑으로 여기며 내가 초등학교 시절 학교 담임선생님이었던 이민수 선생님과 술벗으로 지내면서 나의 어린 시절 이야기를 추억하며 지내셨다고 한다. 내가 교장 강습을 받던 여름 방학에 교장이 되는 것을 끝내 보지 못하고 돌아가셨지만, 교감까지 된 나를 항상 자랑스러워하셨다.

또 아버지는 애처가로, 그 험한 농사를 지을 때도 어머니한테는 밭에 김매거나 농사일은 한 번도 시키지 않으셨다. 몸이 약한 어머니 걱정으로 해마다 보약을 한 재씩 지어서 잡숫게 하시었다. 그러던 당신은 건강하다고 병원에 한 번 안 가시더니 어머니보다 5년 먼저 위암으로 돌아가시다니….

병환을 일찌감치 알아채지 못한 자식들의 불효로 치료의 때를 놓쳐 돌아가시게 했으니 이 불효자식은 가슴이 아프고 통탄할 일이었다. 아버님 죄송합니다.

나의 어머니

　나의 어머니는 화성군 장안면 사곡리 사수러지 마을에서 태어나셨다. 해풍김씨 가문으로 외할아버지 김남규 씨와 외할머니 이(순희) 씨 사이에서 장녀로 태어나셨다.

　외할아버지는 조선 시대에 선전관 벼슬을 하신 분의 후손으로 사남매 중 둘째아들로, 큰할아버지는 아들 형제만 두셨고, 셋째아들인 작은할아버지는 아들만 육형제를 두셨다. 둘째아들이신 나의 할아버지 김남규 씨는 맏이로 아들을 낳고 두 번째로 딸을 낳으셨는데, 그 딸이 우리 어머니이시다.

　외할아버님 삼형제 분 중에서 둘째 집에서만 딸을 낳아서 세 집안 중에 경사가 났다고 모두 좋아하셨다. 그래서 우리 어머니는 세 집안 중에서 귀한 딸로 어른들과 사촌오빠, 사촌 남동생들이 모두 좋아하며 따르고 귀여움을 받으며 성장했다. 어머니 밑으로 남동생과 여동생이 셋이나 생겨 육 남매가 되었다. 첫째 딸인 우리 어머니를 세 집안의 꽃과 같이 여겨 세 집 어른들 중 어느 한 분이 서울에 볼일이 있어 다녀 오실 때에는 백화점에서 꼭 어머니의 선물을 사다

주셨을 정도로 세 집안의 꽃으로 귀여움을 독차지하며 성장하셨다고 한다.

세 집안이 모두 대지주로서 수확철인 가을에는 소작인들이 농사를 지어 몇 마차씩 실어 오니 그것으로 풍족한 생활을 하였다고 한다. 외가는 농촌이었지만 실제로 농사는 짓지 않고, 가을철마다 소작민으로부터 농작물을 공급만 받고 사신 셈이다.

외할아버지는 젊은 시절부터 장안면 조암리에서 양조장을 운영하여서 부족함을 모르고 사셨다. 그런데 외조부님께서 어머니가 결혼하기 전에 일찍 돌아가셔서 어머니의 결혼 말이 있을 즈음엔 큰외삼촌과 외조모님께서 어머니의 결혼문제를 주관하셨다.

큰외삼촌은 서울의 휘문고보를 졸업하신 분으로 신학문을 한 친구들과 어울려 학문과 문화를 논하며 즐기는 고등지식인 부류에 속한 분이었다. 일본과 만주 등을 여행하는 등 그 시대의 고등 룸팬이었고 문화인이셨다. 그러느라 큰외삼촌이 할아버지가 돌아가신 후 집안의 재산을 많이 탕진하셨다. 일본인은 한국의 지식인을 좋은 자리에는 취업시키지 않았던 시대였으니, 큰외삼촌은 시시한 곳에는 취직하기도 싫어했지만 그렇다고 농사를 지을 그런 사람도 못 되었다. 일제하에서 조선의 지식인들은 써주는 곳도 없고 과거제도가 있는 시대도 아니기에 농사는 할머니가 일부는 소작을 주시고, 머슴들과 함께 농사를 줄여서 지으셨다고 한다.

외삼촌은 집에 있는 재산과 재물을 가져다 쓰기에 바쁘셨다. 그런 속에서도 외갓집 가정의 분위기는 문화와 문명을 즐기며 사는 재산 많은 농가 지주 집이었다. 유성기도 사놓고 유행가도 틀어놓고 즐기며 살던 부잣집, 어머니는 그런 분위기에서 자란 처녀였다. 가정일은 하인들이 다 했으니 그야말로 손에 물 한 번 묻히지 않고 자수나 놓고 바느질이나 하는 곱게 자란 구중궁궐 처녀 같았다. 그 무렵에 우리 아버지 쪽, 나의 친가에서 혼인 말이 들어왔고, 어머니는 우리 친가 쪽 사람들의 옷차림새나 분위기를 보고 맘에 들지 않았다고 한다. 그런데 큰외삼촌의 적극적인 의견으로 아버지와의 혼사가 이루어졌다.

큰외삼촌은 지주의 자녀로서 신교육을 받았으나 일제강점기 시대 취직도 못 하고 무위도식하는 그 시대의 젊은이 중 하나였다. 그래서 시대적 상황에 불만이 많았던 큰외삼촌은, 우리 아버지는 자수성가한 집안의 아들로서 현실적이고, 실용주의자로 직접 사업을 하는 것을 장점으로 여기게 되었을 것이다. 아버지 집안을 좋게 보고 어머니와의 결혼을 적극, 추진하였을 것이다.

아버지도 그 당시 상업학교를 나오셔서 월급 받는 은행원을 마다하고 철물점을 경영하였으니 큰외삼촌은 아버지의 그런 점을 높이 평가하였다고 한다. 현대에서는 그런 사람이야말로 앞으로 대성할 것이라 여기고 신랑감으로 매우 좋게 보셨던 것이다.

어머니는 결혼 후 할머니, 할아버지가 사시는 시골 집에 한동안 머무르며 시집 생활을 하셨는데, 시집 오면서 조존비(몸종)까지 데리고 오셨다. 당시 어머니가 본 시집의 분위기는 할머니, 할아버지는 문화적이라든가 고급스럽다든가 이런 것과는 거리가 멀고 근검절약이 몸에 배이고 실용적인 것만을 따지는 집안이었기에 시댁에 대한 불만이 많았다고 한다. 할머니, 할아버지께서는 아무리 땅이 많고 부자라 해도 하인까지 데리고 온 새 며느리가 곱게 보이지 않았던 것이다. 또한 저녁 늦게 등잔불을 켜놓고 늦게까지 바느질을 한다 하여 석유 닳는다고 밤에까지 일을 하냐며 새댁을 매우 나무라셔서, 저녁에는 일찍이 불을 끄고 자야만 했단다. 데리고 온 몸종이 양식을 축 낸다고 구박까지 하여서 하인을 친정집으로 돌려보냈단다.

그 하인이 어머니 친정으로 돌아가서 "아가씨가 시집을 잘못 갔어요. 아가씨가 불쌍해요." 라면서 통곡을 하였다고 한다. 가사 일도 안 해보던 어머니는 몸종을 돌려보내고 집안일을 감당하기 매우 어려우셨을 것이다. 다행히 아버지가 셋째아들이어서 몇 개월 시골에서 살다가 안양에 상점이 딸린 집을 사주셔서 따로 살았으니 그나마 고통은 그리 오래 겪지 않았다. 비로소 안양에서 어머니는 신혼생활을 자유롭게 시작했다. 그러나 시집과 친정의 분위기가 천지 차이였음을 뼈저리게 느꼈었다고 한다.

어머니는 곱고 현숙하신 분이셨다. 행동이 얌전하고 조용조용한 천상 '여자'이셨다. 평소에도 정갈하고 고급스런 옷으로 골라 입으셨으며, 우리에게도 항상 단정한 몸가짐과 맵시 있게 옷을 입도록 지도하셨다. 그때는 우리나라는 광복되기 전이어서 우리나라에서는 주부 잡지 같은 것은 발간도 되지 않던 시절이었다. 일제강점기에 초등학교를 나오셔서 일본글을 읽고 쓸 수 있었던 어머니는 일본 주부 잡지인 『주부지우(主婦の友)』를 구독하였다. 그 잡지에는 아동복 만들기가 나오는데 그 본을 떠서 재봉틀로 우리의 옷을 만들어 입히곤 하셨다. 그래서 우리 형제들은 항상 수원이나 도시의 상점에서도

팔지 않는 옷을 입고 학교에 다녔다. 꽃무늬 포플린을 수원시장에 가서 떠다가 원피스, 블라우스, 멜빵 주름치마 등을 만들어 나에게 입히셨다. 그때 아이들은 치마저고리에다가 보자기에 책과 공책을 말아 허리춤에 매고 학교에 다녔는데, 나는 귀여운 양복을 입고 가죽가방을 메고 운동화를 신고 학교에 다녔다.

"너는 이런 옷을 어디서 사니?"

"사지 않고 우리 엄마가 만들어 주셨어."

"너의 엄마는 참 솜씨도 좋다, 이런 옷을 만들어주시고….."

도시적이고 세련된 나의 차림에 친구들이 부러워했다.

우리가 농촌에 살았으나 우리 집에는 예쁜 그릇들을 넣어두는 진열장이 있었는데 예쁜 무늬의 고급 그릇들이 그득 진열되어 있었다. 집안도 농촌의 집 같지 않고 정갈하게 가꾸셔서 도회지의 세련된 집 같은 분위기였다. 어머니는 항상 책을 읽고 계셨다.

하교하여 집에 왔을 때도 다른 아이들은 엄마, 이버지가 숙제를 봐준다든가 공부를 가르쳐 주는 건 엄두도 못 내던 시절이었다. 어머니가 우리 형제들에게 항상 공부를 시키셨고 숙제도 돌보아 주셨다. 어머니는 우리 사남매가 교양 있는 딸과 아들이 되도록 가정교육에 신경을 쓰셨던 것이다.

학교에서 학부모 회의가 있을 때에도 어머니는 다른 어머니들보다 특별했다. 우아하고 고상한 어머니는 항상 학부모 중에서 군계일학 같았다.

내가 결혼하고, 직장 생활할 때 우리 아이들도 키워주셨고, 나 대신 아이들 학교에 학부모로 따라다니시곤 하셨다. 맏딸인 나를 어머니는 친구같이 의지하며 나에게 모든 것을 상의하셨다.

어머니가 연세가 드시고 병환이 나셔서는 아들네 집에서 계셨다. 내가 교장으로 있을 때여서 학교 일에 바쁘다는 핑계로 자주 가서 돌봐드리지도 못했던 불효자식이다. 어머니가 쓸쓸하게 외롭게 가시게 한 것이 두고두고 가슴 아프고 안타깝다. 어머니 죄송합니다.

볼품없는 계집아이

나는 1941년 4월 1일(음력 2월 7일), 경기도 용인군 기흥면 하갈리 가부동 마을, 할아버지와 할머니께서 계시던 불당골 집에서 태어났다. 아버지 김(金)한(漢)자 식(植)자는 경주김씨 참판공파의 10세손 감바위댁 김정옥(金正玉) 조부님의 셋째아들로 내가 그분의 장녀로 태어난 것이다.

후일 어머님한테서 들은 이야기로는 어머니께서 나를 임신하셨을 때 열 달 내내 입덧이 심하여 아기가 태어났을 때는 뼈와 가죽만 붙은 볼품없는 계집아이여서 할아버지와 할머니께선 별로 반기지 않으셨다고 한다. 산모가 젖도 잘 안 나와서 아기는 석 달이 지나서야 아기다운 모습을 갖추었다고 한다.

어머니는 시댁에서 해산하고는 한 달 후 신혼 생활 터전인 안양으로 돌아와서 나는 안양에서 성장하였다.

그럼, 나 개뿔 줘

안양은 아버지의 외가 집안이 부자로 기반을 잡고 사는 고장이었다. 아버지의 큰외삼촌께선 서울 종로에 있는 화신상회(화신백화점)에서 큰 점포를 운영하셨고, 작은외삼촌은 시장에서 큰 상점을 운영할 만큼 그 당시 상업의 이치를 일찍이 터득한 개화한 분들이었다. 그래서인지 나의 큰아버지께서도 안양에서 크게 물산상회를 운영하셨고 나의 아버지도 큰댁 점포에서 멀지 않은 곳에서 철물점을 운영하셨다. 아버지의 철물점에는 작은 못에서부터 큰 것은 커다란 농기구나 가마솥까지 없는 것이 없었다. 그래서 우리 세 식구 살기에는 부족함이 없었다.

나는 3개월이 지나면서 성장이 유난히 빨랐다고 한다. 10개월부터는 걷고 말도 빨라서 첫돌 날 어른 손잡고 자신의 돌떡을 이웃집에 돌렸을 정도였다.

나의 어머니는 여성스럽고 아름다우셨다. 그런데 나는 어머니를 닮지 않고 아버지만 닮아서 남자아이 같고 성격이나 하는 행동도 남자아이 같아서 딸이 예쁘기를 바랬던 어머니가 서운했던 적이 많았다고 한다.

장난감으로 인형을 사주면 팽개쳐두고 자동차나 기차 같은 장난 감만 좋아하고 장난감 트럭에 모래를 잔뜩 싣고 '빠방빠방' 하며 흙 바닥에서 놀기를 좋아하였다. 입고 나갔던 옷도 놀이터에 그냥 버리고 오기가 일쑤였다고 한다.

2살 때는 모르는 말이 없을 정도로 언어 구사 능력이 뛰어났다고 한다. 큰댁에 갔을 때마다 큰어머니께서 간식으로 과자를 주곤 하셨 단다. 어느 날 큰댁에서 어머니한테 "엄마 나 먹을 거 줘!"라면서 조 르니까 곤란해진 어머니가 그런 소리 하는 거 아니라고 타이르셨는 데 큰어머니가 일어서시면서 "우리 행자, 뭘 줄까? 개뿔이나 있어야 지." 하셨다. 나는 얼른 "그럼 엄마, 나 개뿔 줘." 했단다. 그것이 일화가 되어 큰어머니는 두고두고 나를 만날 때마다 "네가 어려서 그렇게 말도 잘하고 영리했단다." 하시면서 웃곤 하셨다.

우리 옆집엔 일본 사람이 하는 우동가게가 있었는데 그 집 부인이 아이가 없어 나를 매우 예뻐했단다. 그래서 그 집에 자주 갔는데 일 본 동요를 많이 가르쳐주어 여러 가지 동요를 같이 부르며 놀았다. 3살짜리 어린애가 음정 박자 하나도 안 틀리며 못하는 노래가 없다 고 칭찬도 많이 들었다고 한다.

그때 일본말로 부르던 노래 가사와 곡을 지금도 서너 가지는 뜻도 모르면서 따라 부를 수 있는 것이 있다. 어릴 때의 기억이 그렇듯 오래 기억될 수 있을까? 하고 스스로 놀랍기도 하다. 그런데 아마도 광복 후 큰아이들이 부르는 노래를 따라 불러서 지금까지 기억되는 것이 아닐까.

나는 숫기가 좋고 변죽이 좋아서 어른들에게도 거침이 없는 아이였다고 한다. 크고 작은 사건들을 끊임없이 일으키곤 했다.

명절이나 집안에 큰 행사 때나 시골 할아버지 할머니를 뵈러 갈 때면 수원까지는 기차를 타고 갔단다. 기차 안에서도 나는 자리에 가만히 앉아 있지 않았다. 잠깐 딴 데 신경 쓰다보면 눈 깜짝할 새 아이가 없어지곤 했다. 어느새 멀리 떨어진 곳까지 가서 낯선 신사의 무릎에 앉아서 "아저씨, 아저씨"라면서 과자를 얻어먹고 있었다고 한다.

내가 세 살쯤, 여름철이었던 것 같다. 진화아줌마(이모)가 나를 데리고 용산의 작은외삼촌댁에 간 적이 있었다. 작은외삼촌이 갓 결혼하여 신혼집 방문이었던 것 같다. 새댁인 작은외숙모는 점심 식사 준비로 부엌에 있었을 것이다. 방에 앉아 있던 나는 햇볕이 잘 비추는 미닫이 방문을 살그머니 열었더니 햇볕이 쨍쨍하게 내리쬐는 툇마루엔 큼직큼직한 조기들이 잔뜩 널려 있었다. 여기서 사건이 벌어졌다. 나는 먹음직스런 조기의 살점을 떼어서 먹었는데 그만 가시가 목에 걸렸고, 고통스러운 나는 그만 울음을 터트렸다. 어른들이 아이 목에 걸린 가시를 빼내느라 소동이 일어났다. 셋방을 사는 외숙모는 주인집에서 널어놓은 조기를 손님으로 온 어린애가 몰래 먹고 가시가 걸려 소동이 났으니 주인집에 미안하고 어린애를 데리고 간 이모는 새댁 올케한테 미안한 노릇, 나로 인해서 여러 사람이 곤란을 겪었다.

어느 해 겨울철, 안양에서 신갈로 이사하기 며칠 전 저녁 식사 후,

어머니는 나를 데리고 큰어머니께 인사하러 갔다. 화로에 불이 담겨 있었는데 화로를 윗목으로 밀어놓고 큰어머니와 어머니는 아랫목에서 이야기를 나누었다. 아마 어린애가 따라왔으니 위험하니까 윗목으로 밀어놓았을 것이다. 보통 아이들은 남의 집에 왔으면 엄마 곁에 얌전히 붙어앉아 있을 텐데 나는 그러지 않았다. 어른들이 이야기하는 동안 나는 노래를 부르며 앞으로 갔다 뒤로 갔다 하며 놀았다. 그렇게 뒷걸음질 치다가 윗목에 놓인 화로에 털썩 주저앉아 버리고 만 것이다. 그리하여 나는 온통 엉덩이를 데고 말았다. 이 사고로 나는 신갈로 이사하는 날, 앉지도 못하고 이삿짐 사이에 엎어진 채 실려 왔다.

아버지께서 재기하시려고 서울로 이사 가자고 할 때, 크고 작은 사건들을 끊임없이 일으키던 딸아이 때문에 셋방살이하기를 꺼리셨던 어머니를 이해할 것 같다.

신갈로 이사를 하다

네 살 때 우리 가족은 안양에서 신갈로 이사를 했다. 아버지는 결혼 후 안양에서 철물점을 한 5년 잘하셨는데 내가 4살 무렵 사업에 실패하셨다. 지인에게 큰 사기를 당했다고 한다.

사업에 실패하고 고향으로 내려간다는 건 아버지로서는 부모님을 뵐 낯이 없으셨으리라. 그래서 서울에서 다시 사업하여 재기하겠다는 것을 어머니가 말렸다. 그때 어머니는 극성맞은 아이(나를 가리키는 말)를 데리고 낯선 서울에서 셋방살이하며 고생할 생각을 하니 아득하였단다. 그래서 안양에서 사시는 아버지의 외삼촌 어른께 말려줄 것을 간청하여 아버지의 서울행을 중단시키고 고향 신갈로 이사하게 된 것이다.

당시 어머니 생각에는 신갈은 아버지의 고향이고 할아버지 할머니가 살고 계시고, 할아버지로부터 물려받은 우리 땅이 많았으니 안정적이라고 생각하셨을 것이다. 그런 어머니의 생각은 순진하기 짝이 없는 것이었다. 대단한 부농이었던 친정집에서 어머니는 가을이면 소작인들이 가을에 추수하여 마차에 싣고 오는 것만 보고 자라다

시집을 왔다. 고향에 내려와도 아버지 몫의 땅을 친정에서처럼 소작농에게 맡겨서 가을에 추수한 삯만 받으면 되는 줄로 아셨던 것이다.

어머니는 시골로 내려가서 농사짓고 살자고 하며 아버지의 서울행을 말렸던 것을 신갈로 이사와 채 일 년이 못 되어 후회하셨다 한다. 그 당시 철물점을 실패하고 나서 할아버지께 연락을 드렸을 때, "서울 가서 고생하느니 네 농토들이 여기에 다 있으니 내려와라." 하시면서 우리가 살 집 한 채를 신갈리에 사놓으셨고 우리도 안양에서 신갈로 이사했다.

그로부터 아버지는 농부가 되셨다.

신갈리에서의 생활

농사일을 해보지 않았던 아버지와 어머니는 농군의 생활이 매우 힘겨우셨던 것 같다.

어머니는 부농의 딸이었지만 그때까지 농사일은 구경도 못하셨던 분이었다. 자기 땅에서 농사짓는 것이 서울같이 낯선 땅에서 셋방살이하는 것보다는 낫겠다고 생각했던 것이 오산이었음을 깨달았지만, 때는 이미 늦었다. 네 살짜리 어린 나와 두 살짜리 동생을 키우면서 농사일을 돕는다는 것은 쉽지 않은 일이었으리라. 아버지도 공부하시다가 장사하던 사람이 갑자기 농사를 지으려니 얼마나 힘드셨을까. 농토는 신갈리 집에서 4km 떨어진 하갈리와 보라리에 모두 있어서 농사짓는 일이 더욱 힘들었으리라.

어느 날, 복녀가 우리 집에 왔다. 나이는 12살, 아이를 봐주는 아이로 온 것이다. 나보다 8살 많았다. 나와 놀아주고 내 동생인 아기도 돌보는 등 어머니 일을 도와주러 온 것이다. 복녀는 작은어머니의 친정 동네인 가마골에서 왔다. 복녀의 부모는 장티푸스 병으로 모두 돌아가시고 가난했던 그의 작은아버지 집에서 지냈는데 한 입이라도 덜기 위해 우리 집으로 보내진 것이다.

이 날부터 우리 식구는 다섯 명이 되었다. 그리고 복녀는 나의 친구도 되었고 언니도 되었다. 우리는 소꿉놀이도 하고 고무줄놀이도 하고 같이 놀았다.

하갈리로 이사를 하다

신갈리에서 하갈리에 있는 농토를 오가면서 농사짓기가 힘드셨던 부모님은 하갈리, 불당골의 큰아버지 소유의 밭에 집을 지어서 이사했다.

하갈리 이 집에서 부모님은 본격적인 농사를 짓기 시작했다. 머슴도 두었는데 머슴의 이름은 김성철이었다. 성격이 활달한 20세의 청년으로 기운도 세고 일도 잘했다. 어린 나에게도 잘해 주었다. 소죽 쑤는 아궁이에 밤송이를 통째로 넣어 구워주기도 하고 밤중에 전짓불을 비추어 초가집 처마 밑 참새집에 손을 집어넣어 참새를 잡아서 구워주기도 했다. 물론 나를 위해서만 한 것이 아니고 자기가 먹기 위해서였겠지만, 내 핑계 대고 나도 주고 자기도 먹는 식이었다. 나이가 스무 살이었지만 어른들이 보기에는 먹을 것을 밝히는 아이나 다름없었으나 나는 그러는 성철이가 좋았다.

복녀도 그동안 자라서 16세가 되었는데 성철이와 가끔 티격태격 잘 싸웠다. 서로 사이좋게 지내면 좋으련만. 왜 자꾸 싸우는지 여섯 살짜리 어린 나로서는 알 수가 없었다.

초등학교 입학식

내가 만 6세가 되었다. 그 당시에는 9세, 10세, 심지어 15세에 입학하는 아이도 많은 시절이었다. 나의 부모님은 만 6세인 나를, 원칙 대로 초등학교에 입학시킨 것이었다.

입학식 날 학교에 가니 나보다 큰 아이들 뿐이었다. 내가 제일 어린 것 같았다. 입학식에서 제일 젊고 잘생긴 선생님 두 분이 앞에 서 계셨다. 우리 반 앞에 서 계신 담임 이민수 선생님과 옆 반 담임 김택기 선생님이었다.

입학식 다음 날, 나는 첫날부터 지각을 했다. 학교까지는 4km 되는 거리의 시간을 잘못 계산해서 생긴 일이었다. 반아이들은 모두 벌써 교실에 들어가 앉아 있는데 나는 그제야 우리 교실을 찾아 헤매고 있었다. 어제 입학식 날 우리 교실을 알려주었는데, 잘 모르겠다.

복도에서 우리 교실을 찾는데 어제 입학식 때 보았던 잘생긴 두 선생님 중 한 선생님이 보였다. 나는 그 교실로 들어갔다. 선생님이 나에게 이름을 물으셨다. 출석부에서 내 이름을 찾더니 너는 우리 반이 아니라면서 나를 옆 교실로 데리고 가더니 "이 반 아이가 우리 교실로 왔습니다."라며 이민수 선생님께 나를 인계하셨다. 잘못 들어간 반의 선생님은 김택기 선생님이었다. 어제 입학식 날 대열 앞에 서 계시던 잘생긴 두 남자 선생님 중 김택기 선생님이 더 눈에 들었던 모양이다. 이렇게 나의 초등학교 시절은 시작되었다.

학예회가 열리다

학예회에서 우리 반 대표로 내가 독창을 부르게 되었다. 노래 연습을 할 때에 선생님이 "가슴을 쫙 펴고 입을 크게 벌리고 노래를 해야 소리가 크고 예쁘게 난단다."라고 주의 말씀을 주셨다. 또 박자에 맞추어 머리를 까딱까딱하라고 하셨다.

선생님 말씀대로 나는 노래 연습을 열심히 했다. 선생님도 잘한다고 칭찬하셨다.

학예회 날이 되었다. 많은 학부형님들이 오셨다. 우리 어머니도 관중석에 앉아계셨다. 두근거리는 마음을 누르고 무대에 서서 열심히 불렀다.

"방아 방아 물방아야! 쿵쿵 찧는 물방아야, 한 섬 두 섬 찧어내니 너의 힘이 장하구나…."

노래가 끝나고 나니 선생님이 잘했다고 칭찬하셨다. 집에 돌아와서 참석 못하신 아버지께 어머니가 "고개를 끄덕끄덕하며 가뜩이나 큰 입을 어찌나 크게 벌리는지…."라면서 내가 노래 부르는 모습을 흉내까지 내면서 두 분이 웃으셨다. 선생님 말씀대로 했겠지만, 살짝살짝 예쁘게 하지 않고 몸짓을 너무 크게 했던 모양이다.

초등학교 시절 학급 아이들 중에 나이는 제일 어렸어도 노래 잘하고 공부 잘하는 아이로 학교 전체에서 이름을 날렸다. 또 옷을 예쁘게 잘 입고 다니는 것으로도 유명했다. 그 시절 아이들은 다 치마 저고리를 입고 책가방도 없이 보자기에 책을 둘둘 말아서 허리에 매고 다녔다.

어머니는 『주부지우』라는 일본 주부 잡지를 구독하셨는데, 잡지에 나오는 옷본 대로 재봉틀로 만들어주셨다. 시장에 가서 예쁜 꽃무늬 포플린 옷감을 떠다가 복녀와 나에게 늘 똑같이 만들어 입혔다. 원피스, 블라우스, 멜빵 치마… 그뿐 아니었다. 겨울에는 어머니가 직접 털 스웨터를 짜서 입혀 주었다. 책가방도 보자기가 아닌, 가죽 란도셀 가방을 사주셔서 메고 다녔다.

어머니 덕에 나 김행자는 초등학교 1학년 때부터 졸업할 때까지 어리고 귀여운, 공부 잘하는 아이로 통했다.

어머니가 신갈리에 볼 일이 있어 나가실 때면 지나치는 아이들이 "저 분이 행자 엄마야." 자기들끼리 말하는 소리에 어머니는 기분이 좋으셨다고 한다. 나도 어머니와 같이 지나갈 때 '행자 엄마야' 하면 나도 모르게 어깨가 으쓱해졌다.

우리 어머니는 예쁘시고 옷도 잘 입고 핸드백도 들고… 품위가 있으신 게 시골에 사는 다른 여인들과는 달랐다. 시골에 살고 있었지만 농사짓는 집 여인 같지 않게 우리 어머니는 살림살이도 정돈되게 하셨고 집안도 세련되게 꾸며놓으셨다. 그런 어머니가 나는 참 자랑스러웠다.

달개비 풀

내가 매일 다니는 산책로 옆 길섶에 비가 온 뒤로 부쩍 풀들이 무성해졌다. 강아지풀, 소리쟁이, 망초, 달개비 풀… 거름 하나 주지 않아도 어찌 그리도 잘 자랄까?

그 많은 풀들 가운데서 유독 내 눈길을 사로잡는 '달개비 풀'도 키가 부쩍 자라 벌써 버선코 같은 꽃받침 속에서 남색 꽃을 피워내고 있다.

우리 고향에선 이 풀을 '닭의 밑씻개'라고도 불렀다. 아무도 이 달개비 풀에 관심을 갖지 않지만 여름철이면 들판에 지천으로 자라났고, 나는 이 달개비 풀을 볼 때마다 어린 시절 추억이 떠올라 빙긋이 웃음을 짓는다.

우리 집에는 내가 4살 때부터 '복녀'라는 아이가 애보개로 와서 살았다. 나보다는 여덟 살 더 많은 그 아이는 전염병으로 부모를 모두 잃고 가난한 작은아버지 집에서 살다가 입 하나 덜려고 우리 집에 보내졌다.

나의 어머니는 그녀를 친딸처럼 여겨 틈틈이 한글도 가르치고 산

수도 가르치셔서 학교는 안 다녔어도 동화책도 읽고 셈도 곧잘 하였다. 어머니는 시장에서 꽃무늬 옷감을 끊어다가 재봉틀로 원피스도 나와 똑같이 만들어 입히시고, 설이나 추석 명절에도 새 옷과 새 고무신도 항상 나와 똑같이 해 입히셨다. 그녀도 어머니를 친어머니처럼 잘 따르고 좋아하였다.

그녀는 언제나 나의 친구요, 보호자요, 내 놀이 선생이었고 놀이 대상이었다. 어른들이 "복녀야!" 부르니까 나도 따라 "복녀야, 놀자" 하고 불렀다. 우리는 소꿉놀이도 하고 공기놀이도 했다. 고무줄놀이도 나무에다 한쪽 끝은 매어놓고 팔짝팔짝 넘으며 놀았다. 항상 내가 졌지만 가끔은 그녀가 일부러 져주기도 하여 놀이의 재미를 알아가며 나와 복녀는 같이 성장해 갔다.

내가 아마 6살 때쯤이었을 것 같다. 나는 저녁 식사 후 1시간쯤 지나면 꼭 화장실에 가는 습관이 있었다. 그러면 으레 어머니는 복녀에게 호롱불을 들려서 나를 따라가게 하셨다.

그 옛날의 시골 화장실이 대부분 그렇듯이 우리 집 화장실도 본채와는 떨어져 있어 안마당을 가로질러 사랑채 끄트머리 구석진 곳에 헛간과 함께 별채로 지어놓은 곳이었다. 전기도 없던 시절, 밤에 화장실에 한번 가려면 여간 무서운 것이 아니었다. 더구나 동네 큰아이들이 나를 놀리느라 뒷간에는 '달걀귀신이 있다.'느니 화장실 귀신이 나와서 '빨간 보자기 줄까 하얀 보자기 줄까?'하고 잡아간다는 말을 했다.

화장실 문 앞에는 복녀가 내가 볼일을 다 마칠 때까지 쪼그리고 앉아있는데 나는 그래도 무서워서 몇 번씩 복녀가 있는지를 확인하려고 그녀의 이름을 부러 확인을 하곤 했다.

그러던 어느 날 그날도 내가 볼일을 끝내자마자 복녀는 언제 준비했는지 '닭의 밑씻개 풀(달개비 풀)'을 한 움큼 뜯어 온 것으로 휴지 대신 내 뒤를 닦아주고는 닭장 앞으로 나를 데리고 갔다.

이번에는 닭에게 절을 하라고 시킨다. 그것도 똑바로 하는 인사가 아니라 닭장 쪽으로 궁둥이를 돌리고 궁둥이로 거꾸로 인사하며 "닭이나 밤에 똥 누지 사람도 밤에 똥 누나요?"라고 말하란다. 닭들도 잠들어 고요한 닭장을 향해 나는 큰소리로 말했다. "닭이나 밤에 똥 누지 사람도 밤에 똥 누나요?" 궁둥이를 닭장 쪽으로 향하여 절도 하면서 복녀가 시키는 대로 했다. 그러나 그 후로도 밤에 화장실 가는 내 버릇은 여전하였다.

해마다 달개비 풀을 보면 복녀가 생각난다.

어른이 된 지금에서야 생각해볼 때 나보다 여덟 살을 더 먹었다고 해야 그도 14살짜리 어린 소녀였는데 자기도 얼마나 무섭고 매일같이 지겨웠으면 어찌하면 그 일을 모면해 볼까 해서 그런 엉뚱한 생각을 해냈을까? 지금 와서 생각하니 그녀에게 미안하다.

복녀는 우리 집에 12살에 처음 와서 18세까지 6년을 살다 갔지만 이런 창의적인 일까지 생각해 낸 것을 보면 매우 영리하고 재치 있는 아이였던 것 같다.

그가 18세 때 6·25 한국전쟁이 일어나고, 1·4후퇴 피난길에서 우리 식구와 헤어졌다. 여름 피난 때 우리 식구 모두가 구사일생으로 살아 돌아온 경험 때문일까. 오산 가는 중간 방아다리쯤 갔을 때 길에서 가지고 온 쌀로 점심으로 지어 먹고 난 후 무슨 생각에서였는지 자기는 다시 우리 집으로 돌아가겠다고 했다. 중공군이 내려온다는 데 다 큰 처녀가 그 험한 곳에 남으려고 하냐며 부모님은 극구 말리셨다. 그러나 복녀는 "할머니, 할아버지 모시고 집 잘 지키고 있을 테니 잘 다녀오십시오."라고 하면서 끝까지 고집을 부려서 할 수 없이 돌려보냈다. 그때 우리 집에는 농사지어서 먹어보지도 못한 100가마니가 넘는 볏가마니가 있었다. 어머니가 "내 옷도 네 맘대로 입고 할머니 할아버지 진지 잘해 드려라."라고 당부하고 복녀를 집으로 돌려보냈다.

언제 되돌아올지 모르던 피난생활을 끝내고 이듬해 3월, 우리 식구가 다시 집으로 돌아왔다. 그런데 집에 복녀는 없었다. 할머니 말씀에 의하면 복녀가 장롱에서 어머니 옷을 꺼내 입는 것을 보고 꾸중했는데 그 길로 집을 나가서 돌아오지 않았다고 한다. 어머니께 승낙을 받은 터라 그리하였을 것인데, 할머니 입장에서는 당신 며느리의 옷을 제멋대로 꺼내 입는다고 나무라신 것이다.

갈 데도 없는 그녀가 어디로 갔을까? 백방으로 수소문해 보았으나 찾을 수가 없었다. 누구는 그가 먼 나라로 시집을 갔다는 말도 하고 그로부터 몇 년 뒤에 고모부님은 서울 어느 다방에서 마담으로 있던 그녀를 보았다고 하였지만, 그 또한 사실인지 아닌지 모른다.

'닭의 밑씻개(달개비 풀)!' 저렇게 지천으로 많은 풀, 아무도 관심 없는 저 풀이 나에게는 아름다운 추억이 담겨져 있는 풀이다.

복녀가 보고 싶다. 지금 그녀가 살아 있다면 76세, 늙은 손이라도 부여잡고 "언니"라고 부르며 지난 세월 살아온 사연들을 나누고 싶다.

학질

　가까운 친척 결혼식이 있었다. 오랜만에 만난 초등학생인 어린 조카는 학교 수련회에 다녀오고 말라리아에 걸렸다며 얼굴이 벌겋게 열이 나는 몸으로 결혼식에 왔다. 없어진 줄 알았던 말라리아가 21세기에 다시 고개를 들다니….

　요즘 50년 전에 유행하다가 사라진 전염병들이 다시 유행한다고 한다. 최근에 거의 없어진 결핵환자가 늘고 있고, 다 큰 아이들이 홍역을 앓는 일이 많아졌다고 한다. 그래서 초등학교 입학 전에 반드시 홍역 예방주사를 맞고 입학해야 한다.

　우리 때는 초등학교에 입학하면 우선 'BCG' 접종부터 했다. 결핵은 못 고치는 병으로 알았고 실제 결핵으로 많은 사람이 죽었다. 말라리아도 그렇다. 내가 초등학교에 다닐 때 여름마다 말라리아에 걸린 아이들이 한 반에 3~4명은 족히 있었다. 말라리아는 모기가 옮기는 병으로 그 당시 사람들은 '학질'이라고 했고 하루건너 앓는다고 해서 '하루거리'라고도 했다.

　나도 학질을 앓은 적이 있었다. 아마 초등학교 1학년 때인 것 같다.

학교를 마치고 집에 돌아오는데 한 발짝을 떼어 놓기도 힘들고 아파서 길가 잔디밭에 누워있었다. 햇볕은 내리쬐고 몹시 더운 날씨였는데도 심한 열과 함께 오한이 나 벌벌 떨면서 쓰러져 있는데, 길 가던 어른이 다가와서 어디 사는 누구냐고 묻고 아버지 함자를 물어보았다. 우리 집에 연락이 닿았는지 얼마 후에 아버지께서 오셨고 나는 아버지 등에 업혀서 병원으로 갔다. 정신없이 아픈 중에도 업힌 아버지의 널따란 등이 참 편안하고 따스했다. 그 인자하셨던 아버지를 뵙고 싶다. 그리고 그 따뜻하고 널찍한 아버지의 등에 다시 업혀봤으면….

봄 모퉁이

나의 고향은 서울과 맞닿은 용인시의 신갈이다.

발 빠른 산업의 발달과 도시화의 물결로 서울과 연결되어 이제는 시골이 아니라 번화한 도시가 되어버렸다.

명절 때 선산에 성묘라도 하러 다녀올 때마다 옛날 모습은 자취도 없이 사라지고 빌딩이 들어서고 큰 음식점들이 즐비하고 날로 빠르게 변모하고 있는 것을 보게 된다. 그런데 이렇게 변해가는 고향의 모습을 볼 때마다 왜 그리 서운한 마음이 드는지 모르겠다. '여기쯤에 방앗간이 있었지?' '저기가 피난민 수용소가 있던 자리야' 하며 어린 시절의 아름다운 추억을 떠올리는 것으로 상상속의 고향을 다녀오곤 한다.

시골은 어디나 그렇지만 마을 이름이나 지명이 특이한 곳이 많이 있고 그것들이 지닌 의미가 있고 또한 뜻이 재미있는 곳도 많다.

서낭뎅이, 오리골, 아랫말, 윗말, 쑥실, 가재울, 궁뜰 막골, 가막골, 서그내… 그 당시는 무슨 뜻인지 생각지도 않고 불렀으나 지금 생각해 보면 정겹고 아름다운 이름들이다. 그 중에서도 내 추억 속에 아름답게 자리 잡고 있는 이름은 '봄 모퉁이'라는 언덕이다.

우리 동네는 산으로 둘러싸인 동네여서 삼태기 안에 집들이 담겨 있는 듯 했는데. 그 이름도 특이한 '불당골'이라고 불렀다. 예전에 이곳에 부처님을 모신 불당이 있었다 하여 붙여진 이름이라고 했다. 산위에 있는 동네라서 우리 동네를 오려면 높은 언덕을 올라와야 했는데 동네로 올라오는 길이 두 가지가 있었다. 북쪽으로 난 오솔길과 서쪽에서 올라오는 언덕길이 있는데 이 길을 '봄 모퉁이'라 불렀다. 어릴 적엔 아무런 뜻도 모르며 불렀지만 지금 생각해 보니 얼마나 아름다운 이름인가! 그 누가 처음 부르기 시작했는지 모르지만 시적(詩的)이다.

그 이름처럼 해마다 봄은 '봄모퉁이'로부터 왔었다.

저 아래 아랫말개울가 평야 지대에서 우리 동네 쪽으로 산허리를 돌려서 우마차가 다닐 만큼의 넓이로 낸 이 길엔 양쪽으로 곧게 뻗은 전나무들이 서늘하게 서있고 그 뒤로는 낙엽송, 소나무들과 잡목들이 우거져서 낮에도 나무 그늘로 서늘하고 어둑하여 혼자 걷기엔 무서울 때도 있었다.

그래도 동네 꼬마들은 이곳이 놀이터요 생활의 터전이기도 했다.

봄이 오면 진달래꽃이 피어 제일 먼저 봄을 알렸고 우리는 진달래꽃을 따 먹으며 한 아름씩 꽃을 꺾어 안고 내려오곤 했다. 또 낙엽송의 잎이 파랗게 볼연지 솔같이 나올 무렵이면 새로 나온 연한 가지를 꺾어 비틀어서 호돌기(풀피리)도 만들어 불고 가지 한쪽을 이빨로 물고는 쭉—훑어서 하와이 사람들의 레이 목걸이처럼 목걸이도 만들어 목에 걸었다. 또 가는 가지 몇 개를 포개어 따리처럼 틀어서 사이사이에 진달래꽃을 꽂아 화관을 만들어 머리에 쓰고 숲속 공주처럼 하고 내려오기도 했다.

　비가 온 후에 숲속으로 들어가면 나무 밑에서 버섯도 많아 따왔었다. 밀버섯, 싸리버섯, 청버섯, 달걀버섯… 먹는 버섯을 잘도 아는 동화가 하는 대로 따라 하면 되었다. 혼자서는 뱀이 무서워 한 발짝도 들어서지 못하면서 친구들과 함께라면 무서움도 모르고 돌아다녔다.

　봄 모퉁이는 봄만 오는 것이 아니다. 여름도 가을도 그곳으로부터 왔고 한해를 마감하는 하얀 겨울도 그곳에서 왔었다.

　해마다 '봄모퉁이'로는 봄이 왔고 희망도 함께 왔었다. 그곳에서 봄을 맞이하며 희망을 가슴에 품고 성장했던 나는 이제 인생의 늦가을을 맞아 그 '봄모퉁이'를 그리워하며 그곳에서 옛날처럼 다시 새로운 봄을 맞이하고 싶다.

낙엽송

나는 낙엽송을 좋아한다.

낙엽송에 새싹이 돋아나는 봄, 보드라운 꽃잎 같은 연둣빛 새순을 달고 곧게 뻗어 올라간 미끈한 줄기와 하늘하늘한 자태를 사랑한다.

소나무는 줄기도 꾸불꾸불 잎도 바늘처럼 뻣뻣하여 남성적이라 한다면 낙엽송은 그 연한 빛깔과 쭉쭉 뻗은 줄기와 조화된 아름다움이 여성적이고 부드럽다.

늦은 봄 산천이 흐드러지게 봄 향기를 뿜어낼 무렵이면 진초록과 연초록의 조화 속에 산골짜기에 자리 잡은 낙엽송의 군락은 안개 서린 신비로운 수채화가 되어 나의 눈을 즐겁게 해 준다.

언제부터인가 나는 여행 중 차창 밖에 보이는 낙엽송 숲을 감상하는 것이 습관이 되었다. 낙엽송은 계절마다 옷을 갈아입고 아름다운 모습으로 나의 눈을 즐겁게 한다.

여름철 푸르게 우거진 낙엽송 숲이 앞쪽에서 다가왔다가는 뒤로 달아나고 또 다른 숲이 다가오는 것을 감상하다 보면 복잡한 도시 생활에 지쳐있는 나의 마음은 어느덧 안온하게 정돈되곤 한다.

온산이 알록달록 단풍으로 채색되는 가을엔 낙엽송도 주황색으로 숲을 덮는다. 이런 가을이 되면 나는 어린 시절의 추억 하나가 떠오른다.

9살쯤 된 가을날 나는 바로 밑의 남동생과 싸우고 어머니께 몹시 꾸중을 들었다. "누나가 되어 가지고 동생에게 조금도 양보하는 것이 없이 맞서 싸우느냐"며 나만 나무라시는 것이었다. 분명히 잘못은 동생이 했는데 나를 야단치시는 어머니가 이해되지 않았다. '동생은 아들이라서 그러시는 것'이라고 생각하니 억울해서 더 큰소리로 울었다. '아마 나의 어머니가 친어머니가 아닐지도 모른다'고도 생각되었다. 어릴 때 동네 어른들이 "너는 다리 밑에서 주워왔어"라고 하던 말이 참말인지도 모르겠다. '어머니를 골려주자' 나는 낙엽송이 우거진 우리 집 뒷산에 숨어서 '어머니가 나를 애타게 찾나 안 찾나 보자'며 산으로 올라갔다.

우울한 마음으로 산을 향해 천천히 올리기는 내 눈 앞에는 주황색으로 물든 낙엽송 숲의 단풍이 뭉게구름처럼 황홀하게 펼쳐져 있었다. 산위로 올라가는 동안 나는 아름다운 낙엽송 단풍에 취해서 울적했던 마음은 점점 가라앉고 소풍 나온 기분이 되어 여유로워졌다. 미끈미끈하게 뻗어 올라가는 나무줄기 사이로 솔향기와 함께 불어오는 시원한 바람이 내 뺨에 흘렀던 눈물도 말끔히 말려 버렸다. 노란 낙엽송의 잎들이 홀홀 떨어져 쌓인 낙엽 위에 자리를 잡고 가만히 앉아 보았다. 그 보드랍고 고운 자리는 비단 방석 위에 앉은 것 같았다.

서늘하고 아늑한 숲속의 기운은 나를 감싸 안는 듯 나의 등을 가

만히 다독거렸다. 어머니 품속같이도 느껴졌다. 아까와는 달리 이제
는 나의 마음도 차분하게 가라앉았다.

높은 곳에 앉아서 내려다보니 우리 동네가 한눈에 다 보였다. 우
리 집은 안마당까지 훤하게 들여다보였다. 어머니가 저녁식사 준비
를 하시느라고 부엌에서 마당으로 마당에서 뒤곁으로 분주하게 다
니시는 모습이 보였다. 동네는 이 집 저 집 저녁밥 짓는 연기가 모락
모락 피어오르고 음식 냄새가 솔솔 코끝을 간지럽혔다. 불현듯 배가
고파졌다. 해가 짧아진 계절이라 산속은 벌써 어둑어둑해 온다. 무
섭다! 얼마 후에 어머니께서 대문 밖으로 나오시더니 큰소리로 나를
부르신다. 그러나 내가 없어졌다고 생각해서 찾는 그런 다급한 목소
리는 아니었다. 동네 어디쯤에서 놀고 있겠지 하는 마음으로 어서
와서 저녁밥을 먹으라는 소리였다. 한번 부르시더니 이내 안으로 들
어가시는 것이었다. 어머니가 애태우시는 모습을 보려던 내 의도가
빗나가서 실망하였다.

그러나 이제는 아까처럼 서운한 마음도 억울한 마음도 아니었다.
아까까지 슬펐던 마음은 비온 뒤에 먼지가 씻기듯 말끔히 사라졌다.
아름다운 낙엽송의 단풍이, 향기가, 낙엽송들 사이로 불어오는 시원
한 바람이 나의 마음을 어루만지고 달래 놓았던 것이다.

이제는 점점 컴컴해지는 산속이 무서울 뿐이다. 배가 고프다. 불
현듯 어머니께로 빨리 달려 내려가고 싶어졌다.

산으로 올라갈 때와는 다르게 단숨에 산을 뛰어내려 왔다.

겨울이 되어 낙엽송의 잎은 다 떨어지고 앙상한 가지들만의 낙엽

송은 4B연필로 데생을 한 것 같이 회색빛으로 산골짜기를 색칠한다

이듬해에 싹 틔울 희망을 준비하며 안개를 머금고 서있는 낙엽송의 겸허한 아름다움도 나는 좋아한다.

성내천

　전부터 우리 아파트 단지 가운데를 가로질러 흐르는 도랑 같은 개울이 있었다. 발원지는 남한산성에서 시작하여 거여동, 마천동을 흘러 방이동 이곳을 지나 한강까지 흘러가는 물줄기이다. 발원지에서야 깨끗한 물이었겠으나 여기까지 흘러오는 동안 생활 폐수와 오물들이 개천으로 흘러들어 섞이면서 개천 바닥에 흙은 시커멓게 썩어 흙이라 할 수 없을 만큼 오염되었고 물 냄새도 고약하다. 거품도 버글버글 보기도 흉해서 개울가 산책로로 산책은 해도 기분은 별로 좋지 않았다.

　작년 초부터 송파구청에서 개천을 따라 빨간색으로 된 자전거 길과 초록색의 산책로를 만들고 또 개울을 정비하기 시작했다. '성내천 개설 공사'라고 걸어 놓은 현수막을 보고서야 이 개천이 성내천이로구나, 처음으로 이름을 불러 보았다. '성내천'이라는 이름이 전부터 있었는지, 아니면 새로 지은 이름인지는 모르지만, 현수막에서 이름을 달고나서부터 비로소 개천다운 개천으로 변모하기 시작했다. 굴착기가 개울 바닥에 있는 썩은 흙을 깊이 파 올리고 바닥에는 깨끗한 모래도 붓고 자갈도 깔고 큼직큼직한 돌도 군데군데 놓아서 물이 흐르면서 부딪히고 깨어지고 물결을 이루면서 저절로 정화가 되게 하였다. 또 개천 양옆으로는 정원석도 예쁘게 쌓아 그 사이사이에는 수변 식물을 심었다. 또 오염수를 정화하는 데 탁월한 부들이 심어지고, 습지를 좋아하는 노란 꽃창포도 심어 예쁜 꽃을 피우고 있다. 이 외에도 잔디도 심고 각종 이름 모를 풀꽃과 나무들이 많이 들어찼다. 개천 바닥에 자갈을 많이 깔아서 그런지 흐르는 물도 전보다 훨씬 깨끗해 보인다.

이제는 매일 이 길로 산책하는 것이 즐겁다. 나뿐만이 아니라 우리 동네 사람들과 마천동 사람들도 이 산책로를 좋아한다. 조깅하는 사람, 걷는 사람, 자전거 타는 사람, 인라인스케이트를 타는 아이들, 온 가족이 나와서 같이 뛰는 사람들… 아침부터 늦은 저녁까지 이제 이 길은 사람들로 붐벼 한적한 날이 없다. 개천 군데군데에 돌로 징검다리도 놓아서 개천 건너편으로 긴너기 보기도 하고 개울물에 손을 씻어 보는 사람도 있다. 나는 이렇게 깨끗이 정비된 성내천을 산책하면서 어릴 적 고향 마을 앞으로 흐르던 개천에서 놀았던 추억들이 꼬리를 물고 떠올랐다.

나의 고향마을 앞에는 제법 큰 개울이 흐르고 있었다. 개울물은 요즘의 도시 사람들은 상상하기도 어려울 만큼 맑고 깨끗했다.

개울은 그냥 개울로서의 의미만이 아니었다. 어린 우리에게는 사계절 좋은 놀이터였으며 어른들에게는 중요한 생활의 터전이었다. 봄이면 개울가에 지천인 버들가지를 꺾어 피리도 만들어 불고 버들 강아지를(버드나무의 꽃망울) 굵은 것으로 따서 손바닥에 올려놓고

'오요오요 오요' 하며 강아지 부르는 소리를 하면 뽀얀 털을 단 버드나무 꽃망울은 손바닥 위에서 바들바들 떨며 움직이었다. 사실은 꽃망울이 움직이는 것이 아니라 내 손을 살짝살짝 움직여서 그것이 움직이는 것처럼 보이게 하는 기술이었다. 나이 어린아이들은 자기 강아지가 움직이지 않는다며 애꿎은 버드나무 꽃망울만 축내었다.

개울가 미루나무에서 매미가 맴맴 하고 지겹도록 울어대고 삼복더위가 턱밑까지 헉헉대며 차올라도 아이들은 멱 감는 재미에 더위도 몰랐다. 조금 큰 아이들은 깊은 물 속으로 자맥질도 하고 내가 얼마나 헤엄치는가 보여 줄 테니 저기만큼 가서 있으라 하고 그곳까지 헤엄쳐 보이면서 수영 실력을 뽐내기도 했다. 비록 개헤엄이기는 했지만.

또 여자아이들은 제비추리 만들기 놀이를 잘하였는데 한 손으로 자기 코를 잡고 뒤로 눕는 자세로 물속에 풍덩 빠지면서 머리 쪽부터 담갔다가 그 자세 그대로 일어서면 머리카락들이 뒤로 모아져서 반지르르하게 되는데 꼭 제비 머리같이 된다. 아이들은 서로 누가 더 예쁘게 됐는지 겨루느라 풍덩풍덩 시간 가는 줄을 몰랐다.

어린아이들은 개울 가장자리 얕은 물에서 땅에 손을 짚고 엎디어 찰박찰박 물장구를 치다가 바로 싫증이 나면 모래밭에서 고무신짝으로 모래도 푸고 물도 퍼 담고 두꺼비집도 지었다. 큰아이들도 물놀이가 싫증이 나면 개울가 자갈밭으로 나와 몸을 말린다.

아이들에게는 수영복도 수건도 없었다. 그냥 알몸에 줄줄 흐르는 물기를 햇볕에 말리는 것이다. 손장단에 맞추어 볼록하고 귀여운 자기의 양쪽 볼기짝을 두드리며 노래를 부른다. "때때 말라라. 참외

줄게 말라라. 꽹과리 줄게 말라라." 입술이 파래진 아이들이 서로 마주 보고 웃으며 마냥 즐겁기만 하였다.

개울가에서 즐거운 놀이는 이것뿐만이 아니었다.

즐거운 놀이로 빼놓을 수 없는 것은 개울에서의 고기잡이다. 아이들은 광에 걸어둔 얼개미 체를 들고 개울가로 나왔다. 개울 양 가장자리로 개울물의 흐름이 쏠려서 물의 깊이가 무릎 위로 올라오는 이런 곳에 고기가 많이 있다. 바지를 허벅지까지 걷어 올리고 풀숲이 우거진 앞쪽에 체를 대고 한쪽 다리로 물속을 더듬어 고기를 몰아 재빨리 체를 건져 올리면 새우, 피라미, 모래무지, 송사리들이 팔딱팔딱 튀며 잡혀 올라온다. 붕어처럼 재빠른 것이야 조무래기 아이들한테 잡힐 리 없지만 가끔은 어린놈이 한 마리 걸려들면 아이들은 환호성을 지르며 좋아한다.

잡은 고기는 개울가에 옹기종기 모여서 밸을 따고 개울물에 깨끗이 씻어서 집으로 가져간다. 고기잡이에도 여러 가지가 있다. 큰아이들은 가끔 보쌈을 놓는데 큰 양재기 안에 된장을 한 덩이 놓고 양재기 위를 헝겊으로 팽팽하게 씌운다. 그리고 헝겊 씌운 가운데에 구멍을 뚫고 그 구멍 가장자리에도 된장을 발라서 가슴까지 올라오는 깊은 물 속에 살짝 놓고 나온다. 서너 시간 후에 가서 꺼내 보면 그 속에 고기가 많이 들어가 있다.

어른들은 낚시질도 하고 흐르는 개울물에 삼각형으로 둑을 막고 발을 놓아 잡기도 하였다. 농한기가 되어 동네 사람들이 천렵을 할 때면 큰 그물로 나이 지긋한 두 사람이 양쪽에서 잡고 젊은 사람들은 상류 쪽으로 가서 그물 쪽으로 고기를 몰아댄다. "우―우― 우우우" 하고 소리를 지르며 껑정껑정 뛰면서 고기를 모는 소리와 그물을 들어 올렸을 때 고기가 많이 잡혔다고 와~! 하고 지르는 탄성들로 온 동네가 시끄러웠다.

더위가 기승을 부리던 여름철 해도 서산으로 넘어가고 저녁놀이 붉게 물들 때면 농부들은 하루 일을 마치고 농기구를 지게에 지고 소를 몰고 이 개울가에 와서 걸음을 멈춘다. 개울물을 건너기 전에 농부들은 으레 하는 일이 있다. 하루 종일 고된 일에 뻣뻣해진 허리를 뒤로 젖히며 등 너머 노을을 향해 기지개를 켠다. 흙이 잔뜩 묻은 농기구를 개울물에 말끔히 닦고 농부는 잠방이를 무릎 위까지 걷어 올리고 진흙 묻은 장딴지와 검붉은 무쇠 팔뚝을 힘줄이 불거지도록 씻는다. 푸하푸하 소리를 내며 세수도 하고 등목도 하였다. 순한 암소는 주인이 씻는 동안 자기도 물을 마시며 주인을 기다린다.

마을 앞 개울물은 동네 아낙네들의 좋은 빨래터가 되기도 했다. 개울 가장자리 야트막한 곳엔 항상 널찍하고 평평한 빨랫돌이 놓여 있고 아낙네들은 빨랫감을 이고 이곳으로 모여들었다. 찌든 빨래는 방망이로 팡팡 두드려 빨기도 하고 흐르는 물에 절레절레 흔들어 헹구면 비눗물과 함께 땟물이 빠져 흘러내려 간다. 그럴 땐 속이 후련해지는 쾌감도 있다. 또 개울가는 바쁜 생활로 자주 만나지 못하는 이웃이 자연스레 만나 정을 나누는 곳이기도 하고 푸념 섞인 이야기 속에 자연스럽게 정보 교환 장소가 되기도 하였다.

그렇게 맑고 아름답던 고향마을의 개천도 지금은 개발이라는 미명 아래 산업화와 도시화로 인해서 온갖 생활 폐수가 흘러들어 아무런 대책 없이 썩어가고 있다.

자연은 인간에게 많은 것을 주고 그 큰 품 안에 품어 왔으나 인간은 코앞에 닥친 이익에만 급급해서 자연을 훼손하고 있다. 결국은 제게 닥칠 큰 불행인 줄도 모르고, 마치 불나방이 저 죽을 줄을 모르고 자꾸 등불에 날아들 듯이 말이다. 개발이다 산업화다 하여 철저한 조사와 분석 없이 저마다 앞다투어 이익 창출에만 급급하였다. 긴 안목으로 진정한 이익 창출이 무엇인가를 생각지 못하고 산업체 경영자와 그들의 입맛대로 움직였던 과거 행정인들이 원망스럽다. 그러나 과거에 잘못된 것들을 이제라도 바로 잡아 보려는 행정가가 있어서 다행스럽고 고맙다. 송파구청장님께 고맙다는 인사말을 전하고 싶다.

성내천이 옛날 내 고향 마을에 흐르던 그런 맑은 개천처럼 될 수 있을까? 물고기도 살고 아이들이 물장구치고 놀 수 있는 그런 개천을 상상해 본다. 성내천을 시작으로 서울에 있는 모든 개천이 변하고 전국에 흐르는 모든 개천과 강들이 변하여 자연 속에 도시가 공존할 수 있는 동화 속 같은 이야기를 그려본다.

그러나 아무리 좋은 시설도 사용하는 사람들이 아끼고 사랑하려는 의식과 실천이 있어야 하고 자연을 보호하려는 시민 의식이 간절히 요구되는 시대이다.

또한 자라나는 청소년들에게도 이런 건전한 시민 의식이 심어지고 생활화되도록 우리 성인들은 청소년들을 교육해야 한다. 그래야만 미래에 훌륭한 지도자도 기대할 수 있고 우리가 꿈꾸던 이상적인 환경도 생각할 수 있는 것이다.

과거만 탓할 것이 아니라 현대를 사는 우리가, 나만이라도, 우리

가족만이라도, 우리 동네만이라도, 우리 구만이라도 건전한 시민 의식이 뿌리내려야만 한다. 그리하여 미래 사회에서 우리 후손들이 과거의 선조들을 들먹이며 원망은 하지 않도록 해야 할 것 아닌가.

날씨가 짜증스럽게 덥다.

아이들 몇 명이 개천 옆 분수대에서 물을 맞으며 분수 속을 뛰어다닌다. 음악 분수대 연못에 들어가 물장구를 치며 노는 아이도 있다. 개천에 뛰어들어 수영하는 것만큼 시원하겠다. 저 천진난만한 아이들이 미래에 이 나라를 이끌어 갈 지도자가 될 수도 있을 텐데 …. 저 아이들을 불러 세워놓고 공중도덕을 지켜야 한다고 가르칠까? 그러나 우리 성인들이 그들에게 해준 일이 무엇이 있다고 그러냐? 개천을 오염시키고 자연을 훼손하고 그들이 마음껏 놀 수 있는 공간을 마련해 주지 않았지 않은가. 생각이 여기까지 미치자 우리 성인들이 시급하게 할 일이 너무 많다는 생각이 들었다.

또 나의 조급증이 발동하기 시작한다.

(송파문학 수록 작품)

6·25한국전쟁이 일어나다

우리나라 역사의 큰 사건인 6·25 한국전쟁이 일어난 것은 내가 초등학교 4학년 10살 때로 그 전쟁을 나는 피부로 직접 경험하였다.

1950년 6월 25일이었다. 일요일이었는데 종일 굉장한 소리가 서울 쪽에서 들려왔다. 당시에는 라디오가 있는 집이 거의 없어서 그 소리가 무슨 소리인지 모르고 마을 주민들은 의아한 태도로 지낼 뿐이었다.

6월 26일 월요일, 조회 시간에 학교 운동장에 모였는데 아이들이 제각기 어른들에게 들은 소식들을 말하며 웅성웅성 떠들면서 조회 대열을 갖추었다.

"삼팔선이 터졌대."

"대포를 쏴서 삼팔산(삼팔선)에 구멍이 뻥하고 뚫렸대."

"삼팔산이 얼마나 큰데?"

"몰라 우리 고장에 있는 저 성산보다 높은가봐."

그때 우리는 3·8선이 무엇인지 공산당이 무엇인지 빨갱이가 무엇인지 전혀 몰랐다. 학교에서 배운 적도 들은 적도 없었던 소리들이다. 아이들이 저마다 한마디씩 떠들어댔다.

"빨갱이들이 쳐내려오고 있대."

"빨갱이가 뭔데?"

"몰라 빨갱이는 얼굴이 빨갛게 생겼대."

이윽고 조회가 시작되었다. 평소 하던 애국가 제창도 주번 선생님 말씀도 없이 교장 선생님이 제일 먼저 교단에 올라서셨다.

"지금 북쪽에서 남한으로 공산당들이 침략해 내려오고 있습니다. 그러므로 학교는 당분간 쉬겠습니다. 학교에서 다시 연락이 있을 때까지 학생들은 집에서 모두 쉬겠습니다."라는 교장 선생님의 말씀에 "우와 방학이다."라며 아이들이 함성을 질렀다.

7월 말에 할 방학을 6월에 벌써 하는 것이었다. 아이들도 집에서 쉬란 말에 좋다고 소리를 질러댔다. 집에 돌아오니까 동네 사람들이 우리 집에 모여서 아버지 말씀을 들으려고 웅성웅성거렸다.

대포 소리가 저녁이 되어도 계속 울렸다. 27일 우리 동네는 산 위에 있어서 저 멀리 보라리에 큰길로 서울에서 내려오는 피난민 행렬이 보인다. 피난민 행렬을 보니 더 불안하고 가슴이 두근두근했다. 대포 소리는 계속 울리고 있었고, 아버지가 보라리 쪽으로 가서 직접 서울 소식을 피난민에게서 듣고 오셨다. 서울까지 인민군들이 들어왔고 한강 다리가 끊겨서 자기들은 광나루로 배를 타고 건너 내려오는 길이라고 했단다. 한강에서 전투가 있어서 피난민 중 많은 사람이 죽었다는 소식도 들었다. 신갈리에 계시던 할아버지도 오셨다. 큰집에서는 피난을 떠난다는 말에 어머니가 아버지께 우리도 피난 갈 준비를 하자고 하셨다. "서울만 그렇지 여기야 무슨 일이 있겠냐? 신갈리 사람들도 많이 피난을 떠나지만, 우리야 무슨 일이 있겠느냐?" 아버지가 식구들을 안심시키셨다. 그래도 어머니는 미숫가루도 만들고, 엿도 고우시며 피난 갈 준비를 매일 하셨다.

26일 저녁에 수원 사시는 둘째 고모님 댁 식구들이 우리 집으로 피난을 오셨다. 고모부님이 라디오를 가지고 오셨는데 뉴스를 들으니 더 불안하여 28일 저녁에 우리 식구와 고모님 댁 식구가 모두 피난을 함께 떠났다.

대식구가 피난을 떠나려니 준비도 많았다. 우마차에 하나 가득 짐을 실었다. 보리쌀 한 가마, 쌀 한 가마, 덮고 잘 솜이불, 당장 입고 벗을 옷들, 가지고 있는 돈, 두 집 식구가 떠나니 간단하게 해먹을 조리기구들, 밥솥, 식사할 그릇, 주전자 등등….

6월 28일 우리는 우마차에 잔뜩 짐을 싣고 큰길로 나서서 남쪽을 향해서 갔다. 나와 내 밑에 남동생(학은), 사촌 동생(종수) 둘은 짐실은 우마차 위에 올라타고 어머니는 세 살짜리 여동생(학녀)을 업었고, 고모도 아기(송철)를 업고 아버지와 고모부는 걸었다. 고모님 댁 식구 중에는 고모 시누이도 있었다. 마차가 가니 큰길로 갈 수밖에 없었다.

얼마 못 가서 우리는 우리의 국군부대 장병들 행렬을 만났다. 모두 줄을 서서 행진하는데 그들은 모두 지친 얼굴들이었고 부상병도 차가 없어 동료가 부축을 하고 절룩거리며 걷는 모습이 너무 애처로웠다. 우리 국군이 후퇴하는 대열에 우리가 섞인 것이다. 고모부는 말했다.

"형님, 우리가 잘못 들어선 것 같아요. 모두 피난을 가는 행렬이 아니라 군인부대를 쫓아가는 셈이 됐으니 섶을 지고 불로 들어가는

격이 된 것 같아요."

우리 국군의 긴 행렬에는 자동차 한 대 없고 다만 지휘관이 탄 짚차 한 대가 고작이었다. 이렇게 우물쭈물하는 동안 슝~ 펑~ 하는 소리가 나는가 싶었는데 뺑~ 하는 소리가 났다. 별안간 큰 불덩어리가 컴컴한 길을 하늘 높이 떠서 활활 타오르는 듯하더니 보름달 같은 불덩어리가 하늘 위에서 또 한 번 펑 터지는 것이었다.

"모두들 땅에 엎드려요!"

고모부가 소리쳤다. 가던 마차는 멈추었고 땅에 모두 납작 엎드렸다.

"대포가 터졌다! 움직이지들 마요!"

아버지가 소리치셨다. 그런데 군인들은 태연하게 계속 걸어가고 있었다. 한동안 소동이 일어나고 세상은 다시 조용해졌고, 우리도 군인들 뒤를 따라서 또 걸어갔다. 이런 소동이 서너 차례 더 일어났다.

그때는 피난민들은 그것이 대포가 터졌다면서 사색이 되어 벌벌 떨고 기었다. 그런데 지금 생각해보니 깜깜한 밤길을 행군하는 군인들에게 길을 비추어 주는 조명탄이었던 것 같다.

이렇게 한참을 갔는데 어느 마을에서 아버지가 마차를 멈추고 우리한테 마차에서 내리라고 하셨다. 아버지에게 경례를 붙인 군인 대장인 듯한 사람과 아버지와 고모부가 무슨 이야기를 한참 나누었다. 그러더니 아버지는 군인과 함께 마차를 끌고 길을 떠나시고 고모부는 우리 쪽으로 오셨다.

우리는 그 마을 어느 집 마루에서 자기로 하고 쉬고 있었다. 나갔다가 늦게 돌아오신 고모부가 그간의 사연을 설명하셨다. 후퇴하는 국군 장교가 군인부대에는 장비를 실을 자동차도 없고 부상병 태울 차도 없으니 부상병과 무기류 약간 마차에 싣고 같이 떠나자고 간청을 해서 아버지는 군인부대를 따라 떠나시고 내일 아침 고모부가 우리 식구들을 인솔하고 오산 시내에 있는 기와 공장에서 만나기로 했단다. 우리는 자는 둥 마는 둥 하룻밤을 지냈다.

다음 날 아침, 일찍 일어나 약속한 기와 공장으로 가려고 출발하였다. 큰길로 나서니 길 양옆에 넓은 콩밭에서 콩 포기가 흔들흔들하면 군인이 벌떡 일어서고 또 흔들흔들하면 군인이 또 벌떡 일어서고 삽시간에 군인들로 그 넓은 길이 누렇게 꽉 차 버리는 게 아닌가.

"번호!" 하고 외치니 "하나, 둘, 셋, 넷!" 하면서 줄을 서더니 행군을 하기 시작하였다. 우리 식구와 피난민들은 공포와 불안으로 가슴을 졸이며 군인들을 또 쫓아가는 꼴이 되었다.

후퇴하던 군인들이 이곳 콩밭에서 자고 나서 아침에 또 행군하여 후퇴하는 것이었다. 날이 밝으니 이제 비행기가 윙~윙~ 하고 머리 위로 날아다녔다. 아니, 군인들 행군하는 그 위를 윙~윙~ 나는 것이다. 무서웠다.

"우리가 지금 불구덩이로 들어가고 있는 것 같습니다. 여기서 좀 쉬면서 생각을 해봅시다." 고모부가 말했다. 어른들이 개울가 큰 나무 아래 앉아서 의견을 나누었다.

"남은 식구들은 여기서 기다리고 있고 제가 가서 처남을 데리고 이리로 올 테니 도로 집으로 들어갑시다."

고모부가 일어서자 고모님의 시누이가 "오빠 나도 같이 가요." 하고 고모부 남매가 또 떠났다.

전투기가 머리 위에서 날아다니고 펑 펑! 대포 소리가 들려오고, 나와 어머니와 우리 형제들, 사촌들과 고모님, 복녀는 개울가에 앉아서 아버지와 고모부를 기다리고 있었다. 먹을 것은 많이 준비하였지만 모두 마차에 실려 있어서 아침밥도 못 먹은 상태였다. 계속해서 군인들의 행렬은 이어지고 금방이라도 우리에게 폭탄이 떨어질 것 같았다.

어머니가 가만히 앉아서 죽을 수는 없다면서 우리도 아버지가 계시는 오산 기와공장으로 가자고 했다. 그래서 우리도 큰길로 나가서 무작정 걸어갔다. 군인들도 다 사라진 후라 우리가 가는 길은 조용했다.

오산으로 들어가는 입구에 큰 개울이 있었다. 그 개울에 큰 다리가 놓여있는데 그 다리를 건너면 바로 오산시였다. 이제 다 왔다 하고서 다리를 건너는데 오산에서 보따리를 짊어지고 나오는 사람들과 마주쳤다.

"당신들 지금 어디를 가는 거예요?"

"지금 당장 오산을 비우라는데 어딜 들어가려고 합니까? 뒤돌아서서 빨리 가세요. 우리도 지금 피란을 가는 겁니다. 곧 큰 전투가 벌어질 것이래요. 빨리 뒤돌아 가세요!"

여기서 어머니와 고모님 간에 의견충돌이 일어났다. 어머니는 기와 공장으로 찾아서 가야 한다고 했고, 고모님은 그냥 되돌아 가야 한다고 옥신각신하는 중이었다. 그런데 갑자기 "뻥!" 큰 폭탄 터지는 소리가 났다. 이어서 "타다타탕, 타다탕타탕!" 기관총 소리, 탄환이 슝~슝~ 날아갔다.

"저기 저 산쪽으로 뛰어라!"

모두 뒤돌아서 무작정 뛰었다. 오른쪽 앞쪽에 보이는 산을 향해서 나도 형제들도 사촌들도 어머니와 고모도 온힘을 다해서 뛰었다. 갑자기 소나기가 쏟아졌다. 나는 논두렁을 향해 뛰었다.

'피융—' 총알 날아가고 내 앞에서 뛰는 복녀의 머리가 확 풀어진다. "엄마야!" 여섯 살짜리 동생도 논둑을 향해 잘도 뛴다. 복녀는 머리에 꽂은 머리핀에 아슬아슬하게 총알이 스쳐 지나가서 머리카락이 산발이 된 채로 들고 있던 작은 솜이불도 내버리고 뛰었다.

"저 산 너머로 뛰어요."

뛰는 우리를 본 고모부와 고모님 시누이가 200미터쯤에서 소리를 지르고 있었다. 산 고개를 넘으니 그 산 너머에 동네가 있었다. 동네로 들어가 어느 집 처마 밑에서 비를 피하고 서 있으니 그곳으로 고모부와 고모부 동생이 왔다.

고모부가 아버지의 상황을 전해주었다. 기와 공장에는 국군이 모여 있었고, 아버지도 함께 계셨다고 한다. 아버지가 마차를 끌고 가족에게 가겠다고 하니 국군 장교가 말리면서 여기서 곧 전투가 벌어질 것인데 어디를 가냐며 자기네와 함께 남쪽으로 가야 한다고 하였다. 아버지는 그곳에 남고, 고모부가 우리를 데리러 오는 중에 이 전투 속에 들었다고 한다.

처마 밑에서 기다리는 동안 찐 감자냄새가 솔솔 코를 질렀다. 시간은 벌써 점심때가 훨씬 지났는데 아무것도 못 먹었으니 배가 몹시 고팠다. 그 집 안에서는 감자를 쪄서 식구들이 모여 앉아서 먹고 있다. 고모부가 돈을 드릴 테니 그 감자를 좀 파시라고 하니 단호하게 거절한다. 날감자라도 팔라고 해도 팔 것이 없다고 했다. 대문 틈으로 보니 헛간에 감자가 수북이 쌓여있는데도 전혀 팔 것이 없다고 잡아떼었다.

이제는 어디로 갈 것인가. 아직도 계속 총소리가 들리는 그 속을 뚫고 갈 수도 없다. 아버지는 놔두고 우리는 살 곳을 찾아 떠나기로 했다. 큰댁에서 피란을 간 곳이 이 근처 어디라는 말을 들었기에 그곳을 찾아 가기로 했다. 목적굴을 물어 물어서 산을 넘고 또 한참을 갔다. 저녁때가 다 되어서 큰댁에서 피란 간 집으로 대식구가 들어섰다. 종일 굶었으니 큰댁에서 우리에게 저녁을 만들어 주셨는데 첫 끼부터 죽이 들어왔다. 큰댁도 가져온 양식이 얼마 안 될 텐데 대식구가 들이닥쳤으니 그럴 만도 하다. 큰댁 식구들도 놀랐을 것이다. 계속해서 비가 내리는데도 총소리와 대포 소리는 계속 울렸다. 전투가 벌어지는 속에 아버지만 놔두고 우리만 이곳으로 피난을 왔으니 어머니는 매일 울기만 하셨다. 아버지 소식은 일주일 동안 종무소식이다보니 어머니는 매일 눈물로 보내셨다.

이곳에 계속 오래 머무를 수도 없는 일이어서 일주일쯤 후에 우리는 모두 집으로 돌아왔다. 집에 돌아와 보니 아버지가 집에 오셨다가 우리를 찾으러 또 나가셨다고 한다.

하루가 지나서 아버지가 돌아오셨다. 그런데 할아버지께서 대단히 노하셔서 어머니를 나무라며 화를 내셨고, 어머니는 죄인처럼 부엌에서 나오지도 못하고 계속 일만 하셨다. 어머니가 피난을 가자고 서둘러서 아버지가 사지에서 겨우 살아오시고 소와 마차 등 많은 중요한 짐들을 모두 잃어버렸다고 어머니를 원망하셨다. 아버지는 많이 잃어버렸지만 몇 가지는 건졌다며 짐을 펼쳐보았다. 아! 그런데 가지고 오신 짐을 풀어보니 모두 헌 베개, 버선짝, 걸레 뭉텅이들 이런 것들로 부피가 채워져 있었다. 우리가 가지고 갔던 고급 옷감, 비단, 양복 기지들은 하나도 없었다. 피난 갈 때에 어머니는 평소에 아끼던 물건만 싸가지고 갔었는데 보따리에서는 엉뚱한 것만 나왔다.

아버지는 그동안 겪으신 일을 이야기하셨다. 우리를 데려오기로 하고 고모부 남매가 오산 기와공장을 떠난 후 곧바로 전투가 시작되었다고 한다. 우리 국군부대가 주둔했던 기와공장에는 군인들이 전투를 준비하였는데, 민간인이었던 아버지는 안전한 곳에 계셨지만 큰 개울 사이로 서울 쪽은 이미 인민군이 와있었고 개울 남쪽 오산에는 국군이 주둔하고 있었다. 아버지는 국군이 있는 쪽 뚝 밑에 숨어 있었다고 한다. 뚝 밑엔 논들이 있었는데 비는 계속 오고 엎드려 있는 옆으로 총알이 계속 날아왔다. 용케도 총알이 아버지 몸을 피해서 논바닥에 콩콩 박히면서 아버지는 겨우 살아나셨다고 한다.

한동안 전투를 치른 후에 총성이 뜸해졌을 때 고개를 들어 기와공장 쪽을 바라보니 국군들은 모두 후퇴하고 아무도 없고 아버지가 엎드려있던 뚝방 길 위로는 인민군 탱크가 줄지어 지나가고 있었다고 한다. 인민군 부대가 오산을 이미 장악한 듯하였다. 고개를 들어보니 저쪽 논둑 사이에 아버지처럼 몸을 숨기고 고개를 빼꼼히 내미는 사람이 있어 반가워서 살살 그쪽으로 가니 이곳보다 그곳이 더 아늑하고 남들의 눈에 띄지 않아서 좋았다고 했다. 두 사람이 사정 이야기를 하다 보니 그 사람은 수원사람인데 피난을 가다가 그곳에서 전투를 만났다고 한다. 그 남자는 옷가지와 함께 쌀을 한 말쯤 짊어지고 있었는데 두 사람이 다 배가 고프던 차라 그 쌀을 지고 밥부터 먹고자 동네로 들어갔다고 한다. 동네는 모두 피란을 가서 빈집들이고 겨우 노인 부부가 있는 한 집을 발견하여 쌀을 풀어서 점심밥을 지어달라고 부탁을 했단다.

밥이 지어질 동안 마차에 가서 우선 손에 잡히는 대로 가방을 하나 열어보니 고모님댁 물건인 듯 금붙이가 들어있는 가방 하나를 들고 우리집 옷들과 귀중품 들어있는 큰 보따리를 하나 짊어지고 와서 점심을 먹고 다시 그 수원사람과 같이 마차에서 짐을 한 개씩 짊어지고 와서 내려놓았다. 또 다시 한 번 가려고 언덕에 올라서니 벌써 인민군이 말을 타고 와서 소와 마차를 통째로 끌고 가고 있더라고 말씀하셨다. 그래서 할 수 없이 가방 하나와 이불 짐 하나만 짊어지고 다시 찾으러 온다고 짐 하나는 그 집에 맡겨두고 돌아오셨다고 한다. 짐을 놓고 식구들을 찾으러 갔다가 오늘 온 것이라며 그 짐을 풀어보니 그 지경이 된 것이었다. 중요한 물품들과 소 한 마리, 마차 위에 실린 쌀 한가마, 보리쌀 한 가마 기타 짐들을 모두 잃고 집으로 돌아오신 것이다.

재산도 잃고 소도 잃고 많은 손실을 보고 집에 돌아왔으나 세상은 변해있었다. 신갈리 면소재지에는 면사무소, 경찰서, 학교 모두 인민군이 들어와서 그들 세상으로 바뀌어 있었다. 학교에서는 확성기로 학생들은 모두 학교에 나오라며 매일 방송을 한다. 북한에서 부르는 노래를 매일같이 틀어놓고 면사무소에는 인민위원장이 있고 그 밑에는 인민위원이라면서 팔에는 빨간 완장을 차고 돌아다녔다.

우리 동네에서도 큰 변화가 생겼다.

아버지를 서방님, 우리 할머니와 어머니를 마님이라고 부르던 동네 사람들이 붉은 완장을 차고 우리 집에 와서 "김한식 동무!", 할머니와 어머니께는 "여성동무" 하며 막 반말로 불렀다. 저녁마다 무슨 회의가 열린다며 회의에 나오라고 한다. 아버지는 바쁜 일이 있어서, 어머니는 아파서 못 간다고 우리 식구 대표로 복녀가 매일 회의에 참석했다.

복녀는 회의에 다녀와서 이상한 소리를 한다. "지주들의 땅을 압수해서 땅이 없는 사람들에게 모두 땅을 나눠준대요. 우리도 큰일 났어요. 아주머니, 우리 땅 다 뺏기게 생겼어요. 회의에 안 나오면 모두 반동분자래요. 아주머니, 아저씨도 안 나가면 모두 잡아간대요."

나도 학교에 가고 싶었지만 아버지가 가지 말라고 해서 못 가고 집에만 있었다. 이런저런 이야기들이 많이 들린다. 지주들의 땅은 모두 뺏어서 못사는 사람들에게 나누어주어서 공평한 세상이 만들어진다고 한다. 팔에 빨간 완장을 찬 사람들이 매일 우리 집에 와서 우리 집 땅문서를 내놓으라고 했다. 우리 동네에서 가난하게 살던 사람들은 모두 신이 났다. 모두 완장을 차고 감투를 쓰고 무슨 인민위원장 칭호를 쓰며 어른들한테도 '동무! 동무!' 하며 어깨를 으쓱거리고 다녔다.

신갈리에 지식인이라는 사람들은 모두 납치당했다고 한다. 아버지가 피란 갔다 돌아온 어느 날 저녁, 아버지 친구가 밤중에 찾아왔다. 그 사람도 ○○위원장이라는 감투를 쓰고 있었는데 아버지에게 지금 당장 어디로 피신을 하라고 말했다. 이 밤중에 어디를 가냐고 아버지가 안 된다 하니까, 신갈리에 김원식 아저씨도 어제 끌려갔고 아버지는 피란 갔다 온 줄을 몰랐으니까 이제까지 무사했지만, 다음이 아버지 차례라면서 명단에서 아버지 이름을 봤다고 했다.

그 사람의 말대로 아버지는 그 밤중에 '지곡리'라는 산속마을로 피하셨다. 다음날 정말 그 아저씨 말대로 인민군들이 아버지를 잡으러 우리 집으로 왔다. 아버지가 어디 가셨느냐고 어머니께 찾아내라고 위협했다. 오늘 아침에 나가셨다고 하니 어디에다 숨겼느냐고 어머니를 다그쳤다. 매일매일 김한식 동무 돌아왔느냐며 찾아왔다. 집에 어디 숨었는가 해서 헛간에 말아놓은 멍석들도 날카로운 꼬챙이로 쿡쿡 찔러보고 작년에 무를 묻었던 무구덩이도 삽으로 다시 파보고 집안에도 방에도 돌아와서 방에도 다락에도 올려다보고 이렇게 매일 와서 식구들을 위협하며 괴롭혔다.

이런 일이 3개월 정도나 이어졌다. 9·28수복이 되고 나서 아버지는 집으로 돌아오셨고 신갈리에 면사무소와 학교, 경찰서 등에는 또 한 번 변화가 생겼다. 학교 운동장에 미군 부대와 국군부대가 들어섰고 면사무소와 경찰서엔 국군과 청년단에서 치안과 질서를 위해서 자리를 잡고 활동했다. 인민군이 점령했을 때 완장 차고 앞에서 "동무 동무" 하며 사람들을 괴롭혔던 그들은 부역자라 해서 또 잡혀 들어갔다. 아버지는 숨어 지내시던 곳에서 돌아와 또다시 농사일에만 전념하셨다.

그해 전쟁은 겪었으나 농사는 대풍년이었다. 나는 학교에 다시 나갔고 학교는 폭격에 맞아 불타서 공부할 곳이 없으니 근처 동네의 큰 느티나무나 공회당 같은 곳에서 임시로 쪼그만 칠판을 나무에 걸고 바닥에 앉아서 공부했다.

아버지는 보라리에 정미소를 사서 운영하셨다. 이 정미소는 보라리, 하갈리, 상갈리 일대에서 농사짓는 사람들이 모두 이용하니 꽤 잘 되었다. 하갈리 아랫말에 우리 김씨 집안에 금부도사 벼슬을 지낸 집안이 있다. 그 댁 장손 김지환 씨가 살던 집은 300년이 되었다고 했다. 6·25가 터지기 전 해에 전라도에서 올라온 정○○씨에게 그 집을 팔고 서울로 이사 갔다. 그 정○○씨가 인민군이 주둔하던 시절에 우리 면에서 중요한 직책을 맡아서 인민군에게 협조했다 해서 9·28수복 후 감옥살이를 하게 되었다. 동네 사람들과 이웃들은 그 가족에게도 싸늘한 태도여서 식량이 떨어져서 밥을 굶는 등 곤란을 당하여도 도와주는 사람이 없었다. 그 이듬해 휴전이 되고 사회는 안정세로 자리잡혀갔으나 정씨 부인은 이웃의 냉담 속에서 어렵게 살았다. 그즈음 우리 집이 정미소를 운영할 때였는데 한밤중에 그 부인이 이웃 사람 몰래 우리 집을 찾아왔다. 그 집의 곤란한 상황을 딱하게 여겨 아버지는 가끔 보리쌀 등을 한 말씩 주었다. 남편이 잘못했으나 그 가족이야 무슨 죄가 있느냐면서 인품 좋은 우리 아버지께서 도와주셨던 것이다.

이듬해 그의 남편이 감옥에서 나오자 집을 팔고 고향으로 내려갔다. 금부도사가 나왔던 곳이니 집터가 좋다면서 아버지가 그 집을 샀다. 새로 지은 불당골 집을 팔고 아랫말 금부도사 댁 옛날식 기와집으로 우리는 이사하였다.

그때가 내가 초등학교 5학년 때였다. 이때부터 이 집에서 나는 중·고등학교, 대학까지 성장기를 보내고 결혼할 때까지 살았다.

일사후퇴로 인한 두 번째 피난살이

기습남침한 인민군에게 우리의 낙동강 전선도 무너지고 경상도 일부와 부산만 빼고는 전국이 거의 다 인민군에게 점령당했다. 맥아더 장군은 기습적인 인천 상륙작전으로 서울을 탈환하고 내처 압록강까지 전진했다. 압록강 철교를 끊으려 했으나 트루먼 미국 대통령의 반대로 맥아더 장군은 압록강 다리를 끊지 못하고 있다가 불시에 중공군이 한국전쟁에 참여함으로 후퇴를 거듭하여 국민들은 또 한 번의 피난을 가게 되었다.

우리 국군과 유엔군은 남으로 후퇴에 후퇴를 거듭하였고, 우리가 사는 기흥면에도 위협이 다가오고 있었다. 우리 식구는 6·25전쟁 직후 피난 갔다가 사지에서 겨우 살아 돌아왔고, 재산 일부를 잃고 난 후라 이번에는 피난 가는 것을 신중하게 생각하던 중이었다.

어느 날 아침 일찍 할아버지가 신갈리 집에서 오셨다. 그리고 빨리 피난 갈 준비를 하라고 말씀하셨다. 지난여름, 피난 다녀왔던 것에 호통을 치셨던 할아버지가 피난 가라는 말씀에 의아해하고 있는데, 신갈초등학교 운동장에 주둔해 있던 미군 부대가 밤사이에 모두 떠나버렸다는 것이었다. 경순이 신랑(경찰관)이 오늘 아침 자동차 편이 있어 신갈 식구들이(할아버지 소실과 그의 딸과 사위) 아침 일찍 떠났다는 것이었다. 사태가 심각하게 돌아간다면서 "빨리 빨리, 서둘러라!" 계속 독촉하셨다. 온 식구가 허둥지둥 피난 짐을 꾸렸다. 이번에는 간단하게 짐을 꾸렸다. 가다가 덮고 잘 이부자리 한 벌, 당장 갈아입을 옷 한 벌씩, 가다가 물이라도 떠먹을 주전자, 냄비 등을 챙겨서 식구마다 등에 한 짐씩 지고 갈 준비를 마쳤다.

올해는 유난히 풍년이 들어 농사지은 볏가마가 120가마나 뒷마루에 천장까지 쌓여있는데 먹어보지도 못하고 또 피란이라니… 할아버지는 "집에 있는 것들은 내가 다 지켜 줄 테니 빨리 출발하라." 며 재촉하셨다.

저녁밥을 먹은 후 우리는 모두 짐을 하나씩 짊어지고 집을 떠났다. 부지런히 걸어서 방아다리쯤에서 민가에 들러 방을 잡아 숙박을 하려 했는데 한방에 10여 명 이상이 들어가니 질 수가 없다. 밖에 나가서 서성이는 사람이 많았다. 탄식 소리에 얼른 밖으로 나오니 우리가 떠나온 신갈 면소재지일까? 폭격으로 불타는 북쪽 하늘이 벌겋게 달아올랐다. 신갈에 폭격을 맞았나 보구나. 쿵! 쿵! 대포 소리, 비행기 소리에 가슴이 두근거리고 무섭다.

'우리 동네는 괜찮을까? 오늘 저녁 출발하기를 잘했구나, 여기도 폭격을 당하면 어쩌지?' 하는 생각으로 잠을 이루지 못했다. 이튿날 도 우리는 계속 걸었다. 다리가 아팠다. 이번엔 목적지가 삼귀(화성 군 장안면 사곡리) 외갓집이었다. 우리 집에서 백릿길인데 언제쯤 갈 수 있을까, 이불 짐 위에 올라탄 동생이 부러웠다.

점심때가 되었다. 아침도 못 먹고 점심때가 되니 배가 몹시 고프다. 길 옆 잔디밭에서 돌을 3개 놓고 냄비에 밥을 지어서 먹었다. 그런데 점심을 먹고 나서 복녀가 자기는 피란을 가지 않고 집으로 돌아가겠다고 한다. "중공군이 쳐들어오는데 다 큰 처녀애가 남아서 무슨 봉변을 당하려고 그러느냐?"라면서 어머니와 아버지는 말렸다. 그래도 복녀는 완강했다. 그때 복녀 나이는 18살이었다. 집에 돌아가서 할머니 할아버지께 밥해드리고 집 잘 지키며 있겠다며 끝내 되돌아섰다. 어머니가 "집에 돌아가면 집에 있는 쌀로 다 밥 지어 먹고 내 옷장에 있는 옷도 내가 살아 돌아올지 어떨지 모르니 꺼내 입어도 좋다."라고 복녀에게 말씀하셨다.

우리는 외갓집을 향하여 계속 걸었다. 저녁쯤에 외갓집에 도착했다. 외할머니가 매우 반가워하시며 잘 왔다고 하셨다. 할머니 댁에는 이미 서울에서 대식구가 내려와 있어서 우리 식구까지 합치니 17명이나 되었다. 우리 식구 5명 말고 큰외삼촌 댁 식구, 이모님 댁 식구, 할머니와 아범이 매일같이 할머니 집에 정해진 식량을 축내며 살아야 했다. 기거하는 방도 모자라서 이웃집 방까지 빌려서 쓰고 식사 때만 모이는 생활을 했다.

우리 식구는 할머니 댁 뒤채에서 기거하였는데 추운 겨울에 나무도 모자라서 아버지는 매일 나무를 하러 다니셨다. 피난 온 친척 중에 외삼촌들은 다 공무원이어서 정부 따라 부산으로 내려가셨고 여자들만 모두 이곳으로 모이고 아이들이 8명, 남자어른이라고는 아버지 한 분뿐이었다. 나중에는 아카시아 생나무를 베어다가 가시에 찔리면서 방에 불을 땠다. 나와 외사촌 동생 근용이는 땔감을 구한다고 갈퀴로 잔디밭을 긁어서 한 아름씩 해오기도 했다. 철모르는 우리 아이들은 고생인 줄 모르고 즐겁게 놀며 평온하게 지냈다.

나는 동생들과 노는 것보다 문용이 오빠와 놀고 싶었다. 그러나 오빠는 나와 놀아주지 않고 매일 나를 따돌리고 홍광이 아저씨와 세규 할아버지와(나이는 동감이었어도 항열이 높아서) 스케이트 타러 가고 썰매 타고 멀리까지 가서 놀다오곤 했다. 나도 같이 가자고 조르면 여자애들이 거기 가면 위험하다느니 멀리 갈 거라느니 핑계만 대고 나는 끼워주지 않았다. 나는 집 근처에서 잔디밭을 긁든가 자치기, 구슬치기 등을 하면서 놀았다. 가끔 샛골 할머니 댁에 가서 옛날이야기를 듣기도 했다.

어느 날, 놀다가 점심때가 되어 집에 왔는데 식구들이 점심을 다 먹고 치운 다음이었다. 그 시절에는 양식이 부족하니 점심은 거의 못 먹는 때가 많았고 먹을 때는 찬밥이 남았을 경우였다. 점심 먹으라고 나를 부르지 않은 것에 몹시 화가 나고 고깝고 서운했다. 나는 어머니께 울면서 투정을 부렸다. 어머니는 오히려 나를 꾸중하셨다. 계집애가 놀다가도 때가 되면 알아서 들어와야지 지나고 와서 밥투정이냐고.

나는 더 크게 울면서 오빠가 안 들어오면 나한테 오빠 불러오라고 시키더니 나는 왜 안 불렀냐고 푸념하면서 울었다. 외숙모가 미안하다며 다음에는 너도 꼭 부를 거라면서 달래셨다. 외가에 많은 식구가 모여 살았으니 식량이 모자라서 점심은 찬밥이 있을 때 조금씩 나눠 먹는 정도였다. 어머니 처지로서는 친정집에 다섯 식구가 얹혀 있게 된 셈이니 면목이 없으셨을 것이다. 그래서 딸이 안 보여도 차마 부르지 못하고 잠자코 계신 것이었다. 후일에 내가 성장하고 두고두고 피난 시절 일을 떠올리며 외숙모는 나에게 미안하다시며 웃던 일이 생각난다.

아버지는 젊은 남자가 이곳에 남아 있다가 상황이 나빠지면 어려워진다며 그곳을 떠나 남쪽으로 가셨다가 전국이 모두 중공군판이 되어서 되돌아오셔서 계속 그곳에서 수복될 때까지 계시다가 집으로 돌아오셨다. 삼귀라는 고장은 정감록에도 중요한 피난처로 기록되어 있다는 말들을 하였다. 우리는 그곳에서 3개월 동안 중공군도 못 보고 폭격도 모르고 잘 지내다가 집으로 돌아왔다.

전쟁 중에 아버지와 집에 다녀가다

1954년 2월에 아버지는 집에 먼저 한번 다녀오시겠다고 했다. 나는 아버지를 따라나섰다. 어린아이가 그 먼 곳을 걸어서 갈 것을 생각하고 식구들은 모두 나를 말렸다. 그럼에도 불구하고 나는 아버지를 따라나섰다. 전세가 어떤 상황인지 모르니 큰길로 안 가고 산길로만 걸어서 갔다. 눈이 많이 와서 발이 푹푹 빠지는 길을 나는 아버지를 뒤따라 걸었다. 집에 간다는 기쁨에 마음이 즐거웠다. 눈 위에 아버지의 발자국이 큼직큼직하게 났다. 나는 그 발자국만 따라 가려고 걸었으나 아버지의 발자국의 간격이 얼마나 넓은지 내 다리를 한껏 벌려도 닿지가 않는다. 아버지는 보통 걸음으로 걸으셔도 나는 껑충껑충 뛰어야만 그 발자국을 따라서 밟을 수가 있었다. 아버지께 좀 천천히 걸으시라고 말하며 여전히 나는 아버지 발자국을 뒤쫓아 갔다. 나는 뒤따라가면서 노래도 불렀다. 눈 내리는 밤, 겨울나무, 산토끼 토끼야, 송이송이 눈꽃송이… 내가 아는 겨울노래는 다 나왔다. 중간에 시골마을, 아버지가 아는 사람 집에서 하룻밤을 잤다. 이틀을 꼬박 걸어서 저녁때에야 집에 도착했다. 할머니, 할아버지께서는 죽었던 아들이 살아 돌아온 듯 반가워 하셨다. 두 분은 건강하셨다. 그러나 많이 늙어보였다. 그 밤 그 동안 두 분이 겪으신 전쟁이야기를 밤이 늦도록 해주셨다.

면소재지는 폭격으로 모두 불타버렸고, 하갈리 마을에도 중공군이 들어와 불당골 우리 큰집에 본부를 차렸다고 한다. 불당골은 산 중턱에 자리 잡고 있는 마을이고 삼태기처럼 산으로 빙 둘러싸여 있어 아늑하고 멀리서도 잘 보이지 않은 마을이다.

중공군이 산에 뺑 돌아가며 방공호를 파놓고는 낮에는 모두 그 속에 들어가 있다가 밤이 되면 동네로 내려오는데 어느 날, 할아버지 할머니 두 분이 계시는 집에 와서는 우리 집 쌀로 큰 가마솥에 밥을 해먹고, 외양간에 있는 우리 집 소도 잡아서 삶아 먹는 등 난리를 피웠다고 했다. 또 마을 집집마다 들어가서 마구 뒤져서 먹을 것은 무엇이든지 가져가서 동네 사람들은 먹을 양식이 없어서 굶는 집도 많다고 했다. 우리 집 광에 있는 쌀과 잡곡, 보리쌀도 모두 다 가져 갔고, 뒷마루에 농사지어서 쌓아두었던 벼 120가마니도 다 가져 가서 절구에 빻아서 밥을 해 먹고 잡곡도 다 가져가서 하나도 없다고 하셨다.

할머니, 할아버지는 중공군들이 방공호에 들어가 있는 낮에 그들 몰래 밭 짚단 속에 벼 네 가마니를 숨겨 놓았다고 하셨다. 그때는 중공군이 다 후퇴한 상태였으나 먹을 것은 죄다 그들에게 빼앗겨서 동네 사람들은 밥 지어 먹을 쌀조차 없다고 하셨다. 할아버지 할머니도 다 빼앗기고 짚단 속에 숨겨둔 것을 조금씩 꺼내서 매일 절구에 찧어서 밥을 해 먹고 있다고 하셨다. 중공군들이 소를 잡아먹고 내어버린 소머리를 주워다 고와서 절편을 만들었다면서 소머리 수육을 내오셨다. 우리는 외가에서 편안한 피난 생활을 하고 있었으나 할머니, 할아버지 두 노인분은 중공군들에게 시달리면서 갖은 고생을 하셨던 것이다.

1·4후퇴 때에도 우리 집 재산의 피해가 막대했으며 할머니, 할아버지 두 분께서 고생을 많이 하시고 전쟁의 고통을 온통 몸으로 겪고 계셨었다.

아버지는 나를 할머니 할아버지께 맡겨두고 다시 외가로 돌아가서 3월이 되어서야 가족들과 함께 집으로 돌아오셨다.

6·25전쟁으로 7월과 그 이듬해 1월 두 번에 걸친 피난으로 우리 집은 재산의 피해도 컸고, 오산 전투에서 후퇴하는 국군 대열 속에서 생사의 갈림길에서 겨우 살아오기도 했다. 인민군과 중공군에게 갖은 고초를 겪는 등 전쟁의 소용돌이 속에서 우리 가족은 6·25 한국전쟁의 쓰라린 경험을 모두 겪었다.

외갓집의 추억

어린 시절 방학만 되면 외갓집에 가는 것이 나의 큰 즐거움이었다.

어머니와 같이 간 것은 어릴 적 몇 번 정도이고, 6·25전쟁 때 피난을 다녀온 후부터는 룩색(배낭)을 메고 나 혼자 또는 동생과 다녀오곤 했다.

수원에서 조암행 버스를 어머니가 태워주시면 버스 종점인 조암에서 내리면 되었다. 다음은 사곡리(사수러지)로 가는 길로 들어서서 3km정도를 걸어가 고개를 하나 넘으면 그 아래에 외갓집 동네가 내려다보인다. 할머니 댁 대문 안으로 들어서면서 "할머니!" 하고 큰 소리로 부르면 할머니는 "아이구! 내 강아지 왔네." 하시면서 달려 나오시곤 했다.

그날부터 할머니는 매일같이 특별식을 만들어 주셨다. 아침마다 생선장수 아주머니가 물고기, 조개 등을 머리에 이고 팔러 오면 할머니는 맛조개를 사서 국도 끓여 주시고 꽃게탕도 만들어 주시고 가지가지 해산물 요리로 매일같이 입이 호강하였다.

방학이 되면 또 기다려지는 것은 외사촌 오빠를 만나는 일이다. 오빠도 방학이 되면 서울에서 할머니 댁으로 오는 것이다. 문용 오빠는 나보다 2살 더 많았는데 나에게는 내 위로 언니도 오빠도 없어서 오빠를 만나서 노는 것이 참으로 좋았다. 시골 사는 나에게는 서울에서 학교에 다니는 오빠 친구들의 이야기와 학교생활에 대해 듣는 것도 재미있었다. 또 오빠는 노래를 잘 불렀다. 나도 노래를 잘했지만 오빠는 테너 성악가처럼 목소리도 좋고 명곡도 많이 알고 있어서 나도 따라서 같이 부르며 명곡도 많이 배웠다. 여름에는 저녁을 먹고 나면 비두봉에 올라가서 동네를 내려다보며 〈아 목동아〉를 유명한 테너 가수처럼 부르는 오빠의 그 시원한 목소리가 내 가슴을 확~ 트이게 하였다.

그런데 내가 중학생이 되고 오빠는 고등학생이 되면서부터는 오빠는 나를 떼어 놓고 홍광 아저씨와 세규 할아버지(항렬이 높아서 그렇게 부르나 나이는 오빠와 동갑내기)와만 같이 돌아다니고 나에게는 핑계만 대고 따돌려서 서운했다. 어쨌든 오빠와 외사촌동생 근용이와 만나는 것은 항상 즐거웠다.

1·4후퇴 피난 시절엔 학교도 안 가니 매일같이 무료한 생활이었다. 그래서 돌아가면서 친척 집으로 놀러 가는 게 일과 중에 하나였다. 친척 샛골할머니 댁에 간 적이 많았다. 샛골 할머니는 외할아버지의 여동생이셨으니 외가로 대고모 할머니이시다. 일찍이 혼자 되셔서 친정 동네에 와서 아드님 형제와 사셨다. 큰아드님(완희 아저씨)과 작은 아드님(병희 아저씨)과 사셨는데, 완희 아저씨가 전투경찰로 지리산 공비토벌하다가 전사하였고, 병희 아저씨는 국군 장교

로 6·25전투에 참전하셔서 집에 계시지 않았다. 이 두 분 아저씨는 한 번도 본 적은 없지만, 우리 어머니 처녀 때부터 누님, 누님 하면서 잘 따르고 좋아하셨다고 한다. 우리 집 앨범에 두 분의 사진이 붙어 있는 것을 보았는데 두 분 다 훤칠한 미남이셨다.

그런데 당시 샛골 할머니 댁에 예쁘게 생긴 아가씨가 피난 와 있었는데 배철이라는 두 살배기 아기와 같이 있었다. 그 아가씬 병희 아저씨 애인이라고 했다. 그때 그 아기는 병희 아저씨 아들이라고 했는데 예쁘고 귀여웠던 아기가 지금쯤은 어떻게 지내고 있는지 궁금하다.

결국 그후 병희 아저씨는 6·25 전쟁터에서 전사하셨다 한다.

샛골 할머니의 혈육이라고는 이제 그때 '이배철'이라는 아기만 남게 되는 셈으로 6촌 동생 한 사람만 남았을 것이다. 촌수로 따지면 나와 그는 외가 쪽으로 6촌이 되는 셈으로 나와 같이 해풍김씨의 피가 섞였다고 생각하니 한 번쯤 그를 만나보고 싶다. 아마도 지금쯤 그도 70대의 나이가 되었으리라. 탤런트 장정희 씨가 이배철 씨의 아내란 말을 이모님께 들은 적이 있다. 장정희 씨와 함께 한 번 만나보고도 싶다.

샛골 할머니 댁에 가면 우리를 반겨 주시고 엿도 주시고 옛날이야기도 잘해 주셨다. 특히 육전소설을 많이 읽으셔서 "양창국이가 홍년이를 사랑했는데…" 하시면서 코흘리개 여섯 살부터 열 살 난 아이들에게 실감있게 이야기를 이어나가셨다. 어린 우리는 무슨 뜻인지는 잘 몰라도 그 이야기의 흐름만으로도 재미있어 하며 들었던 기억이 난다. 육전소설은 내가 후일에 학교에서 국문학사 시간에 최초의 소설이 생기기 전 육전소설이 나왔다는 것을 배웠다. 우리에게 들려주시던 그 소설 내용이 〈옥루몽〉이었던 것을 생각하면 샛골 할머니는 당시 노인으로서는 소설을 즐겨 읽으시는 인테리 노인이셨음이 짐작된다.

어머니가 늘 나보고 하시는 말씀이 "너는 왜 말하는 것이 그렇게 느리냐 샛골 할머니를 닮았느냐?" 하실 때마다 나는 샛골할머니를 머리에 떠올리곤 한다.

외갓집에는 큰할아버지댁이 있고, 우리 할아버지는 둘째분이시고 그 밑으로 작은할아버지가 계셨다. 그 시절 우리 꼬맹이들은 작은할아버지댁에도 잘 갔었다. 작은댁 할아버지는 우리 꼬마들을 데리고 귀엽다는 듯이 하나하나 생김새의 특징을 잡아서 별명도 붙여주셨다. 내 동생 학은이는 깜둥이, 홍용이는 미국놈, 광용이는 중국놈… 등의 별명을 시어주셨다. 작은댁 할아버지는 아들만 6형제를 두셨다. 피난 시절 외가에서 설을 지냈는데 아저씨들이 너무 많아서 세배할 때 힘이 들었던 기억도 있다.

6·25전쟁이 끝나고 내가 5학년 여름 방학 때 외갓집에 갔을 때다. 바다 구경 한 번 못한 내가 바다에 가고 싶다고 할머니께 졸랐으나 우리끼리는 보낼 수 없다고 승낙하지 않으셨다. 외사촌동생과 내가 하도 조르니까 외갓집 뒷채에 하숙하고 있던 박 선생님께 부탁을 하셔서 근용이와 나는 박 선생님을 따라서 바닷가에 갔다. 방게를 많이 잡아 오겠다고 커다란 바구니를 가지고 바닷가에 갔다. 고로니

바닷가는 아니라는데 마을과 조금 가까운 곳으로 갔던 것 같다.

그런데 그림에서 보았던 넓은 바다는 없고 물이 다 빠져나간 미끄러운 갯벌만 울퉁불퉁 보였다. 방게들은 많았다. 까맣게 나와 있다가 우리가 가까이 다가가니 구멍으로 쏙쏙 재빨리 다 들어가 버렸다. 여간해서 잡기가 어려웠다. 바닥이 미끄러워 엉덩방아를 찧고 옷이 흙투성이가 되었다. 방게는 얼마 잡지도 못하고 큰 바구니만 들고 돌아왔다.

나는 초등학교에 다니면서 영덕리에 사는 아이들이 부러울 때가 있었다. 감 때문이었다. 우리 집엔 감나무가 없었다. 감나무는 북쪽 산이 막혀야 잘 자란다는데 우리 동네는 서쪽에 산이 있고 북쪽에 벌판으로 확 트여있었다. 그래서인지 우리 동네엔 감나무 있는 집이 없었다. 그런데 봄마다 영덕리 애들은 감꽃을 실에 꿰어 학교에 가지고 와서 먹었는데 나도 먹고 싶었으나 주지도 않고 약만 올렸다. 가을에는 감을 가지고 와서 먹었다.

'우리 외갓집에도 감이 많이 있는데 겨울방학 때 가서 많이 먹어야지' 하며 겨울방학을 기다렸다. 외할머니는 겨울방학 때 손주들에게 줄 연시를 다락에 큰 모판에 많이 담아놓고 기다리셨다.

집으로 돌아올 때 나는 감과 연시를 가져가겠다고 했다. 할머게서 연시는 가는 도중에 터져서 못 먹는다며 안 된다고 하셨다. 그래도 나는 엄마께 갖다 드리고 싶다며 할머니를 졸라댔다. 그러니까 할머니는 상자에 잘 넣어서 배낭에 짊어지도록 해주셨다. 조심스럽게 안고 왔는데도 집에 와서 짐을 풀어보니 연시는 모두 터져서 범

벽이 되어있었다. 그 아까운 연시들을 우리 식구들은 수저로 떠먹었다.

이제 외갓집 동네인 화성군 장안면 일대는 반월공단이 되어 버렸고 사수러지 동네는 지금 어떻게 되었을까 한번 찾아가 보고 싶기도 하다. 어떻게 변했는지 궁금하다.

나 어릴 적 외갓집에서의 많은 추억은 아직도 생생하게 영화필름처럼 나의 머릿속에서 아름답게 돌아가고 있다.

원두막

8월로 들어서며 여기저기 과일가게마다 제철인 노오란 참외가 진열되어 있다. 해마다 이맘때면 가족이 둘러앉아 참외를 먹으며 참외와 원두막에 얽힌 옛 추억들을 회상하곤 한다.

내가 어릴 적 우리 집에서는 해마다 동네 어귀에 있는 밭에 참외와 수박을 심었다. 농촌에서 쌀농사 이외에 돈을 만져볼 수 있는 것은 원두 농사밖에는 없었기 때문이었다.

지금은 참외 하면 노란 골이 패어 줄이 죽죽 간 은천 참외가 참외의 대명사인 양 되어버렸지만 이 참외가 나오기 전에는 참외 종류도 참 많았다. 호박같이 생긴 호박참외, 개구리같이 거죽이 녹색바탕에 검은 점이 찍힌 개골참외, 하얀색이 나는 백참외, 노랑참외… 등이 있었다. 개골참외는 성환에서 많이 난다. 그래서 성환참외라고도 했는데 식감이 사각사각하고 과육은 배맛 같으면서 물이 많고 시원하여 인기가 많아 값도 비쌌다. 참외밭에 참외가 익어갈 무렵이면, 어김없이 원두막이 지어졌고 여름방학이 되면 그 원두막은 으레 나와 내 동생들의 놀이터가 되기도 했다.

원두막은 땅 위로 1.5m 정도 높이로 마루같이 널빤지가 깔리고 서까래를 걸어 초가지붕도 얹어 원두막이 만들어진다. 사다리를 타고 올라가 앉아있노라면 선들선들 바람도 불어오고 맴맴 매미가 우는 산과 들판이 답답한 집 안에 있는 것보다 좋았다. 이곳에서 방학 숙제도 하고 멀리 보이는 미루나무를 넣은 풍경화도 그렸다. 원두막의 백미는 저녁 무렵이었다. 해가 서산으로 꼴딱 넘어가고 저녁밥을 먹고 다시 나오면 어둠이 깔리기 시작하면서 반딧불이 깜박깜박 날아다녔다. 이때쯤 아버지가 원두막 아래에 모깃불을 피워놓으셨다. 타작하여 생긴 보리까락과 들판에서 막 베어온 땡비에서 약쑥 타는 냄새가 연기와 함께 올라오면 우리 형제들은 원두막에 누워 금가루를 뿌린 듯 총총한 하늘의 별들을 바라보며 목청껏 노래를 불렀다.

"푸른 하늘 은하수 하얀 쪽배엔…""둥근달 밝은 달 동산 위에 떠올라 한없이 떠 가네 어디까지 가~아나…"

이렇게 놀다보면 어머니가 옥수수를 쪄 내오고 아버지는 참외를 따와서 우리 식구의 간식 파티가 열린다. 밤이 이슥해진 후에 아버지만 원두막에 남겨두고 우리는 어머니와 함께 집으로 들어오곤 했다.

우리 집 원두막을 우리 형제들보다 더 좋아하는 아이들이 있었는데 나의 외사촌, 고종사촌, 이종사촌들이었다. 그 시절엔 바캉스네 휴가철이네 하면서 바다로 해수욕을 가거나, 계곡으로 피서를 가는 건 생각지도 못하던 시절이었다. 사촌들은 여름방학이 오기만을 기다렸다가 시골 우리 집에 한 차례씩 다녀가는 것이 큰 즐거움이었다.

그래서 여름방학이면 어머니는 방학 내내 바빠지셨다. 고모 집인 우리 집에 온 외사촌들, 이모 집에 오는 이종사촌, 또 외가 집에 놀러오는 고종사촌들이 오는 등 방학 내내 사촌들이 오고 갔다. 모처럼 놀러 온 꼬마 손님들을 위해서 어머니는 하루 세끼 반찬에 신경을 쓰셔서 밥상을 차려냈고, 간식으로 감자를 찌랴, 옥수수를 삶으랴 참외 따서 먹이랴 늘 분주하셨다. 철없던 우리는 어머니가 힘든 것은 아랑곳하지도 않고 왁자한 집안 분위기가 좋았고 사촌들과 어울려 노는 것이 마냥 즐거웠다. 식사를 한 차례 하고 나면 우르르 원두막으로 몰려갔고 거기서 별별 놀이를 다 벌였다. 서울내기와 시골뜨기들이 서로 자신들만이 알고 있는 놀이와 재주를 맘껏 펼치면서 놀았다.

밤에는 사촌들과 서로 원두막에서 자겠다고 경쟁을 벌였다. 잠자리래야 3명 정도 겨우 잘만한 공간으로 잠버릇이 사나운 아이는 잘못하면 자다가 떨어질지도 모를 불편한 곳임에도 불구하고 서로 자기가 자겠다고 다투었다.

원두막을 세우는 목적이 밤에 도둑들로부터 참외를 지키기 위함인데도 불구하고 놀려는 욕심에 서로 남기를 원했다. 결국 나이 어린 아이는 달래서 집으로 데려가고 사촌오빠와 남동생들 서너 명만이 최종 합격하였다. 아버지는 모깃불을 놓고 모기장을 쳐주고는 꼬마들에게 원두막을 양보하고 집에서 주무시곤 했다. 아이들은 잠도 자지 않고 서로 장난치며 낄낄대며 밤새도록 놀이 반 장난 반으로 자는 둥 마는 둥 한 아이들이 아침에 모기에 물려 팔뚝과 이마에 벌겋게 밤톨만 한 훈장을 달고 나타나곤 했다.

어느 해이던가. 아마 초등학교 5학년 때의 일인 듯하다. 아버지와 어머니께서 부부싸움을 크게 하셨다. 큰소리가 나고 어머니는 막 우시면서 "이렇게 사느니 그냥 죽어 버리겠다."고 하셨다.

우리 형제들도 어머니를 따라서 울었다. 어머니를 울리는 아버지가 미웠다. 어머니 말씀대로 돌아가시면 어쩌나 매우 걱정이 되었다. 이튿날도 어머니의 그 말이 머릿속에서 맴돌면서 지워지지를 않았다. 그런데 부부싸움을 하신 다음 날 뜻밖에 서울에 사시는 외할머니께서 오셨다.

그날 저녁 평소처럼 아버지는 원두막에 주무시러 나가고 어머니는 우리 남매와 함께 안방에서 주무셨다. 자다가 한밤중에 잠이 깨어보니 어머니가 안 보였다. 더럭 겁이 났다. 건넌방에서 주무시는 외할머니를 깨웠다. "할머니! 엄마가 없어졌어요." 나는 발을 동동 구르며 막 울었다. 외할머니는 의외로 태연하셨다.

"원두막에 너희 아버지한테 갔나 보지. 괜찮다. 그냥 들어가 자거라."

"아니에요. 어젯밤에 아버지와 싸우시면서 죽어버린다고 했단 말예요."

나는 대문 밖으로 뛰어나갔다. 정말로 원두막에 가셨는지 확인을 하기 위해서이다. 헐레벌떡 달려갔다. 그런데 저쪽에서 어머니가 천천히 여유롭게 걸어오시는 게 아닌가? 휴~ 이제 마음이 놓였다. 외할머니는 안 보시고도 어찌 그리 잘 아실까?

"엄마! 원두막에는 왜 갔어요?"

"응. 아버지가 잡수실 물 떠가지고 오라고 해서 갖다 드리고 오는 길이야."

어제는 그렇게 금방 큰일이라도 낼 것같이 싸우시고 하루 종일 말도 안하시더니… 참 어른들은 알 수 없는 일이라고 생각했다.

이제 사촌들도 모두 60이 넘은 노인이 되었다. 지금도 사촌 형제들을 만나면 어린 시절 원두막에서 놀던 아름다운 추억을 서로 이야기하며 웃곤 한다. 외할머니, 아버지, 어머니 모두 이제 고인이 되셨다. 그때 참외를 심었던 추억의 장소였던 밭에는 지금은 아파트가 들어앉았고 우리가 살던 집터엔 회색빛 빌라 건물이 들어차 여러 가구의 사람들이 복닥거리며 살고 있다.

그 시절 모깃불을 피워주고 참외를 따주던 아버지, 옥수수와 감자를 쪄 나르시던 어머니가 몹시 그립다.

말괄량이 계집애

"여자답지 못하다" "조신하지 못하다"라는 소리를 나는 어린 시절부터 어머니로부터 늘 들었다. 때로는 꾸중도 듣고 핀잔도 받았다. 사촌오빠들도 말괄량이라는 별명까지 붙여서 나를 놀렸다.

성격은 선천적으로 타고나는 것 같다. 유아기 때부터 나는 적극적이고 거침없는 데다가 대담한 남자아이 같았다는데 유년 시절과 소녀 시절에는 말괄량이란 소리를 들으며 자랐다. 어머니로부터 제제도 당하고 잔소리도 많이 들었지만 조신한 여성으로 변화되지는 못한 것 같다.

그렇게도 말괄량이였던 내가 중학교 시절에는 어머니와 주위의 제재 때문이었는지 소심하고 소극적인 아이로 변했다. 새로운 친구를 사귀는 일은 어려워서 초등학교부터 같은 중학교로 간 친구밖에는 친구도 거의 없었다. 고등학교 시절도 비슷했다. 그저 착하고 조용한 아이였고 내성적이고 소심한 아이로 커갔다.

어머니는 여성스럽지 못한 나의 장래를 걱정하며 집안일과 바느질, 뜨개질 등 여자로서 갖추어야 할 일들을 모두 가르치셨다. 치마,

저고리 등 여자의 한복, 남자의 한복, 심지어는 할아버지 두루마기까지 짓는 법을 가르치셨다. 고등학교 가정 시간에 배운 기본원형 뜨기와 일본 잡지 『주부지우』에 나오는 6세 아동의 윗옷 만드는 법을 응용하여 유치원에 다니는 막내동생의 윗옷을 하늘색 골덴 천을 사다가 만들어 입혔다. 그리고는 동생이 유치원 갈 때 나는 매일 그 옷만 입혀 보냈다. "내가 만들었지만 정말 잘 만들었다. 예쁘다."라며 나 자신에게 칭찬해 주고 싶었다.

나는 자수도 잘 놓고, 여성으로 해야 할 일은 다 잘하는 여인으로 컸지만, 남들은 외양만 보고 내가 내적인 소양을 갖춘 여성스런 여인임을 모른다. 아직도 집안 어른들이나 사촌오빠들은 나한테 말괄량이라고 부른다.

기차 통학생

내가 초등학교를 졸업했으나 우리 고장엔 중학교가 없어 수원시나 용인읍으로 가야 했다. 나는 수원에 있는 매향여자중학교에 입학했다. 그러나 우리 집에서 학교로 가는 버스 교통편이 없었고 오로지 수원과 여주를 오고 가는 수여선 협궤열차뿐이었다.

이 기차가 신갈역에 도착하는 시간은 아침 6시, 우리 고장 기흥면에 사는 중고등학생들은 모두 이 기차를 타고 수원에 있는 중고등학교에 다녔다. 수원중고등학교, 매향여중, 수원여중, 수원여고, 수원북중, 수원농고, 삼일중학교, 삼일고등학교 등 60여 명의 학생이 신갈역에서 이 협궤열차를 탔다. 어정역, 용인역에서부터 타고 오는 학생들까지 합하여 100여 명의 학생들이 이 협궤열차로 통학을 했다.

우리 집은 신갈역에서도 4km 더 들어가는 하갈리에 있었기 때문에 6시까지 신갈역에 도착하려면 5시 10분경에 집에서 나와야 했다. 어머니가 매일 아침마다 4시 30분경에 나를 깨워서 아침밥을 먹여 학교에 보내셨다. 어머니는 나를 아침밥을 먹이려고 매일 아침마다 3~4시에 일어나 새벽밥 지으시는 고생을 하셨다.

하갈리 우리 마을의 중고등학생은 윗마을에서 3명, 아랫마을(우리 동네)에서는 나 하나, 2년 뒤에는 내 동생까지 2명, 거기서 더 내려가서 쑥실에서 2명이 더 있었다.

고등학생 때도 그랬다. 고등학교는 수원여고를 다녔는데 수원역에는 7시 30분경에 도착해서 역에서 내려 3km여를 부지런히 걸어야 8시경에 우리 학교 수원여고에 도착할 수 있었다.

학교 수업을 마치는 시각은 오후 3시경이었다. 집으로 돌아가는 여주행 기차는 6시 30분에 출발이니 그때까지 우리는 갈 곳이 없다. 그 당시 학교에는 도서관도 없었고 지금처럼 시내에 독서실, 도서관도 없었다. 오로지 다시 기차역으로 돌아가서 기차 시간만 기다려야 하는데 역에는 앉을 곳도 없다. 역 주변을 서성이거나 구멍가게에서 잡다한 군것질을 하고, 대여섯 명이 한두 개 있는 구멍가게 쪽의자에 걸터앉아 있고 나머지 학생들은 서서 기다려야 했다. 공부도 안하고 시간만 때우다가 기차가 오면 타고 집에 가는 게 고작이었다. 수원이 집인 학생들은 일찍 귀가하여 복습도 하고 숙제도 할 텐데 우리는 책 한 번 펴보지도 못하고 고작 영어단어 몇 자 외우는 정도에 그쳤다. 기차를 기다리는 시간은 공부를 할 수 있는 공간도 없었고 공부할 분위기도 못 되었다.

기차는 7시 30분경에야 신갈역에 도착하고, 또다시 걸어서 집에 도착하면 저녁 식사 시간이다. 저녁밥을 먹고 나면 하루가 다 간다. 숙제나 공부도 별로 할 시간이 없었다. 12시까지 공부해야 숙제 정도 끝난다. 대부분 피곤해서 그냥 잠자리에 들고 만다.

아침에 자칫 늦잠이라도 들면 그만 기차를 놓치고 만다. 기차를 놓치면 10시 반쯤 수원행 버스 한 대가 신갈을 지나간다. 그 버스를 타고 수원에 도착한다 해도 인계동에서 매향동까지, 학교에 도착하면 4교시 수업 중이다. 그러니 통학 협궤열차를 놓치는 날에는 아예 학교 가기를 포기하고 집으로 돌아오는 수밖에 없다. 그래서 일 년이면 결석을 많이 했다. 수원에 방을 하나 얻어 자취생활을 한 적도 몇 번 있었으나 그것도 몇 달 하다가 그만 두곤 했었다.

이렇게 중고등학교 6년을 다녔으니 통학 생활이 얼마나 고달팠던가. 지금 생각해도 참으로 힘겨웠던 시절이었다.

학교 다니던 길

미루나무 따라 큰길 따라
흘러가는 구름 따라 시냇물 따라
한참을 가면
내가 어려서 다니던
우리학교…

나는 지금 달리는 자동차 안 조수석에 앉아 라디오에서 흘러나오
는 유명 가수의 노래를 듣고 있다. 노래 가사를 들으며 문득 어린
시절 내 고향마을의 작은 시골길을 생각한다. 개울 뚝 주변에 매미
소리 요란하던 미루나무, 그 위로 흰 구름 흘러가는 파아란 하늘이
펼쳐진 풍경화 같은 길을 연상한다. −가수가 부르는 노래의 노랫말
보다 더 아름다운 추억들이 나 어릴 적에 학교 다니던 길과 함께 그
림으로 그려져 떠오른다.

내가 살던 고향 마을은 초등학교가 있는 면소재지에서 약 3킬로미
터쯤 걸어 들어가야 하는 작은 마을이었다. 지금부터 55년 전이었으니

그 시절엔 전기도 없었고 시골길이라야 우마차가 다닐 수 있는 길이면 큰길이었고 거의가 농사짓는 논과 밭 사이에 있는 좁은 농로였다.

우리 동네를 '아랫말'이라 불렀다. 내가 학교 다니는 길은 '낭뎅이'부터 시작되었다. 마을을 벗어나면 동네를 감싸고 있는 산이 있는데 이곳을 사람들은 '낭뎅이'라 불렀던 것이다.

나는 이 '낭뎅이'를 참 좋아하였다. 이곳은 사계절의 변화를 알려주는 아름다운 산모퉁이 길이었다. 봄이면 진달래꽃부터 시작해서 5월이면 아카시아 꽃이 만발하고 조금 지나면 비릿한 밤꽃 향기가 코끝을 간지럽힐 때쯤이면 나뭇잎이 무성해진 숲속에서는 뻐꾸기가 울고 꾀꼬리가 화답하는 소리를 아이들은 흉내내기도 하였다. 윗말을 지나 산 하나를 또 넘고 동네를 둘이나 지나서 조그만 내를 건너서 한참을 가야 수원과 신갈로 자동차들이 왕래하는 큰길이 나왔다. 이 큰길로 1킬로미터쯤 더 가야만 내가 다니던 초등학교가 나온다.

아이늘이 학교 갈 때는 시각하지 않으려고 모두 바쁜 걸음이었으나 집으로 돌아오는 길은 친구들과 함께 즐겁고 재미있는 일이 항상 기다리고 있었다.

봄이면 버들강아지를 꺾어 피리도 만들어 불고 진달래도 한 아름씩 꺾어 가지고 오기도 하였다. 풀밭에 새순이 돋을 때면 삘기도 뽑아서 씹고, 아카시아꽃이 만발하면 그 향기가 온 산을 뒤덮는다. 아이들은 아카시아 꽃송이를 따서 손으로 죽— 훑어서 한 움큼씩 입안에 털어 넣고 먹기도 했다. 입안에서 아카시아꽃 속의 꿀이 씹히면서 향긋하고 고소한 단맛이 퍼졌다.

초가을이면 뱀이 있다는 멍석딸기 나무가 많은 골짜기에 들어가 양손 가득 딸기를 따서 입으로 집어 먹어서 입술과 양손이 물감들인 듯 빨갛게 되어가지고 서로 쳐다보며 웃어댔다. 그것도 재미가 없어지면 나비도 잡고 잠자리도 쫓아다녔다.

우리 동네에서 초등학교에 다니는 아이들 중에서 내가 5학년으로 가장 상급학년이었다. 그러니 학교가 끝나는 시간이 늦어 혼자 돌아올 때도 많았는데 그런 날은 집에까지 오는 길이 유난히 멀고 외로웠다. 그러나 윗말을 지나서 '낭뎅이'로 접어들면 느긋한 마음으로 혼자서도 장난을 쳤다. 햇볕이 따뜻한 봄날이면 큰 개울에서 물줄기를 돌려 논에 물을 대기 위해 만든 봇 도랑물이 길옆으로 맑은 물을 그득히 담고서 흐르고 있었다. 나는 물 앞에 앉아 졸립도록 따끈따끈한 햇볕을 등허리에 담뿍 받으며 물장난을 했다. 햇빛은 물속을 꿰뚫고 도랑 밑바닥까지 환하게 비추었다. 물 위로 동동 떠내려가는 풀잎, 조그만 티 검불 같은 것들이 도랑 밑바닥에 그림자를 만든다. 어떤 것은 동그라미도 되고, 어떤 것은 꽃잎같이도 보이고, 어떤 것은 강아지 모양 같은 것도 있다. 물 위에 떠 있는 물체는 별것도 아닌 것이 도랑 바닥에 그림자로 비치면 아름다운 모양으로 바뀌는 것이다. 떠내려가는 물체를 건드려 그림자를 흐트러지게 하기도 붙이기도 하여 그림자 모양이 여러 가지로 변하는 것을 보는 것이 참 재미있었다. 또 꼬리를 흔들며 헤엄쳐 다니는 올챙이를 두 손을 오므려서 잡기도 하며 물 위로 스케이트를 타듯이 미끄러져 다니는 소금쟁이와 물방개의 묘기에도 정신이 팔려 시간 가는 줄도 몰랐다.

이 고장엔 중·고등학교가 없어서 모두 수원에 있는 학교에 다녔는데 교통수단은 오로지 수원과 여주를 오고 가는 '수—여선' 협궤열차뿐이었다. 신갈역에서는 아침 6시에 출발하는 기차 시간에 늦지 않도록 어두컴컴한 새벽길을 기차역을 초등학교가 있는 곳에서도 800m 정도는 더 가야하니 빠른 걸음으로 50분을 가야했다.

일요일이면 하복을 반듯하게 다려 놓고 깨끗이 빤 운동화도 분필가루를 하얗게 칠해 놓았다가 월요일 아침에는 깨끗하고 단정한 모습으로 집을 나섰다. 그러나 좁은 논둑길을 걸어가노라면 길 양옆으로 밤새 이슬이 내린 무성하게 자란 풀포기들에 아무리 조심해도 내 운동화는 손질한 보람도 없이 흙투성이가 되어 버렸다.

여기까지 생각이 미치자 여고 2학년 때의 일이 떠올라 나는 피식 웃고 말았다.

우리가 타고 다니는 기차는 집으로 돌아오는 시간도 개인적으로 자유롭지 못했다. 여주로 가는 하행선은 오후 6시 30분에 수원역에서 출발하기 때문이었다. 수원에 있는 학교에 나니는 남녀 학생들은 누구를 막론하고 모두 그 시간까지 기다렸다가 기차를 탈 수 밖에 없었다. 늦가을부터 겨울철에는 신갈역에 도착할 시간이면 날이 어두워졌다.

전기도 없던 시절이었으니 저만치 앞에 가는 사람이 누군지, 잘 구별이 안 될 정도로 어두웠다. 더구나 우리 동네까지 가는 길은 산길도 있어 바람에 가랑잎만 버스럭거려도 가슴이 철렁하고 무서웠다.

기차에서 내려서 우리 동네 쪽으로 가는 사람은 나와 P라는 남학생하고 둘 뿐이었다. 그는 수원농고 3학년 생으로 우리 동네에서 조금 더 내려가면 '쑥실'이란 마을에 사는 국민학교 박 교장 선생님의 셋째 아들이었다. 그와 나는 서로 마주 보고 이야기 한번 해 본 적도 없지만 기차에서 내리면 그가 먼저 내려서 멀리 갔으면 어쩌나 하고 나는 빠른 걸음으로 앞에 가는 사람들 틈에서 두리번거리며 그를 찾았다. 그의 걸음은 남자 걸음이라 몹시 빨랐다. 벌써 저 앞에 가는 것이 보인다. 그가 P라는 것은 보지 않아도 뻔히 안다. 나는 걸음의 속도를 더하여 그를 따라 잡아야했다. 7미터 정도로 거리가 가까워지면 휴~하는 안도의 한숨과 함께 속도는 조금 늦추어도 됐다. 그도 내가 뒤쫓아 오는 발소리의 기척을 아는 듯 속도를 늦춰주기 때문이다. 그러나 더 이상 간격은 좁혀지지도 넓혀지지도 않고 계속 같은 간격을 유지하였다. 우리가 가는 길은 꼬불꼬불 산길로 들어섰다가 동네 길로 해서 다시 논둑길로 갔다. 그가 저 앞에 가고 있기 때문에 어두워도 무섭지는 않았다. 그런데 그는 앞만 보고 갈 뿐 한 번도 뒤를 돌아보는 적이 없었다. 뒤돌아보지 않아도 그 시간에 기차에서 내려서 그 길로 자기 뒤를 쫓아가는 사람이 나라는 것을 그는 훤히 다 알고 있었다.

그래도 나는 그가 한 번쯤 뒤돌아보아 주었으면 하고 은근히 마음속으로 바랬다. 그리고 다정스런 어조로 "빨리 와!" 하고 걸음을 늦추어 나란히 걸어가면 좋을 텐데… 하는 생각도 했다.

그 시절엔 처녀 총각들이 서로 터놓고 말을 거는 사람이 별로 없었다. 혹시 말을 걸거나 나란히 걸어가는 것을 보면 사람들은 둘이 연애를 한다는 둥 수상하다느니 수군거리던 때였기 때문이었다. 공연한 오해를 사기 쉬우니 조심하는 것이 상책이었고 그의 성격도 소극적인 것 같았다. 나 역시 먼저 남학생에게 말을 걸어볼 용기도 없었다. 그래도 그는 항상 자기 걸음의 속도를 내 걸음에 맞추는 아량을 베풀어 주었다.그러다가 우리 동네로 들어서면 갑자기 걸음의 속도를 빨리해서 '쑥실' 쪽으로 들어서는 산모퉁이로 사라져 버리곤 했었다. 이렇게 매일 우리는 7미터쯤의 거리를 두고 학교에서 집으로 돌아가는 밤길을 같이 다녔었다.

학교 다니던 추억어린 그 길은 내가 성인이 된 후 새마을 운동으로 길이 넓혀지더니 이제는 자동차들이 줄지어 다닌다. 길가에 나무들은 뽀얀 먼지를 분가루처럼 뒤집어쓰고 괴로워하고 있다. 그 아름답던 '낭뎅이'는 어디쯤이었을까 찾을 수도 없다. 여기쯤인가 싶은 곳엔 산을 깎아 내리고 군인 부대가 자리 잡고 앉아 있다.

"10년이면 강산도 변한다." 했거늘 무려 강산이 다섯 번이나 변했음에랴!

누가 말했던가, '늙으면 과거를 돌아보는 재미에 산다.'고. 좁고 보잘 것 없는 논두렁 길, 아카시아 꽃 따 먹고 멍석 딸기 따먹으며 집에 오던 길 , 물방개 소금쟁이가 재주부리던 맑은 도랑물, 풀섶에 내린 이슬로 깨끗이 손질한 운동화를 더럽혀 나를 안타깝게 했던 길, 기차를 놓칠세라 달리던 새벽길 ,어두운 밤길이 무서워서 P를 따라 다녔던 그 길은 나의 꿈과 희망을 키워준 아름다운 길이었다.

아이스 케키

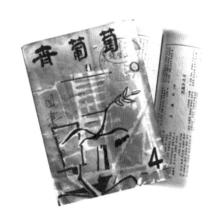

　올여름은 다른 해보다 비교적 덥지 않은 편이다 했더니, 요즈음
며칠째 여름의 본성을 드러내기라도 하듯이 아침부터 후끈후끈한
열기와 함께 햇살이 따가워 견디기 힘들다. 한낮이 되면 들판의 식
물들도 더위에 지친 듯 축축 늘어져 있다. 동네 앞 느티나무에서는
매미가 맴맴 매애앰 하며 지친 듯한 소리로 졸린 듯이 소리를 끌면
서 끝을 맺는다. 느티나무 밑 그늘에는 동네 노인들이 멍석을 깔고
앉아 장기 두기에 한창이다.
　"장이야! 장 받아라!"
　장기 두는 두 노인 옆에는 한 아이가 쭈그리고 앉아서 두 노인이
마치 신비스런 마술사라도 되는 양 두 사람의 얼굴을 번갈아 초롱초
롱한 눈으로 쳐다보고 있다. 저만치 공회당 마당에는 아이들 몇이
모여서 마치 피리를 불 듯이 제가끔 옥수숫대를 입에 물고 씹어 뱉
고 있다.
　여름 방학에는 매일 공회당 마당에는 아이들 떠드는 소리로 와자

하다. 아이들은 웃옷은 입지도 않고 새까맣게 그을린 몸통을 드러내고 불룩 나온 배를 내밀고 연신 옥수수 대를 까서 씹어 단물을 빨아 먹고는 찌꺼기를 내뱉는다. 가난한 농촌에서는 여름에 아이들이 군 것질할 것이라고는 이 옥수숫대 외에는 아무것도 없다. 그러다가 이 것도 떨어지고 싫증 나면 집으로 들어가 어머니께 밥 달라고 졸라서 새까만 보리밥 한 사발을 다 먹고 배가 가슴까지 불러 올라와야만 나가 노는 것이다. 벌써 한 아이는 옥수수 대 한 개를 다 먹고 다른 것의 껍질을 입으로 베긴다. 공회당 마당은 온통 옥수수 씹어 뱉어 낸 찌꺼기로 어지럽다.

"아이스 케키!"

외치는 소리에 아이들은 일제히 그쪽으로 고개를 돌린다. 검푸른 맥고모자를 쓰고 자전거에 커다란 아이스 케키 통을 실은 아이스 케키 장사가 동네로 들어오고 있다. 도회지가 먼 이 마을에는 보름에 한 번 꼴로 들어오는 이 아이스 케키 장사는 아이들에겐 참 반가운 손님이었다.

아이들은 일제히 그리로 달려간다. 아이스 케키 장사는 벌써 동네로 들어와 느티나무 그늘 밑에 자전거를 세우고 동네 마을을 향해 '내가 왔어요' 하는 듯이 "아이스 케키"를 계속 외쳐댄다. 몰려든 아이들이 아이스 케키 장사와 자전거를 에워쌌다. 아이스 케키 장사가 위대한 인물이라도 되는 듯이 그의 얼굴을 우러러보고 있다. 그러나 아이들은 침만 꼴깍꼴깍 삼킬 뿐 그것을 사려 드는 아이는 하나도 없었다. 먹고 싶은 마음이야 오죽하랴마는 집에 가서 졸라 봤자 아무 소용이 없다는 것을 잘 알기 때문이다.

이 아이들의 머릿속에는 이 맛있는 아이스 케키를 어떻게 하면 사 먹을 수 있을까 하는 생각으로 머릿속을 이리 뒤척 저리 뒤척 열심히 찾고 있는 중이다. 순간, 영수의 눈이 반짝 빛났다. 영수는 이내 집으로 뛰어 들어갔다.

"엄마! 나 아이스 케키 사줘."

영수가 사립문 안으로 뛰어들어서면서 소리친다.

"돈이 어디 있어 아이스 케키를 사주니?"

그의 어머니는 점심 밥상을 마루에 주섬주섬 차리면서 으레 하는 소리로 영수는 쳐다보지도 않고 대답한다.

"엄마, 접때 손님 오셨을 때 사다 먹고 남은 술병 있잖아? 그거 줘."

"아이, 애두 생각도 잘한다. 그건 벌써 빨랫비누 사는 데 썼지, 여태 있니?"

한 가닥의 희망마저 무너져 버린 아이는 금방 시무룩하여 울상이 되었다. 농촌에선 십원짜리 빈 소주병도 생활용품에 보태어 쓸 수밖에 없는 것이다.

"아이 참, 나 아이스 케키 먹고 싶단 말야."

으앙! 끝내 영수가 울음을 터트린다.

"그까짓 아이스케키 안 먹으면 어때! 찬 것 먹으면 배만 아프지. 나중에 장날 장에 가면 엄마가 더 맛있는 거 사다 줄게. 어서 올라와 점심밥이나 먹어라."

영수는 할 수 없이 마루로 올라가 자기 밥그릇에 수북이 담긴 보리밥에 고추장을 푹 퍼서 문지른다.

느티나무 밑에서는 아직도 "장이야! 군이야!" "장 받아라." "장기 두는 사람 어디 갔나?" 하는 소리가 들린다. 훅훅 찌는 더위도 모르는 듯 매미들은 맴맴맴 매애앰~ 기를 쓰고 울어댄다.

(수원여고 교지 〈청포도〉, 1958년 고등학교 3학년)

대학생이 되다

1955년~1959년 경 내가 고등학교에 다닐 무렵에는 사회적 통념이 여자는 고등학교만 졸업하면 교육수준은 중등 이상이라고 생각해서 딸이 있는 가정에선 그 정도로 만족하고 고등학교만 졸업시키면 된다고 생각하는 가정이 대부분이었다.

우리 집에서도 나를 고등학교 졸업으로 학업을 끝낼 것을 당연시하고 있었다. 어머니와 나는 달랐다. 나는 대학을 진학하고 싶었고 어머니도 우리 형편에 대학을 보내기는 힘겨운 일이라는 것을 아셨지만 다만 나의 장래를 걱정하여서 무리를 해서라도 대학엘 보내고 싶어 하셨다. 나의 장래란 특히 나의 결혼을 염두에 두고 생각하시는 것이다. 당신의 딸이 얼굴이 예쁜 것도 아니고 그렇다고 우리 집이 잘사는 것도 아니니 어데서 어머니의 눈에 차는 사윗감이 나서서 결혼을 할 수 있을지? 내 딸의 자격을 먼저 갖춰놓고 좋은 신랑감을 기다려야 되지 않겠나? 하는 생각에서였다. 그 당시에 아버지는 전혀 나를 대학에 보낼 생각을 안 하셨고 대학생 학비를 댈 그럴 여력도 없으셨다. 어머니는 아버지 몰래 서울에 사시는 외삼촌께 편지를 보내서 수도여자사범대학 입학원서를 사 보내줄 것을 부탁하셨다. 나도 대학에 가고 싶었으나 가정형편과 아버지의 완강한 반대의 뜻에 눌려 공부도 안하고 있다가 늦게서야 입학 원서가 도착하였다. 그런데 이미 원서 마감 날짜가 바로 내일이다. 나는 입학원서를 가지고 수원에 있는 담임선생님 댁에 한밤중에 찾아갔다. 담임선생님은 마감이 내일이라 다른 친구들 원서는 다 작성해 놓고 내일 아침 일찍 단체접수 하러 갈 것이라 하셨다. 선생님 댁에서 인적사항 등을 작성하고 내일 아침 일찍 출근 하셔서 결재 후 같이 접수시킨다고 하셨다. 이렇게 가까스로 접수를 하고 시험 보러 가는 날은 아버지 몰래 시험을 보고 왔다. 합격자 발표 날 합격증을 가지고 아버지 앞에 내놓으며 사실대로 말씀드리며 입학금만 해주시면 다음 등록금부터는 제가 벌어서 내겠노라고 말씀드렸다. 아버지는 표정은 기뻐 보였으나 아무 말씀도 없이 한숨을 쉬시며 밖으로 나가셨다. 등록금을 내야할 마감 전날 아버지는 돈을 마련해오셨다. 그리하여 나는 수도사대 국어국문과에 입학을 하게 되었다.

사실은 대학가기 전에 나는 음악과에 가고 싶었으나 음악과는 미리부터 레슨도 받아야하고 또 공부를 마칠 때까지 학비도 엄청나서 감히 생각도 못하고 국문과를 택하였다. 어머니는 가정과를 가라고 하셨지만 내가 성악 대신 잘 할 수 있는 것은 문학이라는 생각이 들었고 문학가가 되고 싶은 마음에서였다.

내가 고등학교 2학년 때에 수원여고 교지인 '청포도'에 내 시가 선택되어 실렸고 고3때에는 역시 '청포도'에 나의 수필 '아이스 께끼'가 실린 적이 있어 내가 문학 쪽에 소질이 있는가 보다 하는 생각에서 국문과를 택하게 된 것이다. 내가 문학에 다소 소질이 있다면 문학가로 크기 위해선 국문과를 가서 문학에 관하여 공부하는 것이 바람직하다고 여겼기 때문이다. 국문과에 입학하여 받은 여러 가지 강의 선택은 전형택 교수님의 현대시 문학에 대한 강의도 재미있었고, 정한모 교수님의 현대 문학사 또는 현대 소설문학 등도 재미있었다. 대학교 2학년 때는 대학교 전체 연례행사로 '문학의 밤'을 여는데 작품 모집에서 내 작품이 '시' 분야에 당선되어서 '문학의 밤 행사' 무대에 출연하여 나의 시를 낭독하였다. 전형택 교수님의 칭찬도 들었다.

2학년 2학기에는 교생실습도 했다. 수원에 있는 매향여자중학교에서 박향숙과 둘이서 교생 실습을 하였다. 나는 연구수업도 했다. 교생실습 점수가 96점이 나왔다. 대학 졸업 후 나는 중학교 선생님이 될 것인가? 문학인이 될 것인가를 생각하며 취직의 길을 알아보고 있었다.

소녀

투명한 루비알 같이
알알이 여물어 가는 포도밭에
팔벼개를 하고 누었다.

포도잎새 사이로 하늘이 파아랗다.

온몸이 짜릿한 전율에
발딱 일어선 소녀는
벌판을 달음질쳤다.

나는 왜 이리 외로우냐.
– 나는 왜 이리 외로우냐 –
메아리만 되돌아온다.

부모가 있는데…
친구가 있는데…

하늘을 향해 두팔을 벌리고
허공을 한 아름 힘껏 껴안는다.

휴– 우 –
긴 한숨이 나왔다.

멀리서 들려오는
피아노
소녀의 기도 소리에

소녀는 집으로 달음질쳤다.

귀찮아하는 엄마의
젖가슴을 더듬으며
어울리지 않는 어리광을 부려본다.

그래도 가슴엔 무엇이…

휴~우
긴 – 한숨이
신음처럼 터진다.

1960년 10월
『수도여자사범대학 문학의 밤』 발표작

해바라기

온 몸을 조아려
멀기만한 태양을 향하느라고
멋없이 휘―청
크기만 했다.

태양을 향하는
애절한 큰 눈은
태양을 닮아 간다

부드러운 미풍에
가냘픈 손을

살포시 가슴에 얹었다

가슴속 깊은 곳에

여울이 일어

튼튼한 담장에
가만히
기대고 싶어서

무거운 머리를
푹—
숙인 채

멀쓱하니 서있는
너는

태양을 닮은
정열의
꽃이어라

1960년 10월

『수도여자사범대학 문학의 밤』 발표작

음악 감상실 '쎄시봉'과 얽힌 추억 한 가닥

M방송 TV 프로그램 중 우연히 유명 가수의 일대기를 대담과 함께 풀어나가는 '예스터데이'란 프로그램을 보게 되었다.

그날은 쎄시봉 가수 송창식과 김세환의 일대기를 노래와 함께 이야기로 엮어나가는 내용이었다. 송창식과 김세환은 내가 좋아하는 가수이기도 하고 그들의 노래를 내가 대학 시절 많이 불렀던 터라 노래를 다시 들으며 대학 시절의 추억이 한 가닥 떠올랐다.

내가 다닌 S여자사범대학은 그 당시엔 충무로 지금의 세종호텔 자리에 있었다. 학교에 가려면 외삼촌 댁인 용산에서 전차를 타고 을지로 입구에서 내려 내무부 건물 앞을 지나 명동을 남북으로 가로지르고 충무로를 거쳐서 학교에 다녔으니 화려한 명동거리를 지날 때도 많았지만 지갑이 텅텅 빈 학생 신분에 어디를 들어가 본다든가 맛있어 보이는 빵이라도 사 먹는다든가 하는 경험은 하기 어려웠다.

어느 날 수업이 끝나고 집에 가려고 나오는데 수위실로 누가 날 찾아왔다고 해서 가보니 뜻밖에 시골 우리 동네 건넛마을에 사는 C였다. C는 나보다 두어 살 많았으니 대학 3학년쯤 되었으리라. 그가

D대학에 다닌다는 건 알고 있었지만, 나를 찾아올 줄은 몰랐다. 고등학생 때 신갈역에서 수원까지 기차로 등하교하는 같은 처지였다. 그때 나는 C를 그저 '건넛마을 같은 경주김씨 종친이라는 것, ○○댁 ○○씨의 셋째 아들'이라는 것으로만 여겼을 뿐, 아는 척도, 대화를 나누지도 않았다. C는 정초마다 할머니 할아버지께 세배하러 우리 집에 올 정도로 집안끼리는 잘 아는 사이였다. 세배 온 그들에게 우리 부모님이 반갑게 대하셨고 설음식도 대접하였다. 어느 해인가 그가 세배를 와서는 나에게 아줌마(우리 집안은 항렬이 높아서 내가 나이가 어려도 어른들이 내게 아줌마라 부르는 경우가 많았다.)라고 붙임성 있게 해서 대화를 많이 나눈 적도 있었다.

그런데 오늘 이렇게 나를 만나러 온 것이다. 같은 고향 사람을 서울에서 이렇게 만나니 반가웠다. 동네 밖에서 대면하기는 처음이었으나 쑥스럽거나 낯설지 않고 많이 만났던 사람 같았다. 자기가 2년 먼저 서울 생활을 해서 충무로와 명동을 잘 안다며 좋은 데를 알려 줄 테니 자기만 따라오라고 했다. 서울에 올라온 지 두 달여밖에 안된 나는 그때 어리바리한 촌뜨기 여대생에 불과했다. 오직 집과 학교만 오고 갔을 뿐 어디 한번 들어가 본 곳이라곤 없었다. 그런 나를 데리고 C는 명동에 있는 태극당 빵집으로 들어갔다. 그 시절엔 남녀가 데이트할 땐 요즘처럼 카페가 아니라 빵집에서 만나는 것이 더 고급스럽게 여겨지던 때였다.

우리는 앙꼬빵과 소보로빵을 시켜서 먹으며 C는 자기의 대학 생활에 관한 이야기를 많이 했다. 새내기 대학생에게 고향 선배가 오리엔테이션 겸 자기 홍보를 하는 것이었다. 나도 나의 학교생활을 화제로 이야기하며 시간 가는 줄 몰랐다. 우리는 그냥 즐거웠다.

두 번째로 그가 나를 찾아왔을 때 간 곳은 '음악감상실 쎄시봉'이었다. 그 시절엔 TV도 없던 시절이었고 음악을 들으려면 라디오나 전축으로 들을 수밖에 없었고 대학생들은 음악 감상실에서 음악을 들으며 데이트도 하고 차도 마시고 했었다. 나도 늘 그곳에 가고 싶었으나 혼자서는 가볼 엄두도 못 냈고 돈도 없었다.

명동엔 음악 감상실이 쎄시봉, 돌체, 르네상스 이렇게 세 곳이 있었다. 그 후 우리는 주로 쎄시봉에 많이 갔었다. 음악 감상실 문을 열고 들어서면 저 앞에 무대 겸 조금 높은 단 위에 DJ석이 있고 그의 앞에는 전축 턴테이블과 조그만 책상이 있고, 책상 위에는 희망곡 신청서가 수북이 쌓여서 차례를 기다리고 있고, 관객석엔 조그만 탁자를 가운데 놓고 마주 앉거나, 3~4명이 모여 앉아서 차를 마시고, 또는 담배를 피웠다. 담배 연기 자욱한 속에서 눈을 지그시 감거나 고개를 끄떡이며 박자를 맞추는 등 음악에 빠져들었다.

우리도 자리를 잡고 앉아 쪽지에 희망곡을 써냈다. 나는 팻분의 〈에이프릴 러브〉를 썼고 그는 폴앵카의 〈다이애나〉을 써냈다. 우리는 차를 시켜놓고 우리가 신청한 곡이 나올 때까지 기다리면서 다른 사람들의 신청곡을 듣곤 했다. DJ는 유창한 말솜씨로 신청곡을 소개하며 그 곡에 관한 해설과 에피소드까지 해주어 나의 팝송 실력을 살찌우기에 충분했었다. 오랜만에 드디어 우리가 신청한 곡이 DJ의 해설과 함께 음악이 흘러나왔다.

쎄시봉 벽면 광고에는 '오늘의 출연 가수! 김세환, 조영남' 하고 붙은 날도 있고 어떤 날은 '송창식, 윤형주'라고 써있는 날도 있었다. 모두 그날 밤에 있을 라이브 연주 가수의 이름들이다. 그들의 연주도 보고 싶었으나 밤에는 가지 못했다.

집으로 돌아오며 생각했다. 나는 초등학교 시절부터 고등학교 시절에도 노래 부르기를 좋아했고, 라디오를 들으며 팝송의 가사를 외우며 따라 부르기를 좋아했지만 내가 음악을 좋아한다는 것을 C가 어찌 알았을까. 일과 유교적 예절밖에 모르는 무미건조한 김씨 문중 사람 중에 C같이 싹싹하고 붙임성 있고 음악을 좋아하고, 문화를 즐길 줄 아는 사람이 있다는 것이 놀라웠다.

여름방학을 맞아 내가 시골집에 있을 때 C는 자주 우리 동네로 건너오곤 했는데 우리 집 바로 옆집이 그의 작은아버지 댁이었다. C는 우리 어머니께는 "작은집에 왔다가 아줌마(나) 보러 잠깐 들렀다."라고 하면서 우리 집에서 점심도 먹고 우리 원두막에서 팝송을 부르며 놀다 가곤 했다. 그때 마침 방학을 맞아 우리 집에 온 외사촌 오빠와 C는 대학교도 같고, 동갑내기여서 죽이 잘 맞아 다 같이 어울려 지냈다. 그 무렵 나는 '이다음에 나의 신랑감이 될 사람은, 기타도 잘 치며 나와 같이 팝송도 부르며 생활에 여유를 즐길 줄 아는 그런 사람을 만났으면 좋겠다.'라고 생각했다.

C는 개학 후에도 가끔 '쎄시봉'에서 음악감상을 즐기며 무채색으로만 색칠될 뻔했던 나의 대학 생활에 즐거움으로 예쁜 색깔 한 가닥을 집어넣어 주었다.

부모님(아버지 김한식, 어머니 김진흥)

작가의 백일 기념 사진

첫돌 기념 사진

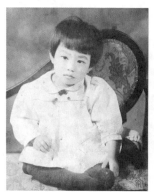

세 살 무렵

초등학교 5학년 봄소풍 때 원촌저수지에서

신갈공립국민학교 졸업식

수원 매향여자중학교 친구들과   수원 매향여자중학교 친구들과

수원여자고등학교 1학년 때   고등학교 2학년 체육대회 때 매스게임을 마치고

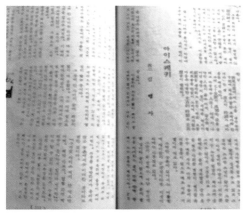

수원여자고등학교 교지 〈청포도〉, 교지에 실린 수필 〈아이스케키〉(1958년 고3학년)

여고 3학년 때 생활관실습(한복을 입고 예절교육도
받았다.)

수원여고 3학년 때 생활관 숙소에서

수원여고 친구들과(서호에서)

수원여고 친구들과(서호에서)

수원여자고등학교 친구들과

대학교 2학년 때 〈문학의 밤〉에 자작시 낭독

〈문학의 밤〉 행사를 마치고 참가한 학생들과 주영하 학장님과 함께

〈문학의 밤〉 행사를 마치고
학생들과 주영하 학장님, 교수님들과
기념촬영

수도여자사범대학생 시절 (군자동 교정에서)

군자동 교정에서 친구들과

군자동 교정에서 친구들과

2

푸르른 계절

교사, 결혼, 육아 등
1인 다역의 삶

제2의 인생

1967년은 나의 인생에서 큰 전환점이 되는, 제2의 인생이 시작되는 의미 깊은 해다. 1967년 3월 15일, 내가 바라고 바라던 서울 근처인 의정부여자중학교에 발령이 난 것이다.

의정부시는 미군 부대가 주둔하고 있어 일찍부터 도시 형성이 되어 있었고, 주민들은 주로 상업에 종사하는 사람이 많은 상업도시이자 군사도시였다. 비교적 경제적으로 여유가 있는 중류층이 많이 사는 도시이기도 했다.

의정부여자중학교에서의 근무는 초임지였던 백암중학교에 비하면 교사 생활하기가 수월하였다. 학생 수도 많아서 한 학년의 4반 정도를 몰아서 들어가니까 시골에서처럼 2개 학년, 심지어 3개 학년을 수업하는 것보다 훨씬 수월했다.

여학교여서 조용했고 학생들이 국어 시간을 좋아하였다. 그런 학생들을 가르치는 교사의 즐거움도 컸다. 남학생보다 감수성이 예민한 여학생들이라 문학작품을 감상할 때도 이해가 빨랐다. 그러다보니 내 수업 시간은 활기가 넘쳤다. 교직원 수도 많고, 특히 여교사가 많아 여교사끼리 여가를 함께 할 수 있는 것 또한 좋았다.

그 어떤 것보다도 내 인생에서 가장 큰 전환점이 된 남편을 그때 만났다는 사실이다. 우리는 사랑했고 결혼하여 어엿한 한 가족을 이루었다. 또 첫아이 수진이도 이곳 의정부여자중학교를 다니면서 낳았다. 가난했지만 우리 부부의 신혼생활의 행복과 고난이 교차되는 인생의 단맛과 쓴맛을 이곳 의정부여자중학교에서 경험하였다.

나는 중학교 교사로서 아내와 엄마, 며느리와 형수, 올케라는 가족의 엮임 속에서 때로는 갈등하고 적응하면서 새로운 제2의 인생을 다져나가게 되었다.

결혼하여 이어지는 생활들이 나를 기쁘게도 했지만 때로는 많이 울게도 했다. 사글세, 전세방 등 전전하면서 이삿짐을 싸는 일도 수차례 겪어야 했고, 아기 보는 아이가 빈번하게 들락날락하여 아기를 맡길 곳이 없어 남편과 교대로 결근하면서 아기를 돌보는 때도 많았다.

신혼 초에는 마냥 허둥대던 나였다. 그런데 점점 내게 부닥치는 어려움을 견디어 내고 버티는 요령도 터득하게 되었다. 처녀 시절 부모님의 보호 아래 별 어려움 없이 곱게만 자라던 내가, 어려움을 헤쳐 나올 줄도 아는 강한 사람으로 다져진 곳이 바로 의정부여중 시절이었다.

의정부여중에서 행복과 고난이 교차되는 환경 속에서 나의 제2의 인생은 시작되고 있었다.

남편과의 첫만남

남편을 처음 만난 것은 1966년 가을이 깊어가는 10월 초 일요일이었다. 지제중학교 교사였던 나는, 그날 부모님이 계신 시골집에서 주말을 보내고 있었다. 따스한 날이었다.

"엄마! 우리 담임선생님이랑 학교 선생님들이 저수지에 낚시하러 오셨어요?"

수원여고 3학년에 재학 중인 동생이 소지품들을 챙겨서 개울에 씻으러 나갔는데 집에 들어서면서 흥분하여 큰 소리로 말하며 집으로 들어섰다.

우리 집은 기흥 저수지 상류 지역 마을, 길가에 있어서 낚시하러 오가는 사람들을 심심치 않게 볼 수 있었다.

"얘! 어떻게 하니? 점심식사라도 대접해야 되지 않겠니?"

"그랬으면 좋겠지만 반찬거리가 뭐 있습니까?"

"그래서 걱정이지…. 담임선생님을 한 번도 찾아뵙지도 못한 터에 우리 동네까지 오셨는데…."

동생의 호들갑에 어머니가 나에게 한 말씀이었다. 그리고는 동생의 선생님들에게 점심대접을 하려고 온 식구가 분주히 움직였다. 아버지는 자전거를 타고 나가서 신갈리시장에서 장을 보아 오셨고 동생은 낚시터에 가서 '오늘 점심식사를 저희 집에 오셔서 하시라'는 말씀을 드렸다.

우리 세 모녀는 바쁘게 점심상을 차렸다. 아버지께서 장 봐오신 것과 닭을 잡는 등 집에 있던 소재들을 총동원해서 조촐하게 차려졌다.

다섯 분이 우리 집 대청에 앉아 아버지와 함께 식사를 하셨다. 술잔도 돌아가면서 동생이 화제에 오르기도 하고, 시골에서 이런 집은 보기 드물다느니 하는 한국 전통 가옥인 우리 집이 화제에 오르기도 하고, 식사 분위기는 유쾌했다.

나는 어머니께서 만들어 주시는 음식을 부지런히 부엌에서 마루로 날랐다. 너무나 바쁜 하루였다.

그 일이 있은 후 주말에 가끔 집에 내려갈 때면 동생이 그 날 다녀가신 선생님들의 이야기를 했다.

"언니! 그때 우리 집에 오셨던 선생님 중에 체육 선생님이 언니에 대해서 자꾸 물어보시던데."

"뭐라고 물어보시는데?"

"지금 무얼 하고 계시냐? 나이는 몇 살이냐, 고등학교는 어느 학교를 나왔느냐? 하며 별걸 다 물어보셔."

"그래서 다 대답을 했냐?"

"응!"

"뭐라고? 남의 신상 문제를 이유도 모르고 다 대답을 하면 어떡하니?"

나는 동생을 나무랐다.

"아마, 그 체육선생님이 언니한테 관심이 있나봐."

하며 동생은 웃어댔다.

"언니! 그 날 오셨던 선생님들 모두 총각선생님들이야, 그 중에서 한 사람만 골라잡아. 호호호!"

그런데 나는 그분들의 모습이 잘 떠오르지 않았다. 동생의 담임선생님과 그분이 상업 선생님이었다는 것 이외에는. 그분들은 나를 자세히 보았을지 모르나 나는 음식을 나르기만 했을 뿐 선생님들의 얼굴을 똑바로 볼 여유가 없었다.

이듬해 3월, 나는 고대하던 서울 근교인 의정부여중으로 발령을 받았다. 동생은 고등학교를 졸업하고 나와 의정부에서 같이 생활하고 있었다.

4월 말쯤 시골집에 나 혼자 다니러 갔는데 어머니께서 혼인 중매가 들어왔다고 말씀하셨다. 수원여고 영어선생인데 우리 집에 다녀간 적이 있다는 것으로 보아 작년 가을에 우리 집에서 점심을 잡숫고 간 한 분인 듯싶었다. 같은 동네에 사는 신갈국민학교 김택기 선생이 중매를 섰다고 했다. 김 선생님은 우리 김씨 문중 사람으로 나보다는 열댓 살 더 먹었어도 항렬로는 조카뻘이 되므로 나를 '아줌마, 아줌마!'라고 불렀다.

김 선생의 말로는 동료 여교사 중에 남편이 수원여고 교사가 있는데 그녀의 남편이, 대학원에 같이 다니는 '정길정'이란 영어선생이 하갈리에 사는 '김학녀의 언니'인 나를 구체적으로 지목하면서 중매를 서달라고 부탁했다는 것이었다. 작년에 우리 집에서 나를 한 번 본 적이 있는데 자기가 직접 나서서 어른들께 찾아가기가 그러니 동료 교사에게 부인에게 잘 말해달라고 하였고, 신갈국민학교 여교사의 부탁으로 우리와 친척인 김택기 선생이 중매를 서게 되었다는 것이었다.

그 날 저녁, 나는 의정부에 와서 동생의 졸업 앨범을 보며 동생으로부터 그 영어 선생님에 대하여 여러 가지 정보를 들었다. 학생들에게 인기가 많다는 것과 잘 생겼다는 것, 대학원에 다니고 있고 현재는 수원여고를 떠나 서울시에 있는 학교에 있는데 곧 유학을 가게 될 것이라는 등등이었다.

결혼 후에야 알게 된 사실이지만 남편은 그 날, 우리 집에 다녀간 후 친구인 체육 선생님께 부탁해서 내 동생을 통해 나에 대해서 자세한 것을 알아냈다고 한다. 또 내가 수원여고 출신인 것을 알고 나의 학적부까지 다 열람해 본 후에 중매 형식으로 접근했다.

그 당시 나의 이상형은 학구적인 사람이었다. 그가 대학원에 재학 중이라는 것과, 유학을 갈 것이란 말에 마음이 동(動)하였다. 그래서 만나볼 의사가 있다는 말을 어머니께 말씀드렸다. 그 후 서로 중간의 사람을 통해 의사 전달이 오가다가 한 달 후인 5월 말경 약속 날짜가 잡히고 수원에서 만나게 되었다.

나는 어머니와 함께 나갔고 그쪽에서는 동료 교사와 같이 나왔다. 어머니와 그는 반갑게 인사를 하였으나 나는 처음 보는 사람 같았다. 식사대접을 하던 날 나는 그냥 음식만 날랐기에 생소하였다. 간편복 차림이던 사람이 정장을 해서 그런지 아주 낯설었다.

'그동안 여러 가지로 궁리 끝에 어렵게 오늘의 만남이 이루어졌다.' 며 그 동안의 사연을 장황하게 설명하였다. 또한 자기 집안과 서로의 가족관계를 이야기했다.

그의 집은 수산업과 농업을 겸하고 있으며 배가 세 척이 되는 선주라고 했다. 위로 누님이 두 분 계시고 남동생 두 명, 여동생 하나 모두 6남매라 했다. 남동생은 대학을 졸업하고 군대에 가 있고, 여동생은 여고를 졸업하고 막냇동생이 국민학교 4학년이라 했다.

"그 기흥 저수지에는 몇 번 갔었는데, 그 집에 바로 학녀 언니가 계신 줄 알았으면 진작에 물이라도 얻어 마시러 들어갔을 텐데, 그때야 알게 되었습니다."

그는 농담도 슬쩍하는 것이었다. 일어서면서 자기도 오늘 서울로 갈 것이니 같이 버스를 타고 가자고 제의하는 등 사뭇 나에게 호의를 보였다. 그에게서 나는 남자로서 비교적 배짱도 있고 용기 있는 사람이라 여겨졌다. 그러나 인물은 깡마른 체격에 피부색이 까만 게 사진에서 보았던 인물만 훨씬 못하였다. 다방을 나오면서 어머니께 여쭈었다.

"어머니는 어떻게 보셨어요?"

"피부가 까매서 그렇지 예쁘장한 얼굴로 이목구비가 뚜렷하니 인물은 괜찮더라. 다만 경상도 너무 먼 곳의 사람이라 근본을 알 수가 없으니, 그것이 문제가 아니겠냐?"

버스 터미널 근처 공작다방에서 만나 서울에 같이 가기로 약속했으나, 30분이 넘어도 그가 오지 않았다. 더 기다리지 않고 나는 혼자서 의정부로 와버렸다. 그 후론 아무런 소식이 없었다. 2주일 후쯤 금요일 오후에 학교로 편지가 한 통 왔다. 발신인이 '정길정'이었다. 내용은 간단했다.

"그 날 공작다방에 늦게 도착해 보니 그냥 가셨더군요. 그동안 의정부 주소를 몰라서 이제야 편지합니다. 토요일에 서울 광화문 '자이안트' 다방에서 오후 2시에 만납시다. 특별한 일이 있으시면 연락 주시고 답신이 없으시면 승낙으로 알고 그 다방으로 가겠습니다."

그런데 편지 받은 날은 답신을 보내기엔 너무 늦어있었다. 전화 연락도 어려웠다. 그 당시엔 교무실에 교감 선생님 책상 위에 전화 한 대가 있을 뿐이니, 전화를 할 수도 없고 전화번호도 몰랐다.

'에이! 모르겠다. 내일 한 번 더 만나보자.'

이렇게 해서 두 번째 만남이 이루어졌다.

만성리 해수욕장에서의 추억

그동안 6, 7월에 여섯 번 정도 만나 데이트를 하던 중 1967년 8월 5일, 그와 나는 약속된 대로 서울의 다방에서 만났다.

그 날, 그의 아버님이 수산어업협동조합 일로 서울에 오시기로 했다고 그의 아버지께 나를 인사시키겠다고 해서 만나기로 했던 것이다. 그런데 사정이 있어 무산되었다며 부모님을 여수에서 만나 뵙고 만성리 해수욕장에 가서 해수욕도 즐기자고 제의를 했다.

만성리 해수욕장은 우리나라 최남단 여수시에 있는 해수욕장이다. 결혼 약속도 하지 않은 상태, 아니 약혼조차 하지 않은 성인 남녀가 그 먼 곳에 가서 하룻밤을 어데서 자려고 그곳을 다녀온단 말인가? 나는 대답을 하지 못했다. 또 자존심이 허락지 않았다. 서울에서 인사를 하면 몰라도 그 먼 곳까지 나를 선보이러 간다는 것이 마음에 걸렸다.

그런데 속마음은 그와 같이 가고 싶었다. 여태껏 해수욕장이란 데를 가본 적이 없는데 아니 바다조차 본 적이 없는데, 탤런트나 모델처럼 멋진 선글라스에 예쁜 수영복도 입고 해변의 비치파라솔 밑에서 연인과 함께 담소하는 그림을 머릿속에 그려보았다. 그러나 내 대답은 전혀 엉뚱하게 반대로 나왔다.

"안 돼요. 부모님이 반대하실 거여요. 당일에 다녀올 수 없잖아요?"

"부모님께 허락만 받으신다면 숙박 문제는 걱정할 것 없습니다. 서울에서 여수까지 가는 기차가 밤 11시 40분에 출발하는데, 그 기차를 타고 가면 여수에 새벽 5시에 도착합니다. 아침 식사하고 해수욕장으로 가서 종일 놀다가 여수에서 저녁 8시 완행열차 타면 서울에 그 이튿날 도착합니다."

그래도 겁이 났다. 이 남자를 어찌 믿고 따라 간단 말인가. 시아버님 되실 분이 서울로 오신다더니 안 오셨다. 여수에 가서 부모님을 뵙기로 하자는 말도 내키지 않았다. 그 먼 데로 나를 보이러 간다는 것도 자존심 상하는 일이었다. 그런 모든 건 싫지만 해수욕장에 놀러 가는 것만 하고 싶었다.

오늘 가서 부모님께 여쭈어보고 내일 다시 만나서 가부간 결정하기로 하고 헤어졌다. 그러나 집에 가서 아버지께는 말도 못 꺼내고 어머니하고만 상의하였다. 아버지께는 학교에서 단체로 학생들을 인솔하고 해양훈련을 간다고 말씀드리고 결국 모든 준비를 다해서 그 이튿날 약속장소로 나갔다.

수영복과 선글라스도 샀다. 입고 갈 옷도 멋진 것으로 골라 입었다. 가슴이 뛰고 소풍 가는 아이처럼 즐거웠다.

11시 40분 기차를 탔다. 자리를 잡고 앉았다. 우리는 기차가 달리는 동안 잠도 안 자고 계속 이야기를 했다. 읽었던 소설과 시, 신에 대하여, 철학 이야기, 음악에 대하여… 우리의 이야기는 해도 해도 끝날 줄 몰랐다.

대전쯤이었을까. 주위를 살펴보니 우리의 앞뒤 옆자리의 사람들은 모두가 잠들어 있었다. 우리가 탄 칸이 기관차 다음 칸이라 덜커덕덜커덕 바퀴 소리가 요란해서인지 우리가 쉬지 않고 이야기를 해도 아무도 신경 쓰는 사람이 없었다.

이제부터는 노래 대결로 들어갔다. 내가 한 곡 부르면 그이가 한 곡 부르고 내가 명곡을 부르면 그쪽도 명곡을 불렀다. 유행가를 부르면 그 쪽도 유행가를, 동요까지… 노래 곡목이 바닥이 날 때까지 불렀다. 지금 생각하면 남들이 웃기는 사람들이라고 했을 것 같은데, 우리에게 신경 쓰는 사람도 아무도 없고 모두 잠에 곯아떨어졌으니 우리 둘만의 세상이었다.

순천을 지나니 먼동이 훤하게 터오기 시작했다. 그제야 우리는 조용해졌다. 잠깐 동안 잠을 잤는가 했는데 어느새 여수역에 도착했다.

새벽 5시, 시내는 조용했다. 부둣가 국밥집에서 아침을 먹고 부둣가 구경을 했다. 바닷가 풍경을 처음 접해 보는 나는 모든 것이 경이로웠다. 비릿한 바다 냄새, 짭짤한 소금냄새, 미역냄새, 질척질척한 부둣가는 가는 곳곳마다 비릿한 냄새다. 8시가 되어서야 나는 미장원에 가서 세수와 화장을 하고 머리를 고치고 나왔다.

10시에 부모님과 만나기로 하였으니 그동안 시내 구경을 하였다. 조그만 소도시였으니 시내라야 한 바퀴 돌아봐도 거리가 머릿속에 지도로 그려질 만큼 작은 도시였다.

오전 10시, 그의 부모님과 만나기로 한 다방에 들어섰다. 시부모님과 손위 시누이님, 그이의 막냇동생이 기다리고 있었다. 어머님은 인자해 보이셨고 아버님은 날카로워 보이는 인상이셨으나 시골 분이라 하기 어려울 정도로 지적인 면모가 보이셨다. 시누이님은 서글서글하신 분이 목소리도 크고 시원스러웠다. 막냇동생은 국민학교 4학년이라는데 막내라서 그런지 어리광이 몸에 밴 듯 어머니 무릎을 잡고 앉아서 부끄러운 듯 고개를 숙이고 있다가 몰래 나를 살짝살짝 쳐다보았다가 나와 시선이 마주치면 씩 웃으며 멋쩍은 듯 고개를 숙였다.

아버님께서 나의 신상에 관해서 여러 가지를 물으셨고, "우리 집은 농촌이고 어촌인데 이런 곳에 시집오면 그 생활을 이해하겠느냐?"고 하셨다. 나는 우리 집도 농촌이라 농촌 사람들의 생활을 잘 안다고 말씀 올렸다.

"그래도 경기도와 이런 도서 지역하고는 사는 정도가 다르다."라고 말씀하셨는데 나는 '도서지역'이란 말에 이해가 잘 안 되었다. 그 당시 남편은 자기가 '섬' 사람이라는 것을 감추고 삼천포가 자기 집이라고 했었다.

아버님이 사주시는 점심식사를 하고 우리는 여수 오동도로 구경을 갔다. 인공으로 쌓은 기나긴 방파제와 동그랗고 예쁜 섬에 동백꽃 나무로 뒤덮여 있는 것도 볼만 하였지만 동백나무들을 모양을 내어 전지를 하고 울타리처럼 길을 내어놓은 모양이 더욱 아름다웠다.

동백꽃이 피는 시기는 이미 끝난 계절이었지만 그이는 빨갛게 열린 동백나무 열매를 높은 가지에 달린 것을 애써 한 가지 꺾어 주었다. 섬 위에서 저 아래 탁 트인 바다를 내려다보는 풍경도 장관이었다.

시내로 다시 돌아오니 저녁때가 다 되었다. 정작 목표로 삼았던 해수욕은 하지 못하고 바로 서울로 오기가 아쉬웠다. 그이의 설득으로 하루를 더 있기로 했다. 모든 문제는 그가 잘 해결하기로 했다. 해수욕장은 내일 가기로 하고 어두워진 부둣가를 거닐었다.

부두에는 고기잡이를 끝내고 돌아온 어선들이 수십 척 정박하고 있었다. 내가 그런 배들을 구경하고 싶다는 말에 제일 예쁜 배 위로 올라갔다. 사람이 없는 빈 배였다. 우리는 그 배의 갑판 위 난간에 걸터앉아서 끝없는 사랑의 대화를 나누었다. 어둠이 내리고 우리의 사랑의 감정도 무르익을 즈음, "이젠 그만들 가시죠?"라는 갑판 아래에서 남자의 둔탁한 목소리가 들려왔다.

우리는 깜짝 놀라고 당황하여 얼른 그 배에서 내려왔다. 그동안 우리를 다 엿보고 있었구나! 빈 배가 아니었구나. 아, 창피해라. 우리는 못할짓을 하다 들킨 사람들처럼 어쩔 줄 몰라 했다.

저녁에 여관을 잡아주고 그는 이내 누님댁으로 갔다. 이튿날 아침 7시가 되니 누가 노크를 하였다. 방문을 안으로 잠그고 자라는 그이의 신신당부대로 잠근 문고리를 잡고 조심스럽게 누군가 물으니 벌써 그이가 밖에 와 있었다.

아침 식사 후에 곧장 만성리 해수욕장으로 갔다. 10시쯤이었을까? 해수욕장은 아직 사람들이 많이 오지 않았다. 그래도 한여름이라 벌써 더위는 심하여 빨리 시원한 물속으로 들어가고 싶었다.

수영복으로 갈아입고 탈의실 밖으로 나오려니 부끄러웠다. 고개를 숙이고 걸었다. 앞서가는 그이의 발뒤꿈치만 보며 그의 뒤에서 걸었다. 발뒤꿈치가 유난히 크게 생겼다. '다리가 O다리로구나. 몸이 무척 말랐구나!'라는 생각을 했다. 왜 그럴까 하숙생활에 못 먹어서 그럴까? 무슨 병이 있는 것은 아닐까? 모래 속에 발이 푹푹 빠져서 걷기가 힘들었다.

만성리 해수욕장은 희한하게 검은 모래밭이다. 그이의 발바닥에 검은 모래가 잔뜩 묻어서 마치 검은 신발을 신은 것 같다. '키드득' 웃음이 나왔다. 그이는 자동차 타이어에 바람을 넣은 검은색 튜브를 하나 대여해 왔다. 나는 후다닥 빨리 물속으로 뛰어 들어갔다. 내 몸을 물속에 빨리 감추고 싶었다. 고무 튜브를 타고 물장구를 쳤다.

그이는 자기의 수영 실력을 과시하며 이쪽에서 저쪽으로 저쪽에서 이쪽으로 헤엄쳐서 다녔다. 자기의 수영실력은 한강을 건너갔다 오는 실력이라고 자랑했다.

그런 그이가 참 대단해 보였다. 나는 어린 시절 개울에서 물장구 치며 놀던 개헤엄이 고작인데…. 다음에는 나를 튜브 위에 올려 앉히더니 튜브를 밀고 헤엄쳐 바다 쪽으로 나갔다. 콧노래도 부른다. 그는 의기양양한 개선장군 같았다. 해수욕장 위험수위 구역 표시를 해놓은 선을 넘어섰다. 경계선을 넘었다고 내가 만류하니까 나만 믿고 걱정 말라고 한다.

경계선을 넘자마자 널찍한 바위섬이 하나 있었다. 우리는 그곳에 두 다리를 뻗고 편한 자세로 앉았다. 바위 전체가 한 평 반 정도는 되는데 마루같이 편편해서 좋았다. 저쪽 해수욕장에서는 사람들이 그새 많아져서 복작거리고 있었는데 우리는 별천지에 와 있었다. 파도 소리에 저쪽의 시끄러운 소음도 들리지 않았고 우리 둘이 저쪽으로 소리쳐도 하나도 들리지 않았을 것이다.

우리는 또 노래를 불렀다. "물결 춤춘다 바다 위에서 백구 춤춘다, 바다 위에서…." "망망한 바다 위로 저 배는 떠나가면…."

'바다'와 여름' 노래가 나왔다. 둘이는 목청껏 노래를 불렀다. 시간이 얼마가 지났을까. 우리는 배고픔을 느끼고 바다에서 나왔다. 아, 벌써 오후 2시가 되었다. 시간이 그렇게 많이 흘러있었다. 온몸이 햇볕에 빨갛게 익었다. 점심을 먹고 그이는 남해로 떠나야 하므로 부둣가에서 하루 한 번밖에 없다는 배를 기다렸다.

남해에는 할머니가 사셔서 할머니를 뵈러 간다고 했다. 그것도 거짓말이었음을 안 것은 훨씬 뒤에 일이었다.

오후 4시, 그는 배에 타고 남해로 떠나고 나는 바닷가에서 손을 흔들었다. 뿅~ 하며 울리는 뱃고동 소리에 기분이 야릇했다. 서운했다. 괜히 눈물이 나오려고 했다. 나도 같이 갈 수 있을 날이….

나 혼자 쓸쓸히 기차 정거장으로 발길을 돌렸다. 아직도 기차 시간이 되려면 4시간이나 기다려야 하는데 무얼 하나? 혼자 있으니 더욱 지루했다. 극장엘 가서 영화 한 편을 보고 8시 기차를 탔다.

자리에 앉았다. 그런데 화끈화끈 온 몸이 불에 데인 것같이 아팠다. 물에 들어가기 전에 올리브유를 바르고 들어갈 걸 하는 생각이 그제서야 났다. 올리브유를 가지고 왔으면서도 미처 바를 생각도 못하고 지금 가방 속에 그냥 도로 가지고 가다니…. '에이, 바보. 나는 왜 그리 찬찬하질 못할까?'

상상 속에 잠기기도 하다가 잠을 자기도 하다가…. 혼자 돌아오는 여행은 참으로 지루하였다.

지금 생각해 보면 그 당시 우리의 행동은 유치하기 짝이 없었고 그 시대의 상황으로는 참으로 철이 없는 젊은이들이었던 것 같으나, 내게는 소중하고 아름다운 추억이었다.

결혼을 하다

1967년 12월 17일, 우리는 결혼을 했다. 장소는 시공관 별관에서 였다. 지금의 세종문화회관 자리에 시공관이란 커다란 행사장 건물 이 있었고 그 뒤에 별관에서 식을 올렸다.

우리 집에서는 추운 겨울에 결혼식을 하기보다 이듬해 3~4월에 하자고 했으나, 시댁 쪽에서는 그쪽 풍속은 농한기에 결혼을 많이 한다며 서둘렀다.

내 나이 27세, 남편 나이는 자기 말대로 30세(사실은 27세)였다. 그 당시에는 34,5세에 결혼하는 만혼이 유행하던 시절이라 그리 급 한 나이도 아닌데 시댁에서 결혼을 독촉한 것이었다.

나는 시댁에 한 번도 가보지 않고 결혼하는 것이 마음에 걸렸다. 그런데 그때는 그 멀고 먼 경상남도에 있는 시댁에 가기도 그러했지 만 결혼 전에 사돈댁이나 시댁에 간다는 것은 관례상이나 사회 통념 상 있을 수 없는 일이었다.

나의 부모님은 시댁의 풍속을 따르는 것이 도리라 여겨 결혼 준비 를 하셨다. 그래서 12월이라도 좋은 날을 잡아 결혼하기에 이르렀다.

하느님의 축복인지 겨울인데도 마치 봄날처럼 기온이 따뜻했다. 오후부터는 함박눈이 펑펑 내렸는데, 눈이 땅에 떨어지자마자 녹아 버렸다. 겨울날이 이렇듯 따뜻하기가 쉽지 않은데 결혼식에 온 하객들이 이구동성으로 "신부가 착한가 보다. 복이 많은가 보다. 함박눈까지 내리니 말야." 하면서 축복을 많이 해주었다.

폐백은 시골에서 드리기로 하고, 남산 관광호텔에서 자는 둥 마는 둥 하룻밤을 지내고 이튿날 신혼여행 겸 부산을 거쳐서 남해의 시댁으로 가기로 했다.

결혼식 다음 날, 9시 부산행 열차를 탔다. 부산역에 도착하니 남편의 친구들이 마중을 나와 있었다. 부산에 살고 있는 그의 친구들이 호텔을 잡아 놓았단다. 남편은 친구들과 술을 마시고 밤늦게 들어와 늦게서야 잠이 들었는가 했는데 새벽 4시에 나를 깨웠다. 5시에 출발하는 배 시간에 맞추려면 빨리 부둣가로 나가야 한다. 화장을 하는 둥 마는 둥 따라나섰다. 부산에서 남해로 가는 여객선을 타고 가야 한단다. 부둣가에서 승선표를 사고, 승선자 명단에 인적 사항을 기록하고 나서야 부둣가 국밥집에서 아침을 급히 때웠다.

배를 탔다. 내 생전 처음으로 배라는 것을 탄 것이다. 새벽부터 정신없이 서둘렀던 일, 어젯밤 잠도 제대로 못 자 피로가 엄습해 왔다. 그런데도 눈에 들어오는 풍경들이 처음 보는 색다른 풍경들뿐이어서 오히려 더 생기가 나서 내 눈이 반짝거렸다. 남편은 내가 배멀미를 할까 봐 괜찮으냐고 자꾸 물었다.

"내 사전에 멀미란 말은 없어요."

배 양옆에 설치된 좁은 통로를 통하여 배 안으로 들어서니 배 바

닥 저 밑 깊은 곳은 기계들이 무시무시하게 통탕거리며 돌아가고 1
층 양쪽으로는 온돌방같이, 비닐 장판을 깔아놓은 방에는 남녀 가리
지 않고 즐비하게 누워 있는 사람, 간혹 창가에 앉아 있는 사람…
등으로 빈틈이 없다. 2층으로 올라가니 역시 똑같은 모양으로 방안
가득 사람들로 발 디딜 틈이 없다.

왁자지껄 투박한 경상도 사투리로 떠드는 소리로 배 안이 시끄러
웠다. 게다가 방안은 퀴퀴한 냄새도 나고 불결했다. 우리도 한쪽 구
석에 자리를 잡고 앉았다.

배는 계속 달리고 있다. 조금 있더니 그 비좁은 사이를 헤치며 나
타난 인물이 있었다. 엿장수 모판 같은 판에 김밥, 계란, 밥풀튀김,
과자, 오징어, 소주, 사이다 등을 빽빽이 담아 어깨 위에 올려놓고
물건을 사라고 외치고 다니는 소년이었다.

"박상 사이소, 닭 알 있어요. 다갈. 다갈. 다갈."

'픽~' 웃음이 나왔다. 나는 남편에게 물어보았다.

"저게 무슨 소리예요. 웬 밥상을 팝니까? 다갈, 다갈은 또 무엇이
고요?"

"박상은 밥풀튀김(쌀튀김)을 말하는 것이고, '다갈'은 '달걀'이라는
말이야."

남편이 웃으면서 말해 주었다. 좌판 위에 쌀튀김을 엿에 버무려
둥그렇게 판때기를 지은 과자와 삶은 계란이 보였다. 우리는 사이다
를 한 병 사서 갑판 위로 올라갔다.

바람이 차가웠으나, 퀴퀴한 실내보다 가슴이 탁 트이는 듯 기분이
나아졌다. 배가 파도를 가르며 흰 거품을 내뿜으면서 달리고 있었

다. 엔진소리, 바람 소리 때문에 서로 말소리를 크게 해야 알아들을 수 있었다.

낙동강 하구와 만나는 가덕도 앞 바다를 지날 때는 파도가 세차서 배가 많이 흔들렸다. 남편은 내가 배멀미를 안 해서 다행이라 말했다. 우리는 발동선의 조타실 옆벽에 기대서서 바다 경치를 관망하며 갔다. 여기부터 남해안의 다도해라 배가 달리고 있는 양옆으로 조그맣고 여러 가지 모양을 한 섬들이 지나갔다.

〈다도해〉라는 기행문을 읽었던 기억이 난다. 정말로 가지각색의 모양을 한 섬들이 하나씩 또는 둘 셋씩 내 앞으로 다가왔다가는 뒤로 물러나고 또 다가섰다가는 물러나곤 했다. 이것은 기행문에 쓰인 문장이 아니라 내 눈 앞에 펼쳐지는 진풍경이었다. 어떤 것은 푸른 동산이요, 어떤 것은 기암괴석으로 절벽에 매달린 소나무 모양도 신기하게 생겼다.

배를 타고 바다 경치를 감상하며 달리는 것이 참 좋았다. '신혼여행이란 이름을 따로 붙여야 신혼여행인가?' 나로서는 바다의 경이로운 풍경을 감상하며 달리는 이 여행이야말로 값진 신혼여행을 하고 있는 것이라고 생각했다. 남편은 나에게 남해도에 대한 홍보를 열심히 하였다. 내가 섬에 도착하여 실망할까봐 온갖 좋은 소리는 다 갖다 붙이기에 바빴다.

남해 사람들은 옛날에 귀양 온 선비들의 후손들이라는 얘기, 남해도는 땅이 척박해서 살기가 힘들지만 모두 근면하여서 생활력이 강하다는 것, 남해사람은 경기도나 다른 도보다 겉보기에는 못살아 보여도 모두 검소하고 절약 정신이 강해서 실속은 더 있다는 말 등 끝도 없이 자랑을 늘어놓았다.

통영을 지나면서 보니 바다 가운데에 이 충무공의 공덕비가 세워져 있었다. 남편은 또 한산도 대첩과 노량대첩을 상기시키면서 역사적인 유적지임을 자랑했다. 노량은 경상남도 하동과 남해도 사이의 좁은 바다 길을 사이에 두고 양쪽 지역을 하동노량, 남해노량이라 부른다 했다. 노량 앞바다를 지날 때는 과연 파도가 세고 물살이 빨라 배가 흔들흔들하는 것 같았다.

노량에서 내렸다. 남해 섬에 도착한 것이다. 여기서 또 버스를 타고 한참을 가더니 '여기가 남해읍이니 내리라'고 했다. 다시 버스를 갈아타고 한참을 가야 남면 덕월리라는 곳이 나오고, 비로소 그곳이 나의 시댁이다. 남해 섬에는 경사가 심한 산비탈을 개간하여 그곳에 보리를 심어 놓았는데 얼굴을 내밀고 나온 초록 싹이 바닷바람에 흔들렸다. 겨울 보리싹을 보면서 생활력이 강하다는 남해 사람들의 면모를 보는 듯했다.

택시를 타고 덕월리에 도착했다. 부산에서 새벽에 떠났는데 오후 5시가 되어서야 도착했다. 대문 안으로 들어서니 어머님, 아버님, 그리고 많은 동네 사람들이 새색시가 온다고 시댁에 모두 모여 있었다. 택시에서 내린 곳에서부터 우리 뒤를 졸졸 따라오는 사람들도 있다. 동네 아이들은 내 앞으로 뛰어와서 나를 똑바로 쳐다보고는 킥킥 웃다가 나와 눈이 마주치면 어른들의 등 뒤로 숨어버렸다.

집안 대소가 어른들께 폐백을 드렸다. 고모님, 이모님, 외숙모님, 대고모 할머님…. 절을 꽤 여러 번 했다.

"새댁이 참 곱다."

"하므이다."

"길정이는 어데서 이런 색시를 찾았드노?"

사투리가 꽤 심하다. 무슨 말인지 못 알아듣겠다. 큰 교자상에 차려진 저녁상이 들어왔다. 새색시에게 주는 큰상이란다. 온 상이 생선 일색이다. 가자미구이, 가이바시, 갈치전, 홍합전… 커다란 대머리 문어가 다리에 또아리를 틀고 앉아 나를 쳐다보고 있다.

"야야, 이 모든 게 귀하고 비싼 것들이다. 느그 시어무이가 니 때무로 이렇게 많이 차리지 않았나?"

"하무이다."

"우찌 이리도 많이 채렸나, 돈도 억수로 들었것다."

지금 생각해 보면 정말 비싼 것들을 접시 위로 높게 고여 놓았던 것이었다. 그때 당시에는 그 많은 종류의 해물들이 귀한 것인지도 모르거니와 내게는 하나도 맛있는 음식이 아니었다.

그 귀한 음식 중에서 내가 먹은 것은 그저 밥과 김치뿐이었다. 내륙지방에서 살았던 나는 고작해야 고등어자반이나, 봄에는 생조기, 꽃게, 갈치나 명태가 고작이었으니 생선들에는 익숙지 않았다. 가령 내가 잘 먹는 것일지라도 생선을 통으로 접시에 높이 고여 놓은 것을 헐어서 먹을 수는 없었다. 그것은 내가 먹으라고 해 놓은 것이 아니라 사람들에게 보여 주기 위한 것이다. 일주일 있는 동안 밥을 통 못 먹을 정도로 음식이 계속 입에 맞지 않았다.

저녁상을 물리고 나니, 우리의 신방을 차려 놓았다고 그곳에 가서 쉬라고 하셨다. 별채에 있는 방이었다. 남편은 또 동네 친구들에게 불려 나가고, 혼자 방에 있으려니까 동네 처녀들이 색시를 보러왔단다. 손아래 시누이(선희)의 친구들이란다. 들어오라고 했다. 두 명이 들어왔다. 나는 아랫목에 앉아 있고 그들은 윗목에 앉아 나를 마주 보고 앉더니 내 얼굴을 찬찬히 살펴보고는 자기들끼리 소곤소곤하며 웃곤 한다. 뭐라고 내가 말을 해야 할 것 같았다.

"우리 선희 아가씨 친구들이에요?"

그렇다고 고개만 끄덕끄덕했다. 고등학교 동창이냐고 물으니 고개를 가로저었다. 국민학교 동창이란다. 과일이 들어왔다. 좀 먹으라고 권해도 사양을 하더니 한참 만에 그냥 나간다.

수줍은 시골 처녀들의 모습 그대로였다. 이곳은 아직도 19세기가 공존하고 있구나 하는 생각이 들었다. 남편은 또 동네 친구들과 어울리다가 늦게야 들어왔다. 시누이가 유자 막걸리가 담긴 주전자와 안주를 방으로 들여다 놓고 나갔다.

신방은 여기서도 차려진 것이다. 3일 밤을 각각의 형태로 신방은 차려졌으나 달콤하다거나 아름답다거나 하는 허니문은 하루도 없었다.

이렇게 나의 결혼생활은 시작되었다.

첫딸 수진이

나의 첫딸 수진이는 1968년 9월 6일, 소프라노의 울음소리를 터뜨리며 이 세상에 태어났다.

수진이의 탄생은 나에게 엄마가 되는 기쁨과 함께 솟구치는 모성애로 나를 한없이 행복하게 해주었다. 또한 삶의 의미와 보람을 느끼게 해 주었다.

나는 이상적인 육아방법을 익히려고 책도 많이 사서 읽으면서 각오를 다졌다. 그런데 첫 번째 시행착오가 생겼다. 출산하면서부터 나의 생각은 모유를 먹여야 한다는 것이었다. 모유가 영양분도 많고 아기에게 병에 대한 면역력을 길러주는 등 여러 가지 좋다는 것을 알고 있었기에, 출산휴가 1개월 동안은 당연히 모유로 키우려고 하였다. 그래서 학교에 출근하기 1주일 전부터 우유를 하루 1회, 다음 날은 2회…. 이렇게 늘려가기로 했다.

그런데 문제가 생겼다. 아기가 모유 맛과 우유 맛의 차이를 알아서 우유를 영 먹지 않는 것이었다. 또한 뻣뻣한 인공 젖꼭지의 감촉을 싫어하였다. 큰일이었다. '배가 고프면 먹겠지' 했지만 아기는 우유를 거부하는 것이었다. 안타까운 마음에 다시 모유를 먹이곤 하였는데 드디어 출근해야 하는 날이 되었다.

학교에서 하루 종일 걱정이 되었다. 우유를 먹었을까? 아기의 울음소리가 귀에 들리는 듯하였다. 아기가 젖 먹을 시간이 되어 오면 젖이 불어서 찌릿찌릿하며 가슴이 아팠다. 어쩌다가 옷에 스치면 분수처럼 걷잡을 수 없이 뻗쳐서 새로 입고 간 파란 모직 원피스 앞이 삽시간에 둥그렇게 젖어들었다.

어쩌나 수업 중에 그랬으니 앞에 앉은 학생들이 다 볼텐데…. 출석부를 세워서 교탁 위에 짚고 서서 수업을 진행했다. '칠판에 판서할 일이 있어도 오늘은 하지 말자. 종이 치고 쉬는 시간이 되어도 교무실로는 못 가겠다.' 나는 건물 뒤쪽에 있는 매점으로 가서 옷을 말리고 젖을 짜 버려야 했다. 그 당시에는 학교에 따로 여교사 휴게실이나 양호실이 없었다. 통증이 심해서 견디기가 어려웠다.

학생을 시켜 출석부를 바꿔오도록 하고, 다음 시간 수업에 들어갔다. 아쉬운 대로 다른 여선생님의 스웨터를 걸쳐 입고 수업에 들어가고, 퇴근 시간이 되자 집으로 달음질쳐 왔다.

아기는 아직도 울고 있었다. 그렇게 울면서도 몇 모금 빨다가는 또 혀로 인공 젖꼭지를 내밀고 먹지 않는단다. 또 자꾸 변이 안 좋아 병원엘 다녀왔다. 체했단다.

우왕좌왕 이렇게 며칠을 보냈다. 우유를 먹여보았지만 아기는 조금만 먹고는 울기만 한다. 아기 보는 애가 어리고 서툴러서 먹이는 방법이 잘못되었을까? 퇴근 후 내가 계속 시도해 보았으나 헛일이다. 우유에 체해서 그런 것일까. 볏짚을 썰어서 삶은 물에 우유를 타 먹이면 우유에 체한 것이 낫는다 하여 그렇게도 해 보았다.

후회막급이었다. 출산 직후부터 우유와 모유를 병행할 것을…. 그러나 이제 어찌 하겠는가. 궁리 끝에 아기 보는 애에게 아기를 업고 학교에 오도록 했다.

나의 수업 시간표와 수업 시작시간, 끝나는 시간을 방에 써 붙여 놓았다. 젖먹이는 시간이 3시간 만큼이니 수업이 비는 시간과 쉬는 시간에 맞춰서 아기를 업고 오도록 아이에게 철저히 주입시켰다.

매점에 방이 하나 있어 첫날은 잘 되었다. 그런데 다음날부터 문제가 생겼다. 요일마다 수업시간이 다르기 때문에 아기가 젖 먹을 시간도 맞지 않을뿐더러 그것 때문에 시간표를 매일 바꿀 수도 없는 일이었다.

수업이 연속 3시간씩 이어지고 다음 한 시간 쉬게 되면 아기에게 젖을 먹였다. 아기는 힘차게 젖을 빨다가도 숨을 고르기라도 하려는 듯 젖꼭지를 빼고는 엄마를 쳐다보고 방실방실 웃는다. 만족스런 표정을 짓는다. 그러나 나는 '빨리 먹어라. 또 시작종이 곧 날 텐데…' 초조하다. 아기는 다시 열심히 빨아댄다. 꿀꺽꿀꺽 젖 넘어가는 소리…. 이때쯤 시작을 알리는 종소리가 울린다. 어쩌나, 이제 겨우 목을 축였을 정도인데….

나는 매정한 어미가 되어 아기를 떼어놓고 일어섰다. 열심히 젖을 빨던 아기가 자지러지게 울어댄다. 아기 우는 소리에 내 가슴이 찢어졌다.

수업을 마치고 나오면 그때까지 아기는 울고 있다. 매점 아주머니가 하도 딱해서 밥물을 끓여서 몇 모금 수저로 떠 넣어 주기도 하였단다.

어느 날은 자고 있는 아기를 차마 깨우기가 안쓰러워 깰 때까지 기다리다가 깨어난 후 데리고 오는 날도 있었다. 엄마는 아기를 기다리다가 이미 수업에 들어가 있어야 하고 수업이 끝나서 부랴부랴 와보면 배고파 아기는 울다가 지쳐서 늘어져 있었다.

아기를 키우면서 이렇듯 가슴앓이를 심하게 하였다. 그래서 다음 아기만큼은 절대로 이런 일이 다시는 없도록 해야지 다짐했다.

수진이는 젖에 주리고 허기진 배를 채우려고 급히 먹곤 해서인지 어려서부터 배탈, 설사 등으로 병원에 자주 드나들었다. 또한 돌이 지나도록 영양상태가 좋지 않았다. 엄마의 잘못으로 아기를 고생시킨 것을 생각하면 지금도 가슴이 아프고 눈물이 나오려 하며 미안한 마음이 앞선다.

그런 수진이가 어른이 되어 지금은 9살, 3살짜리 자매의 엄마가 되었다. 그러나 아기 적에 너무 젖을 주려서인지 지금도 기초체력이 약하고 기관지도 약하다. 피로를 쉽게 느끼고 잔병도 자주 앓는다.

엄마가 된 수진이는 나처럼 실수하는 엄마가 되지 않기를 바란다.

잊지 못하는 유진 아버지

아기를 낳을 무렵부터 우리는 학교 근처로 방을 옮겼다.

우리의 첫아기가 태어났을 때 나는 나름대로 육아에 대한 계획과 꿈이 있었다. 그런데 그런 나의 꿈들이 아기를 키우면서 얼마나 현실과 괴리가 있는지 처절하게 실감하고 있었다. 아기와 학교, 그 어느 것 하나 소홀히 할 수 없는 나에게는 힘겨운 나날의 연속이었다.

육아 경험이 있는 어른 가정부를 두면 너할 나위 없이 좋은 일이겠으나 셋방을 사는 우리의 처지로서는 그저 희망사항일 뿐이었다. 시댁에서 구해 보내 준 15세짜리 봉엽이가 내가 학교에 나간 사이에 우리 아기를 돌보았다. 어린 봉엽이는 그야말로 아기 보는 애라는 의미 이상은 없었다.

나는 봉엽이에게 매일매일 꼼꼼하게 아기에 관한 주의사항을 일러놓은 후에야 아기를 맡기고 출근을 하였다. 우유 타는 물은 조금 따뜻한 정도, 젖병의 눈금 50mm 선에 빨간 줄을 색연필로 그어놓고 우유 물을 맞추게 하여 흔들어서 먹인 후 등을 두드려 트림을 시켜야 한다는 교육을 시켰다.

아이가 아기를 보니 학교에 가 있어도 집일이 걱정되고 항상 불안하였다. 그래서 가끔 점심시간에는 잠깐씩 집에 들르곤 했다.

첫아이어서 시행착오도 많이 겪었다. 생후 3개월 무렵부터는 감기에 자주 걸려서 병원에 자주 드나들었다. 또 봉엽이가 우유를 잘못 먹여서 체했는지 그즈음은 아기가 영 우유를 먹지 않고 거부하였다. 젖꼭지를 혀로 밀어내고 자꾸 보챘다.

그날도 아기의 상태가 좀 안 좋았으나 그대로 출근했다. 그날 오후에는 학부모 총회를 하는 날이었다. 1, 2, 3교시로 연속 수업을 끝내고 4교시에 시간이 비어서 빠른 종종걸음으로 집에 들렀다. 5교시부터는 학부모 총회가 열리니까 빨리 다녀와야 했다. 수업 중에도 아기 걱정으로 내내 가슴을 졸였다.

집에 들어서는데 봉엽이가 기다렸다는 듯이 겁먹은 얼굴로 "아기가 이상해요" 했다. 아기의 표정이 굳어 있고 숨소리가 가빴다. 앞뒤 생각할 겨를도 없이 나는 아기를 포대기에 업고 밖으로 뛰어 나갔다. '병원에 가야한다. 빨리 가야한다.' 마음은 바쁜데 택시조차 없었다. 주택가 골목길이니 버스를 타려면 동네 밖으로 한참 걸어나가야 했다. 어쩌나, 왜 택시도 안 올까? 그 때 헬멧을 쓴 어떤 남자가 오토바이를 타고 '윙' 하고 지나갔다.

"아저씨! 애기가 아파요. 저 좀 태워 주세요! "

큰소리로 외쳤다.

'저 사람이 오토바이 굉음 속에서 내 목소리를 들었을까?' 했는데 저만치 달리던 오토바이가 멈추고 뒤돌아보며 소리를 쳤다.

"왜 그러세요?"

나는 또 힘껏 소리쳤다.

"애기가 아파서 그래요. 병원까지 좀 태워다 주세요."

발을 동동 구르며 애원하는 나를 보더니 빨리 와서 뒤에 타라고 한다. 나는 아기를 업은 채 그 사람의 뒷자리에 타고 그의 허리를 꽉 끌어안고 달렸다. 병원 앞에서

"여기 내려 주세요!"

나는 병원으로 뛰어 들어갔다.

"급체를 하였습니다. 제때 잘 오셨습니다."

소아과 의사가 말했다. 주사를 한 대 맞고 나니 긴장했던 아기의 얼굴이 사르르 풀린다. 아기 먹일 약을 받아들고서야 비로소 마음이 놓였다. 돌아오는 길은 걸어서 왔다. 긴장이 풀려서인지 다리에 맥이 탁 풀렸다. 힘이 하나도 없었다.

그러나 다행이다. '그 오토바이가 아니었다면 어쩔 뻔했을까? 고마운 분…. 아! 그런데 고맙다는 말도 못했구나.' 그제야 오토바이에서 내리자마자 고맙단 말도 못하고 병원으로 뛰어 들어갔던 것이 생각났다. 너무 미안했다.

잠든 아기를 방에 눕혀놓고 이제는 한결 가벼워진 걸음으로 학교로 달려갔다. 점심은 먹을 새도 없이 5교시 시작을 알리는 종이 울리고 학부모 총회가 시작되었다.

나도 우리 교실로 들어갔다. 스무 분 정도의 학부모님이 오셨다. 학교에서 준비해 준 학교 운영 방침과 학교장 인사말 등의 유인물을 나누어 드리고 학교의 방침 및 담임으로서의 인사말, 이어서 자녀에 관한 상담시간이었다.

그런데 꽤 시간이 지났는데 교실 뒷문이 조심스레 열렸다. 작업복 차림의 남자 한 분이 들어오셨다.

"저 유진이 아빠입니다. 늦어서 죄송합니다."

"아, 괜찮습니다."

나는 그분께 자리를 권하였는데 그분은 얼른 앉지 않고 나에게,

"저, 아까 아기는 괜찮습니까?"

아, 그러고 보니 아까 그 오토바이로 태워다 준 분이 유진이 아버지셨단 말인가! 얼굴이 화끈 달아올랐다.

'아이구 창피해라!'

아기를 업고 전후좌우 살필 겨를도 없이 유진 아버지의 허리를 두 팔로 꽉 끌어안다시피 붙들고 달렸던 것을 생각하면 그분을 바로 쳐다보기조차 힘들다. 거기다 고맙다는 말 한마디도 못한 것을 생각하면.

"네, 아기는 치료를 받고서 괜찮아졌습니다. 아까는 참 고마웠습니다." "다행입니다."

인사를 나누고 자리에 가서 앉았다. 그 다음부터는 내가 무슨 말을 했는지도 잘 기억이 나지 않았다. 그분은 아무렇지도 않은 표정으로 앉아 있었으나, 나는 유진이 아버지를 바로 쳐다볼 수가 없었다.

지금도 그 때 일을 생각하면 얼굴이 화끈거린다.

수십 년간 학교에 근무하면서 해마다 3월이 되어 새학기가 시작되고 학부모 총회가 있는 날이면 그 날이 떠오른다.

서울특별시 교사가 되다

1970년 3월 1일, 나는 서울특별시의 교사가 되었다. 그 당시 정부에서는 부부 공무원으로서 서로 다른 지역에서 근무하여 떨어져 사는 부부들에게 가족이 모여 살 수 있도록 특전을 주었다.

그 당시 남편이 서울의 경동고등학교 교사여서 나는 남편의 근무지역으로 희망서를 내었고, 성북구 하월곡동에 위치한 숭덕중학교로 발령이 났다. 숭덕중학교는 남학생 학교로 지금의 서울북공고 자리에 위치하고 있었다.

그때는 평준화 이전이라 고등학교는 입학시험을 보아서 가던 시대였다. 숭덕중학교의 J교장 선생님은 열의가 대단한 분이셨다. 그분도 강원도에서 새로 부임하셨는데 일류고등학교 합격률을 높이려는 의지와 극성(?) 때문에 선생님들을 매우 힘들고 고단하게 하셨다.

열의를 다해 지도하신 선생님들과 우수한 아이들이 많은 덕이었는지 내가 부임한 첫해인 1971년도에는 16명이나 경기고등학교에 합격하는 쾌거를 올렸다. 더욱 고무된 J교장 선생님은 학부모님 모임이 있을 때마다 목소리를 높이셨다. 그런데 지나침은 부족함만 못하다고 교장 선생님의 교사들에 대한 지나친 간섭과 잔소리, 심지어 비인격적인 처세에 참다못한 교사들의 감정이 폭발하는 사건이 생기기도 했다.

숭덕중학교에 부임한 그때는 내 나이 30세, 한창 젊은 나이였다. 여 선생님 중에는 나와 동갑내기가 대여섯 분 있었다. 우리 동갑내기 선생님들은 한창 일할 나이이기도 했지만, 출산과 양육이라는 공통분모가 있었다. 그래서 자연히 어울려 육아와 생활 정보를 나누며 동고동락하며 친밀하게 지냈다.

그분들과는 지금까지도 친목을 다지며 우정을 이어가고 있다. 이제는 우리 동갑내기 5명 중 4명이 중·고등학교 교장이 되었고, 또 다른 한 분은 교육장까지 지낼 정도로 모두 치열하게 살았다.

나는 숭덕중학교에 근무하는 동안, 둘째 딸과 첫아들을 낳았다. 집도 장만하였고 생활도 점점 안정되어 갔다.

서울특별시에서의 첫발을 내디딘, 내 인생에 새로운 의미를 부여할 수 있었던 학교가 바로 숭덕중학교였다. 이제는 숭덕중학교가 없어지고 대신 서울북공고의 건물로 모두 사용되고 있다.

둘째딸 수덕이의 탄생과 내 집으로의 이사

1960년 9월 6일, 수덕이가 태어난 날이다.

그 날은 우리가 처음으로 우리 집을 마련하여 이사하는 날이었다. 이제 셋방살이의 설움을 면하고 내 집으로 들어가는 날이다. 나는 출산 예정일이 2주나 지나서 이사 가는 날 낳으면 어쩌나 하고 걱정을 하며 이삿짐을 미리미리 싸 두었다. 귀중품만 들고 나가면 되도록 이사준비를 끝마쳤던 것이었다.

그런데 염려했던 것이 현실로 나타났다. 이사 가는 날 새벽 5시경부터 산통이 오기 시작했다. 첫아이 때의 경험이 있으므로 아직 멀었으니 걱정 없다고 아픈 중에도 제법 느긋했다. 이삿짐센터에서 트럭이 왔고 나는 병원 갈 생각은 않고 이삿짐 나르는 것을 앉아서 일일이 간섭했다. 이것은 깨어질 것이니 밖에 싣고 이불과 장롱은….

통증이 오면 쩔쩔매다가도 이삿짐을 트럭에 다 실어보내고 나서야 나는 택시를 잡아타고 새집으로 갔다. 장롱 속에 넣을 남편 양복과 내 외출복, 안방 물건들만 대충 정리하였다. 그리고서야 이사하는 것을 도우려 오신 친정어머니와 나는 병원으로 향했다.

오후 4시에 병원에 도착했는데 7시에 출산을 했다. 9시경에 간호사가 목욕을 마친 머리가 까맣고 눈이 까만 예쁜 둘째 딸을 안고 왔다. 내 품에 안기어 예쁜 눈으로 엄마를 빤히 바라보던 수덕이. 두 번째 또 딸을 낳아서 남편은 서운한 기색을 감추지 않았다. 나 또한 서운함은 어쩔 수 없었다.

수덕이는 처음으로 장만한 우리 집으로 이사하는 날 태어났기에 모두들 복덩이라고 말했다.

엄마를 빤히 쳐다보던 그 까맣고 예쁘던 눈을 떠올린다. 직장생활을 하느라 포근한 사랑을 맘껏 베풀지 못한 엄마 사랑 결핍증을 앓은 내 둘째 딸에게, 나는 항상 빚을 진 마음이다.

아들을 낳고

숭덕중학교는 서울시 근무 첫 학교여서 나에게는 의미가 큰 학교이다. 또한 가난한 교사 부부가 근검절약하며 셋방살이를 면하기 위해 애쓰던 시절이기도 하다. 나는 둘째, 셋째를 출산하였고 어린 3남매의 육아와 직장생활을 병행해야 했던 가장 힘겨웠던 시기이기도 하다.

1972년 우리는 내 집을 마련하였지만 생활이 힘들기는 여전히였다. 막내 시동생마저 올라온 우리 집은 일곱 식구로 늘어났고 매달 거의 한 가마 쌀을 먹었다. 내 아이들은 아직 초등학교에도 들어가지 않은 어린애들이었지만 고등학생 이상이 2명이나 되어서 학비와 생활비 또한 만만치 않았다.

첫째와 둘째로 연이어 딸이 태어나자 남편은 아들을 기다리는 마음을 노골적으로 표현했다. 그 당시의 사회 분위기는 산아제한 표어도 '셋만 낳아 잘 기르자'였다. 어느 집은 아들을 낳기 위해 줄기차게 5공주까지 낳는 사람들도 있었다.

어느 여름날, 남편의 퇴근이 늦어졌다. 그래서 우리끼리 저녁식사를 마치고 "우리 아빠 마중 가자!"며 바람도 쏘일 겸 거리로 나섰다. 큰딸은 내 손을 잡고, 작은딸은 아이 보는 애가 안고 버스 정거장에서 많이 늦어지는 남편을 기다렸다.

"아빠다!" 수진이가 아빠를 먼저 발견하고 달려갔다. 버스에서 내린 남편은 우리와 같이 걸으면서 "야! 내 여자가 네 명이나 되는구나!" 하며 농담을 했다. 그러나 나는 그 말이 마음에 걸렸다. 언젠가 남편이 K선생님 아들 돌잔치에 다녀와서 하던 말이 생각났던 것이다.

"K선생은 나보다 장가는 늦게 들었어도 자식은 나보다 일찍 두었어!"

나는 속으로 '그럼 딸은 자식이 아니란 말인가?' 투덜대면서도 아들을 못 낳은 것이 내 죄인 양 미안한 마음을 가졌다.

얼마 후 나는 셋째를 임신하였다. 그런데 만삭이 되어 올수록 불안하고 초조했다. 또 딸이면 어쩌나, 딸만 셋을 키우게 되면 어쩌나 걱정이 되었다.

예정일은 1월 15일이었다. 12월 24일에 겨울방학이 시작되므로 나는 방학이 되기 전에 학교에 진단서를 제출하려고 12월 20일 병원에 들러 진찰을 한 후 진단서를 받았다.

그 날은 조퇴를 한 김에 아이들에게 줄 크리스마스 선물을 사러 신세계 백화점엘 갔다. 금요일인데도 대목이어서 사람들이 꽤 많았다. 서로 부딪쳐가며 4층에서 2층으로 오르락내리락하며 선물을 사 가지고 집으로 향했다. 버스에 앉아 있는 동안 배가 아프고 조금 이상 징후가 보인다. 두 딸은 모두 예정일보다 2주일이나 늦게 낳았는데 지금은 예정일보다 2주가 앞서 있지 않은가. 그래서 속으로 아직 아니겠지 여겼다.

집에 도착해서도 계속 통증이 심해졌다. 남편은 그날따라 12시가 넘어서 돌아왔다. 결국 남편을 기다리다가 병원에도 못 갔다. 남편이 집 근처에서 산파 집을 봤다면서 산파를 집으로 불러왔고 나는 셋째를 집에서 낳게 되었다.

"아들이다!"

남편의 기쁨은 이루 말할 수 없었다. 빨리 누군가에게 알리고 싶은 모양이다. 그 시절엔 집에 전화가 없었으니, 친척 집에는 연락도 못하고 내일 아침 공중전화가 밖으로 나오는 즉시 학교에 알리겠다고 법석을 떨었다.

나는 그런 남편을 말렸다. 21~24일은 병가를 내면 되고 바로 방학인 것을 계산하였던 것이다. 학교에서는 예정일을 1월 15일로 알고 있으니 그때 학교에 알리자고 하였다. 그래서 산후 휴가 일의 시간을 벌고 싶었던 것이다.

남편은 이튿날 아침, 나의 만류도 뿌리치고 학교에 그예 전화를 걸었다. 남편이 좋아하는 감정을 주체 못하고, 뒷일은 생각지 않는 행동이 몹시 못마땅했다. 덕분에 산휴 휴가도 취소되고, 방학으로 산휴 휴가를 대신하였다. 구해 놓았던 산휴강사도 학교에서 취소시켰다.

방학 한 달을 쉬었으니 개학날부터 출근해야 하는 형편이 되었던 것이다. 겨울철이라 산후조리가 잘 안되었는지, 몸이 개운치 않고 아픈 곳이 많았다. 병원에서는 1개월을 더 안정해야 한단다. 진단서와 함께 병가를 15일 더 내려고 남편이 내 대신 학교에 갔다.

　서무직원이 교장선생님이 회의 중이라 했다. 남편이 한 시간여를 기다렸는데도 교장실의 회의는 끝나지 않았다. 그런데 이상한 것은 회의하는 기척이 없었다. 남편은 우리 학교에 있는 친구 U선생님에게 "네가 한번 교장실에 들어가 봐라. 정말 회의 중인지 알아봐 달라"고 부탁하여 알아보니 교장실에는 교장선생님 혼자 앉아 있더라고 하였다. 교장선생님은 병가 내러 온 것을 알아차리고 고의로 남편을 만나주지 않았던 것이다.

　남편은 집에 와서까지도 분이 풀리지 않는 듯 열변을 토하였다. 결국 내 대신 시간 강사를 두었는데 내 봉급에서 강사비를 지불하는 조건으로 병가를 받았다. 요즈음의 여교사들은 상상도 못할 일일 것이다.

　숭덕중학교에서 나는 그렇게 고대했던 아들을 낳았고, 내 집 장만을 하는 기쁜 일도 있었지만 좀 특별하신 교장선생님으로 인하여 고초를 겪기도 했다. 그러나 내 인생에서 아주 특별한 의미가 있는 시절이었다.

아버지와 방배동 집

서울시 서초구 방배동 941-11호, 새로 지은 우리 집 주소다. 1974년도쯤에 방배동에 내가 대지 75평을 사놓았다. 그곳에 1978년 가을에 집이 완공하게 된 것이다.

드디어 내가 소망하던 상가주택이 완성되었다. 75평 대지에 2층으로 된 붉은 벽돌집 상가주택이다. 나는 그동안 직장을 그만두더라도 내 봉급 정도의 수입이 나올 수 있는 상가주택 짓기를 소망했었다. 그래서 상가를 지을만한 집터를 장만하였고, 착공하고 4년 만에 집이 완공되었으니 내 꿈이 이루어진 것이다.

이 상가주택이 지어지기까지 말로 다 표현 못할 정도로 친정아버지의 노고가 컸다. 애초에 나는 집을 지으면서 완성되어 임대료가 나오면 학교를 퇴직할 계획이었다. 그런데 막상 공사를 시작하였는데 우리 부부 둘 다 직장에 나가 있으니 친정아버지의 도움을 받을 수밖에 없었다.

60이 넘으신 아버지께서는 기력이 많이 떨어지셨는데도 불구하고 온 힘을 기울여 우리의 집을 훌륭하게 완공시키셨다. 그야말로 우리

이 집은 딸을 사랑하는 아버지의 작품인 셈이었다. 건축비 부족, 목수와 미장이, 인부들이 수없이 애를 먹였지만, 아버지는 묵묵히 감내하면서 공사를 착착 진행시키셨다. 오랜 기간 건축업을 하신 아버지의 노하우가 있었기에 가능한 일이었음을 나는 잘 안다.

"이제 이것으로 마지막이다. 나도 이제는 힘이 부치는구나."

우리 집을 완공하고 나서 하신 말씀이었다.

이제 너무 많이 노쇠해지신 아버지를 바라보며 마음속으로 다짐하였다.

'네! 그럼요, 아버지. 고맙습니다. 지금까지 이만큼 살게 된 것이 모두 아버지 덕인 걸요. 아버지, 열심히 살겠습니다.'

의정부여중에서 서울승덕중학교에 전근되던 해 봄이었다. 아버지께서는 신혼 초부터 셋집으로 전전하는 딸이 마음에 걸리셨든지 하루는 나에게 물으셨다.

"애! 너희가 현재 가지고 있는 돈이 얼마나 되느냐?"

"지금 사는 전세금 30만 원과 교육자 단지 분양권 25만 원 가치의 증서 하나밖에 가진 것이 없습니다."

"네 남편과 상의해서 분양권을 현금으로 만들어 우선 되는 대로 나에게 주면 너희 집을 어떻게 한번 만들어 보마."

아버님 말씀대로 우리는 교육자 단지 증서를 매각해서 아버지께 드렸다.

그 당시 건축업을 하시던 아버지께서는 내가 드린 돈과 당신 사업 자금을 보태서 당신 회사 근처에 대지 25평에 건평 18평, 방이 4개인 ㄱ자형 개량 한옥 주택을 당신이 손수 지어주셨다.

그해 9월 6일, 우리 둘째딸을 낳던 날 드디어 내 집으로 이사를 할 수 있었다. 그 당시 돈으로 모두 140여만 원이 들어갔는데 우리 부부는 이자 없이 원금만 2년에 걸쳐 겨우 갚아 드렸을 뿐이었다.

그 후 아버지는 회사를 삼양동 보록원 자리로 옮기셨다. 아버지는 또 말씀하셨다.

"지금, 너희 집을 팔아라."

"이사 온 지 얼마나 됐다고 팔아요?"

지은 지 2년밖에 안 된 집이어서 장만한 기쁨도 채 가시지 않았는데 무슨 말씀이냐는 듯 의아해서 물었다.

"너희 집을 사려는 사람이 있다. 170만 원이면 팔겠다고 했는데, 네 남편과 의논해 보거라."

우리 부부는 아버지 말씀대로 팔기로 했다. 집을 짓느라고 고생은 아버지가 하시고 이익금은 우리가 챙긴 셈이었다. 아버지는 집을 판 돈을 자금으로 또 우리 집을 지어주셨다. 그 이후로 우리는 아버지 사업장을 따라다니며 이사를 다섯 번이나 하였다.

아버지는 여섯 번째로 방배동에 우리 집을 지어주셨고, 우리는 셋 방살이부터 열다섯 번을 이사한 끝에 방배동에 또 새 보금자리를 잡은 것이었다.

우리는 아버지가 지은 집에 그저 이사만 하면 되었다. 아버지가 고생하시는 것에 비하면 이사하는 것쯤이야 아무것도 아니었다. 18평짜리 집에서 23평, 30평……, 점차 평수를 늘려주었고 현재의 집이 탄생하게 된 것이었다. 우리는 하나도 힘 안 들이고 순전히 아버지 힘으로 이렇게 재산을 불린 것이었다.

'고맙습니다. 아버지!'

이 방배동 집 역시 아버지 사업자금이 보태지고 자재는 외상으로 사서 짓고 아래층 가게들을 전세로 놓아서 갚았으니 이 모든 것이 빚으로 이루어졌다. 70평 내 집이 온전한 내 집은 아니었으나 그래도 여기까지 오기까지 모두 아버지의 노력의 산물이었다.

우리 부부의 봉급은 사남매와 시동생들 교육비, 기타 생활비 등으로 쓰기에도 빠듯했다. 아버지의 노력으로 전셋집에서 벗어났고 집의 평수도 늘어난 것이다.

아버지에게 받기만 했지, 그 큰 은혜에 보답을 못 했는데 아버지는 홀연히 저세상으로 떠나셨다.

친정아버지를 떠올리면 효도 못한 아쉬움과 딸 사랑하시던 정이 사무치고 그립다.

성악가의 꿈

수진이는 초등학교 때부터 계속 반장이었다. 6학년 때는 전교어린이 회장까지 하였다. 중학교에 들어가서도 학년마다 반장, 회장을 하는 등 학급 대표를 맡았으나 공부도 남에게 뒤지지 않았다.

수진이가 다니는 방배중학교는 일찍이 남녀 혼합반을 실시하여 서양에서의 남녀공학 방식을 시범으로 실시한 학교다. 각 학급의 반장은 보통 남자가 되고 여자는 주로 부반장이 되는 게 통례였다. 그런데 수진네 반은 공부 잘하는 남자아이는 키가 작거나 내성적이어서 여자인 우리 수진이가 반장이 되었다.

전교에서 여자반장은 그 애뿐이었는데 전혀 개의치 않고 반장역할을 잘해냈다. 남자아이들을 친구로 대하면서 학급의 리더로서 손색이 없었다. 그러더니 3학년이 되어서는 회장이 되었다.

담임선생님은 남자분으로 사회선생님이셨다. 3학년 1학기 때 학부모 상담을 하면서 나는 수진이의 희망대로 예술고등학교에 보내야겠다고 하니 담임선생께서 "수진이는 여자라도 사회도 잘 보고 머리도 좋고 똑똑하니 장차 서울대학교를 보내어 국회의원이 되도록 해야 한다"며 성적이 아깝다며 극구 말리셨다.

수진이가 성악을 공부하려고 마음먹게 된 동기는 3학년 때 음악 시간에 학생들이 시창을 부르게 되었는데 선생님이 수진이에게 '성악을 전공하는 것이 어떻겠느냐'고 말씀하셨다고 한다. 그후로 성악을 전공하고 싶다고 하였고, 또 「얄개시대」라는 TV프로그램에 방배중학교가 나왔을 때 특별 출연으로 노래도 불렀다. 모든 선생님들이 칭찬해주고 전교생이 환호하는 분위기에서 더욱더 성악 전공으로 목표를 굳히고 우리에게 의사를 밝혔다.

우리 부부도 수진이가 소질이 있다면 당연히 부모로서 밀어주어야 한다는 데 생각이 일치했다. 특히 내가 성악을 전공하고 싶었으나 꿈을 접었던 것을 생각하면서 이루지 못한 나의 꿈을 자식에게서 실현시켜 보고 싶기도 했다. 성적은 우수하니, 실기지도만 받으면 서울예고 합격은 무난하리라는 믿음이 생겼다. 그래서 수진이에게 성악레슨을 9월부터 시켰다. 연합고사를 치르기 직전까지 3개월간 레슨을 받고 특수목적 학교 서울예술고등학교에 원서를 제출하고 연합고사도 치렀다.

수진이의 연합고사 성적은 196점이 나왔다. 200점 만점에 196점이면 방배중학교에서 10위 안에 드는 성적이었다. 담임 선생님은 성적이 아깝다며 나중에도 만류하셨다. 그런데 서울예고에 합격하려면 그 정도 점수는 되어야 안심할 수 있다. 담임선생님의 만류에도 수진이는 서울예고에서 실기시험을 치렀고 거뜬히 합격하였다.

매우 기뻤다. 가기 어려운 서울예고에 합격했음이 더욱 자랑스러웠고 성악가의 꿈을 이룰 것 같아서 기뻤다. 수진이 아버지도 예고는 학비가 많이 든다며 걱정해주는 주위 사람들의 말을 귓등으로 넘기며 '내가 그 뒷바라지 하나 못하겠느냐'며 기뻐하였다.

우리 부부는 세계적인 프리마돈나가 되어 있는 수진이를 상상하며 그렇게 되도록 열심히 도와주어야겠다고 다짐을 하였다.

남편의 미국행

1985년 8월, 남편은 미국으로 공부하러 떠났다. 한미교육 지원단의 플브라이트 장학금으로 1년 기간으로 연구교수로 가게 된 것이다. 박사과정을 수료하고 논문을 완성하기 위한 장학생으로 선발된 것이다.

나는, 남편이 공부하러 가는 것은 잘된 일이나 1년 동안 떨어져 살면서 집안과 밖의 모든 일을 내가 도맡아야 하니 지금도 감당하기가 벅찬데 어찌해야 하나 겁이 나고 두려웠다.

집안에 무슨 일이라도 생긴다면 나 혼자 어찌 감당할까 생각만으로도 머리가 아팠다. 남편이 곁에 있을 때도 집안일은 내가 거의 다 했지만, 남편이 막상 외국으로 떠난다 하니 갑자기 외톨이가 된 듯, 다시 못 올 곳으로 가는 듯 미리부터 외롭고 허전했다.

아내와 아이들까지 동반할 수 있는 혜택이 있었으나 그 당시 학교에선 남편과 동반을 위한 휴직이 되지 않을 때였다. 또한 내가 휴직을 하면 아이들의 학비를 무엇으로 감당할 수 있겠는가. 이런저런 이유로 아이들과 나는 함께 남기로 했다. 요즘 같았으면 자녀와 함께 모두 동반했더라면 우리 아이들 영어는 저절로 해결됐을 텐데…….

나에게는 그런 행운은 돌아오지 않는 것 같다. 나는 언제나 장애물 경주를 하듯, 어떤 목적을 향해 일을 계획하면 내 앞에는 언제나 장애물이 있어 혼신을 기울여 넘어야 했다. 쉽게 얻는 것보다 보람 있는 일이겠지만, 교직 42년 동안 그 흔한 해외연수 한번 공식적으로 가본 일이 없을 정도로 언제나 기회는 나를 요리조리 피해갔다. 늘 이렇듯 최선을 다해야 목표점에 도달하는 그런 행로가 나의 길인 것 같다.

남편은 공부가 끝나는 1986년 여름방학에 같이 여행하자며 여권과 비자는 동반자로 내어놓았다. 결국 여름방학이 시작되자 곧장 남편은 미국으로 떠났다. 미국 일리노이주립대학으로 떠나간 것이다.

남편이 미국으로 떠나고 나니 온 세상이 텅 빈 것 같았다. 한국에 있어도 늘 청주에 머물러 있었던 사람이니 그가 내 곁에 없는 건 같았지만 그래도 국내에 있을 땐 별로 빈자리가 느껴지지 않았는데 사람의 마음이 요사스러운 것일까.

언젠가 서운중학교 시절 새마을 주임 선생님이 여러 선생님의 사주관상을 봐주었는데 나보고 45세에 이별수가 있다 하였다. 과부가 된다는 말에 너무 어처구니가 없어 웃고 말았는데 내 나이 45세 때 남편과 떨어져 사는 이별수가 생겼으니 맞는 사주였을까. 우스운 생각을 하며 운명에 대하여 생각해봤다.

남편의 승진과 발전

나의 남편은 10남매의 장남으로 태어나 20세까지는 고생 모르고 남부럽지 않게 살았다. 그런데 대학 1학년 때 불어닥친 '사라'호 태풍으로 큰 타격을 입고 가세가 기울어지기 시작하였다. 남편은 대학을 마칠 때까지 가정교사와 아르바이트로 스스로 학비를 벌어야 했다. 대학을 졸업하고 교사 생활을 하면서부터는 서울에서 동생들을 데리고 살며 공부까지 시켜야 했다.

'너는 아버지가 공부시켜 주었으니 이제부터 네 동생들은 네가 책임져라' 하시는 아버님 말씀에 순종하는 효자였다. 그래서 우리는 신혼살림도 시동생과 함께 시작하였다. 대식구의 살림에 늘 봉투쌀을 사서 먹을 만큼 여유가 없었지만, 남편은 아버님께 도와달라는 말 한마디 하지 않고 동생들을 철저히 책임지는 아버지 같은 맏형이었다.

1979년, 남편이 교육부 국제협력과 연구사로 발령이 났다. 직전 근무처는 삼청동 중앙교육연수원 연구사(1977년)로 근무하였는데 교육부로 발령이 난 것이다.

남편은 서울시 고등학교 교사로 세 학교를 근무한 후 중앙교육 연수원으로 이동하였고 또다시 2년 만에 교육부 국제협력과로 옮기게 된 것이다.

교육부 국제협력과는 외국과 교육행정의 협력체제 등의 업무, 유학생관리 등의 업무를 보기 때문에 영어에 능통한 영어과 출신이어야 한다. 남편의 실력이 인정되었기 때문에 자랑스러웠다.

남편은 새로운 부서에 적응을 잘하며 외국 교육기관과 교류 등을 담당하면서 일하는 보람을 느꼈다. 다만 학교가 아니어서 계장, 과장, 국장의 일반직급의 서열 밑에 국제협력 담당 연구사로 일하다보니 층층시하 계층에서 고충 또한 컸던 것 같았다.

얼마 후 남편은 일반직인 과장 이상 국장으로부터 실력을 인정을 받더니 1980년도에는 교수 공채에 합격하여 청주교육대학 교수로 발령을 받았다. 이처럼 남편은 삼시도 쉬시 않고 자기 발진을 위해 연구하고 노력하는 사람이었다.

어느 날 남편은, 교육대학생 영어강의는 전공이 없이 교양 영어만 가르치려니 재미가 없다면서 전공과목이 있는 4년제 대학에서 강의하고 싶다는 소망을 피력하였다.

그런 남편의 소망을 이루어 줄 기회가 생겼다. 플브라이트 장학재단에서 실시하는 장학생 시험에서 남편이 합격했던 것이다. 그래서 남편은 소망하던 미국으로 유학을 떠날 수 있었다.

1987년 드디어 남편은 박사학위를 받았다. 박사학위를 받자 마침 한국교원대학교에서 교수 공채에서도 남편이 합격하였다. 그 후 지금까지 남편은 한국교원대학교 교수로서 근무하고 있다.

　남편은 고등학교 교사를 시작으로 대학교수가 되기까지 누구 한 사람 이끌어주는 사람이 없었다. 교원대학교 학장을 지내고 나서 그 많은 교장, 교감을 연수 시켜 내보낸 연수원장, 그 후에는 부총장까지 지냈다. 이 모든 과정에 이르기까지 남편의 성실함과 근면함으로 이루어낸 그의 피나는 노력의 산물이었다.

　남편은 가난한 집안 10남매의 장남으로서의 열악한 환경을 스스로 극복해가며 자기 발전을 꾀했다. 그뿐만 아니라 동생들의 앞날까지도 이끌어주는 자상한 맏형으로서의 소임 또한 소홀히 하지 않았다. 지금은 형제들 모두가 여유로운 생활을 하니 얼마나 다행스런 일인지…. 또한 한 여자의 자상하고 세심한 남편으로서, 또 4남매에게는 엄격하지만 자비로운 아버지이기도 하였다.

　그런 남편과 긴 세월을 함께 살면서 나는 이제는 그를 존경심으로 바라보게 되었다.

대치중학교에서의 전시회

1990년 2월, 나는 정기전보로 대치중학교로 발령이 났다. 부임하러 가면서 교장 선생님이 어떤 분일까? 또 같이 근무하게 될 주임교사들은 어떤 분들일까 이런저런 생각을 하며 학교에 도착했다.

교장 선생님의 적극적인 분이라는 것을 단번에 직감할 수 있었다. 나의 인사기록 카드에 기록된 네 건의 연구논문 실적을 보시고는 나에게 연구주임을 맡기셨다.

그런데 연구주임의 일이 보통 다른 학교의 연구주임과 같다고 생각했던 게 큰 오산이었음을 곧 알게 되었다. 교장 선생님 자신이 학구적인 분이라서 항상 무엇을 창안해 내고 그것을 나로 하여금 실천하고 이끌도록 하셨다. 해마다 새로운 것을 창안하고는 모든 교사에게 실천하도록 요구하셨다. 방학 때마다 1인 1연구 논문을 모든 교사가 제출하도록 하셨고, 특별활동을 활성화하여 1인 1기 교육을 내실 있게 지도하게 하셨다. 또 복도의 게시판마다 주제를 정해서 교육적인 내용을 시각적인 효과까지 두어 게시하도록 독려하였다.

이 모든 것이 연구부 소관이었으니, 부지런하고 꼼꼼한 교장 선생님 마음에 들기란 매우 힘든 일이었다. 그리하여 나는 항상 마음과 몸이 바빴고 정신이 항상 깨어 있어야 했다. 그 많은 일들 중에서 지금까지도 보람과 추억으로 남아 있는 일은 가을 '특별활동 작품 전시회'였다.

지금은 특별활동 작품전시회를 각 학교에서 실시하는 연례행사로 일반화되었으니 그게 뭐 그리 추억거리일까 생각하겠지만, 1990년대엔 지금의 상황과는 사뭇 달랐다. 당시에는 특별활동 전시회를 하는 학교가 드물었다. 혹 있다 하여도 교실 한 개 정도에다 모든 것을 다 전시했다. 그리고 그나마 실시하는 학교는 강남에서도 특출한 한두 학교에서 실시하는 정도였다.

대치중학교 김 교장 선생님께서는 3개 교실에다 전시회를 하라고 지시했다. 그해에는 교육장님, 육성회 회장, 지역 유지, 지역 국회의원까지 모두 초대하겠단다. 특별히 더 잘해야 한다는 강력한 주문이었다.

나는 학기 초에 3개 교실에 전시할 품목을 미리 머릿속으로 생각해 놓았다. 즉 특활시간에 정해진 품목에 맞춰 실시하도록 연중계획을 세웠다. 여름방학 때 작품을 완성하도록 숙제를 내는 부서도 있었다. 종전까지 없었던 새로운 아이디어는 교사 작품란, 학부모 작품란을 만든 것이었다.

새로운 계획으로, 종전의 시화전은 교실 한 칸에 전시했던 것을 밖으로 끌어내는 안이었다. 학부모 작품과 교사 작품을 함께 전시하는 계획까지 세웠다. 시화를 교실 밖에 전시하자는 제안에 교장 선생님마저 우려하였으나 나는 개의치 않았다. 나의 복안이 확실했기 때문이었다. 화단과 등나무 올린 나무 기둥에 전시하려는 심산이었다.

시화는 국어과에서 수합하여 판넬로 만들어서 아스테이지로 싸고 상단 뒤쪽에 못을 박아서 그 못을 감은 1m정도 2개의 가는 철사로 등나무 가자해서 올린 기둥에 모두 매달았다. 기둥이 나무가 아니고 인조나무(시멘트)였기에 철사로 감아서 맬 수밖에 없었다. 위쪽에서 매달았는데 기둥 앞으로 판넬이 늘어지니 꼭, 기둥에 못을 박아 걸어 놓은 효과가 났다. 남은 시화는 화단의 큰 나무에 매어 달기도 하고 작은 나무에 비스듬히 기대어 세워놓았더니 제법 운치도 있었다.

뜻밖에 학부모 작품이 대히트였다. 학부모 중에는 화가도 있고, 공예품, 수예품, 붓글씨, 사진작가 등이 있어서 자기 작품을 전시하고 싶은 분이 많았던 것이다. 또 꽃꽂이 사범도 여러분 계셔서 꽃꽂이작품도 많았다. 꽃꽂이는 학년별로 5짐징도 나왔는데 전시장 입구부터 화려하게 장식하는 효과를 냈다. 박일서 선생님의 사진 작품전은 수준급으로 전시장을 한층 더 빛나게 했다.

초대장도 멋있는 그림과 함께 만들어 각처에 보냈다. 전시회 날 테이프 커팅식을 가졌다. 교장 선생님과 국회의원, 교육장, 중등과장, 학부모회장, 어머니 회장 등이 테이프를 끊으셨다. 손님들의 찬사가 대단하였다.

학교를 홍보하고 드러내기를 좋아하는 교장 선생님으로서는 대만족이었다. 그 후로 우리 학교의 영향을 받아서 이웃 학교에서도 학부모와 교사 작품을 전시하기 시작하였고 지금은 보편화되었다. 아마도 특활전시회에서 꽃꽂이와 학부모 작품, 교사 작품, 시화 등의 전시회 효시는 그때 대치중학교가 아니었을까 생각한다. 이처럼 성공적으로 끝난 데에는 묵묵히 나를 도와준 연구부 기획이었던 채정숙 선생님의 숨은 공도 컸다. 함께 빛나야 할 것이다.

나에게는 잠시도 가만히 있지를 못하는 성격이 있는가 보다. 90년 그해 나는 대학원에 가려고 공부하고 있었다. 남편은 이미 박사학위를 받고 한국교원대학교 교수가 된 후였다. 이제 나도 대학원 공부를 해야겠다는 생각이 들었던 것이다. 다행히 연세대학교 교육대학원에 합격하여 9월 1일 가을 학기부터 다닐 수 있었다. 그때 내 나이 50세였다. 늙었지만 열심히 공부하였다.

1991년에 교감연수를 받게 되었다. 1989년 이수중학교의 이상섭 교감 선생님, 90년도 대치중학교 김병철 교장 선생님의 배려 덕분이었다. 그해 나는 여름방학 내내 교감 강습을 받았다. 얼마나 열심히 공부하였던지 강습 점수 95점을 받아 수료식 날 강습교사들 앞에 나가서 상도 탔다.

교감이 되다

1992년 3월 1일자로 드디어 교감발령이 났다. 남부교육청 관내에 있는 영서중학교 교감으로 발령이 난 것이다. 남부교육청 관내에 있는 '쓰리 0(영서, 영남, 영림중학교)'에 속하는 유명한 학교란다(교감하기 힘든 학교라는 부정적인 면에서).

더구나 송파구에서 영등포까지 출퇴근해야 하니 우선 거리가 멀어서 힘들었다. 집에서 잠실역까지 버스로 세 정거장, 잠실역에서 지하철로 하염없이 가야만 대림역, 대림역에서 내려서 15분 정도 걸어야 학교에 도착할 수 있었다.

교감이니 다른 선생님보다 일찍 출근해야 한다. 매일 7시에는 집에서 나와야 했다. 교장은 최정경 교장 선생님이시다. 법학과 출신이어서인지 첫인상이 절도 있고 냉정하신 듯 대하기가 어렵기만 했다. 그런데 지내보니 그렇지만도 않으셨다. 부드럽고 온화한 아버지 같은 분이셨다.

53학급이나 되는 대형학교이다. 학교 건물의 길이가 대한민국에서 제일 긴 학교 아니, 세계에서 제일 긴 학교란다. 1층에서 4층까지 순시를 하려면 다리가 아플 정도였다. 학생들은 영등포와 구로동에 주로 주소를 두고 있는 아이들로, 부모가 노동이나 공장직공 등 하루 벌어 하루 먹는 가정 경제가 열악한 학생들이 많았다.

학급수가 많으므로 복수교감으로 선임으로 오영은 교감선생님이 계셨다. 60세가 넘으신 분으로 그때 교장강습 혜택이 없는 교육행정에 불만이 있으셨는데 교감 10년째이셨으니 이해가 갔다. 교장 선생님께서는 내가 교무교감을 맡아 주기를 바라셨으나 나는 극구 사양하였다. 선배교감 선생님을 두고 십여 년이나 차이 나는 신참인 내가 어찌…. 오 교감 선생님도 나에게 권하셨으나 나는 끝내 사양하였다.

학교가 크고 학생수가 많으니 생활지도 교감으로서도 할 일이 참 많았다. 학교 교실 복도를 순시하다 보면, 구석구석에 잘못된 곳이 왜 그리도 많이 눈에 띄는지. 주임교사 시절에도 평교사보다 눈에 띄는 것이 많았는데 교감의 눈으로 바라보니, 학생들의 위반사항이나 담임들의 학급관리 사항이 한 바퀴만 돌아도 한눈에 다 들어오는 것이었다.

담임교사들을 지도할 의무가 있는 교감이어서 그런 것인가 보다. 그런데 선생님들을 지도하기란 참 어려운 일이었다. 그분들의 인격을 존중해 주어야 하고 스스로 깨닫기까지 기다려 주어야 했다. 어른들도 학생들과 별로 다를 것이 없었다.

주임의 위치에 있을 때도 그랬지만 교감이 되면서부터는 사람들과의 관계에서 조화를 이루면서 합리적으로 리드해 가는 문제가 제일 어려웠다. 교감으로서 의무와 본분을 지키려고 매일 8시 전에 출근해서 학교 전역을 돌며, 문제점을 시정 보완해 나가고 직원들과의 화합에도 노력을 기울였다.

교사들에게 출퇴근 시간을 지키라는 말을 하려면 교감이 지각하면 안 된다. 교감이 되고 나서 개인적으로도 더 바빴다. 학교에서는 처리해야 할 공무가 쌓여있고, 대학원 공부도 해야 하고 아이들의 대학입시를 눈앞에 둔 어미로서 자녀교육에도 무심할 수가 없었기 때문이다.

일주일 중 대학원 출석하는 날 이틀은 더욱 바빴다. 연세대학교 대학원 역시 우리 집과는 서쪽에서 동쪽 끝을 가로지르는 먼 거리여서 강의가 끝나고 귀가하면 밤 11시가 된다. 그 해에 막내 우식이가 고3이어서 도시락을 2개를 썼는데, 싱크대에 설거짓거리가 수북이 쌓여있었다. 아무리 몸이 무거워도, 다른 일은 못하더라도 우선 도시락통만은 씻어서 도시락 반찬을 만들어 담아놓고 자야 했다. 그래야만 내일 아침에 출근하는 데에 지장이 없다. 대학원 가는 날은 12~1시가 넘어야 잠자리에 들 수 있었다.

가을 학기는 논문학기였다. 봄학기부터 논문 준비로 분주했다. 논문자료를 구하러 도서관에도 가야 하고…. 논문지도 받으러 지도교수님도 자주 찾아뵈어야 했다. 또 나는 고3 엄마이지 않은가. 이래도 되는 건가?

자식도 잘 키우고, 나도 승진하고, 남편도 발전시키고 가정도 화목하게 운영하고 다 잘하기란 어렵다. 그때 나는 최선을 다해가면 가정과 자녀, 내 발전을 위해 시간을 쪼개 쓰면서 열정적으로 살았다.

그런데 지나고 보니 어느 것 하나 뚜렷하게 잘한 것이 없는 결과가 나온 것 같다. 나의 인생은 모든 것이 그저 그렇게 평범하게만 되어버린 느낌이었다.

장학사가 되어서

1993년 3월 1일자로 장학사 발령이 났는데 강남교육청이었다. 직무연수도 못 받아서 발령이 제대로 나려나 했는데 강남교육청이라니 뜻밖이었다.

'강남교육청으로 발령'이라고 누가 교무실 칠판에 큰 글씨로 써 놓았다. 교사 중에서 누군가가 "강남에서 교감이 되어 영서중학교로 오시더니 1년 만에 또 강남 상학사가 되었다."며 부러움 반 시기 반 농담을 하였다. "장학사는 강남이 좋은 게 아닐 거예요. 말 많고 일거리 많은 곳으로 가니, 고생하러 가는 것입니다"라고 대답했으나 나 자신도 모르겠다. 이것이 잘된 것인지 잘못된 것인지….

막상 장학사로 근무해 보니 매일매일 하루해가 어찌 가는지 모를 정도로 업무에 시달렸다. 점심시간 이외는 잠시도 쉴 틈이 없고, 내 몸이 셋이라도 모자랐다. 퇴근 시간이 보통 9시, 10시였다. 가을 수능시험 볼 때쯤이면 거의 밤을 새워야 했다. 수많은 공문서 처리, 일선학교 담임 장학, 출장… 등 날마다 처리해야 할 일들이 산더미 같았다. 그해 10월이 되니 또 심장에 통증이 왔다. 너무 바빠 병원에 갈 시간조차 없었다. 이러다간 심장병 악화로 일찍 죽는 게 아닐까? 다시 학교로 돌아간다고 할 수도 없고 다시 갈등에 휩싸였다.

그런데 우연히 공문서 한 장을 읽게 되었다. 교육부 산하 기관으로 전출 희망자는 신청하라는 내용이었다. '교육청보다야 낫겠지' 하는 마음에서 나는 신청했다. 1지망은 삼청동 중앙교육연수원, 2지망은 국제교육진흥원으로 지원했다. 그 결과 1994년 3월 1일자, 2지망이었던 국제교육진흥원으로 발령이 났다.

국제교육진흥원은 교육부 산하기관으로 정부 정책으로, 외국에 살고 있는 재외 교민들에게 우리말을 교육하고, 우리 문화와 민족의식을 교육하여 보내는 해외 교민교육을 목적으로 일하는 기관이었다.

동숭동 대학로 옛 서울대학교 자리에 있는 국제교육진흥원에서 우리 장학사들을 연구사라 불렀다. 연구사 중에는 몇몇 아는 분도 계셨는데 일선 학교에서 같이 근무했던 분들이었다.

이곳에서는 일반직 공무원과 연구직 공무원으로 나뉘고 연구직에는 일반교사 출신과 교감직급 연구사가 있었다. 연구사에게는 연구실을 따로 주어서 좋았는데, 내가 근무할 때부터 2명 또는 4명이 한 방을 쓰게 되는 점점 열악한 조건으로 바뀌었다.

교육 대상은 일본 교민이 제일 많았고, 다음이 중국, 아르헨티나, 브라질, 미국, 캐나다, 싱가포르, 카자흐스탄, 소련, 몽골 등지에서 온 교민들로 대부분 성인이었다.

중국 교민 중에는 대졸자, 사범학교 교사, 무용선생, 대학교수 등과 직장에 다니다 온 사람이 많았다. 일본 교민 중에는 일본에서 고등학교를 졸업하고 대학입시 경쟁이 심한 일본에서는 대학 가기가 어려우니까, 우리말이나 배워서 한국의 대학에 가려는 사람들이 주종을 이루는 등 나라마다 특색이 있었다.

일본에서 온 교민과 미국, 캐나다 등지에서 온 영어권 교민 중에는 우리말을 못 하는 사람이 많았다. 그런데 중국에서 온 중국 교민은 우리말을 잘하여서 나처럼 외국어 실력이 낮고 국어를 전공한 연구사들이 주로 강의하였다. 국제교육진흥원에는 일본어나 영어를 잘하는 교사와 연구사가 많이 계셨다.

강의 내용은 주로 국어의 구조적인 면과 우리 민족의식과 전통, 풍속, 역사, 사상까지도 그들에게 이해시키고 전달하는 데 있었다.

이들 재외 교민들은 같은 핏줄로 연결되었지만, 나라에 따라 특색이 있었다. 중국 교민 중에는 수준 높은 사람들이 있어 제법 진지한 토론을 벌이는 경우도 많았다. 그러나 일본 교민은 달랐다. 고등학교를 갓 졸업한 청년들로 민족의식을 교육하기가 제일 어려웠다. 일본에서 조센징이라고 업신여김을 받아서인지 본국에서 지도하기가 더 어려웠다.

아르헨티나나 브라질, 남미 쪽의 동포는 이민의 역사가 짧아서 대부분 청년이었는데 중학교 1학년 또는 초등학교 6학년 때 이민을 간 사람들이었다. 그래서 한국말도 잘하고 조국에 대한 긍지도 높았다. 그들의 부모가 비록 이민은 갔으나 지금의 조국은 아르헨티나나 브라질보다 잘 살고 우리나라 대학 역시 남미 쪽보다 수준이 높으므로 고국에서 대학을 나와서, 유창한 서반아어로 모국의 기업에 투신, 활동하려는 데 뜻을 두고 온 청년들이 대부분이었다. 바로 교육부에서 해외 교민을 교육하는 목적이기도 했다.

해외 교민들의 교육에는 많은 어려움도 따랐고 목표를 위해 열심히 일했으나, 받아들이는 사람에 따라 실망도 했다. 그러나 국제교육진흥원의 교사와 연구사들은 확고한 국가관과 민족애, 투철한 사명감으로 그들에게 민족의식 고취와 자긍심 등 정신교육을 하고자 했다. 나도 연구사의 한 사람으로서 사명감으로 해외 교민들에게 민족정신을 고취 시키는 일에 혼신을 기울였다.

심장 판막증이란다

1993년 1월 27일이었다. 시삼촌님의 기일이라서 제사에 참석하려고 도곡동 작은집으로 갔다.

날씨가 몹시도 추웠다. 이사한 지 얼마 되지 않아서 집을 몰라서 찾느라고 한참 걸렸다. 이 골목 저 골목을 다니다가 겨우 찾아 3층 계단을 올라가는데 숨이 차서 헐떡거렸다.

집안에 들어서니 보일러를 한껏 틀어 놓았는지 후끈 디운 공기에 숨이 막힐듯하다. 순간, 눈앞이 아찔하며 현기증과 함께 앞이 캄캄하다가 정신이 되돌아오면서 가슴이 빠개지듯 아프다. 불과 1~2초 정도의 순간이었다. 몸이 얼었다가 녹느라고 그러는가 보다.

이런 증세가 오늘 처음은 아니었다. 서운중학교에 근무할 때 수업 중에도 가끔 그랬었다. 동서들과 반갑게 인사를 나누고 진정하느라고 잠깐 앉아 있는데 또 그런다. 조금 있다가 또, 그 집에서 제사를 다 지내도록 일곱 차례 정도로 이런 증세가 보였다.

아무래도 심장 쪽인 것 같다. 큰 병원엘 빨리 가 보자 싶었다. 어쩌나 개학도 가까워졌는데, 혹시 심장이 나쁠지 모른다는 막연한 짐작으로 연세대학교 심혈관센터에서 1월 29일 진찰을 받았다. 외래에서 진찰한 결과 심장이 나쁘다며 정밀검사를 해야 하니, 2월 3일로 입원일을 잡아주면서 입원 수속을 하라고 한다.

"제가 장학사 시험에 합격해서 2월 1일부터 3주간 연수를 받거든요. 그 연수를 받지 않으면, 장학사로 발령받는 데에 지장이 있을지 몰라요."

의사에게 내 사정을 말했으나 의사는 큰 소리로 딱 잘라 말한다. "죽은 다음에 장학사가 무슨 소용 있어요!"

더는 아무 말도 대꾸 못 하고 집에 돌아왔다. 이제 모든 것을 의사의 지시에 따르기로 했다. 2월 3일 입원하여 3일 동안 여러 가지 검사를 했다. 여러 명의 수련의가 문진도 하고 초음파검사를 한 결과로는 심장 판막이 좋지 않단다.

정확한 결과는 1주일 후에 나온단다. 역시 같았다. 조승연 박사님의 특진을 받았는데 심장판막폐쇄부전증, 심장판막협착증인데 아직은 약을 먹을 단계는 아니니 스트레스를 받지 않도록 하고 너무 과로하지 않도록 하란다.

판막이란, 혈관에서 피를 심장으로 들여보내는 문의 역할을 하는 막이 망가져서, 제구실을 못 한다는 것이다. 심장에는 판막이 4개가 있는데, 나는 대동맥 판막과 승모판 2개가 좋지 않다는 것이다.

서울시교육청에 전화로 담당 장학사와 통화를 했다. 연수를 받지 않았으므로 발령받는 데에 지장이 있을까 해서였다. 다행히 작년 여름에 직무 연수받은 것도 있어서 상관없다는 답변이었다. 그런데 장학사는 일이 매우 많고, 스트레스를 많이 받을 것이 뻔한데 공연히 장학사를 희망한 것은 아닌가 염려되었다.

건강이 제일인데, 의사의 말처럼 죽은 후에 장학사가 무슨 소용이 있겠는가? 그러나 이 시점에서 취소할 수도 없지 않은가. 할 수 없다. 조심하며 살자. 이 병이 갑자기 생긴 것도 아닐 것이고, 그런 증상은 40대 초반부터 있었으니, 그때부터 서서히 진행되었을 것이다. 이 병도 나의 인생의 한 부분이라 생각하며 살기로 했다.

2월 24일은 대학원 졸업식이었다. 늦깎이 대학원생으로 드디어 교육학 석사가 되었다. 연세대학교 대학원은 공부하기에 매우 까다롭고 힘들었다.

1990년부터 지금까지 대학원 입학, 교사로서의 쌓이는 스트레스, 대학원 공부, 교감 강습, 교감으로 근무하며 생기는 스트레스, 연수, 장학사 시험 등… 늘 긴장 속에 살다보니 새로운 연속적인 일거리로 인하여 심장병이 악화된 것 같았다.

이제 큰일은 다 끝나고, 천천히 여유롭게 살고 싶다.

큰딸 수진의 결혼

1994년 11월 19일 오후 2시에 양재동 교육문화회관에서 드디어 수진이가 결혼을 했다. 내과의사인 신랑 한원희와 결혼식을 올리게 된 것이었다.

사위는 성악가인 우리 딸을 많이 좋아했다. 틈을 낼 수 없이 바쁜 레지던트 시절에도 독창회 때나 연주회 때마다 시간을 내어서 꽃다발을 들고 참석하였다.

나는 우선 사위의 사람됨이 선하고 우리 수진이를 아껴줄 것 같아서 마음에 들었다. 하객들이 '신랑이 탤런트 같아요'라며 칭찬의 말을 하였다.

신부화장을 하고 드레스를 입은 수진이는 참 예뻤다. 내 딸이라도 정말 예뻤다. 27년을 곱게 키워 남에게 보내려니 참 아까웠다. 이래서 사람들이 아들을 원하는가 보다.

수진이는 대학을 졸업하고 유학을 보내달라고 하였으나 같이 유학 갈 사람을 찾으면 고려해 보려 했으나 그런 사람이 나서지 않았다. 또 긴 인생에 있어서 유학만이 목적이 아니고 결혼이 제일 중요한 일이니 결혼 후에도 갈 기회가 생기면 언제든 가면 되는 것이었다.

결혼식을 치르고 신혼여행을 떠나는데 빨리 가기 바빠서 인사를 하자마자 차를 타고 휭 떠나버렸다. 그 모습이 왜 그리 서운하던지, 뭐가 그리도 좋을까. 내가 지금 되지도 않은 생각을 하고 있구나 하며 쓴웃음을 웃었다. 나 스스로 나를 나무라며 우리 부부는 남은 아이들과 집으로 향했다.

그동안 백화점으로, 시장으로, 혼수 준비에 신경도 많이 썼고 몸도 바빴다. 간단히 하자 하면서도 살림 살자면 필요할 것이라는 생각이 들면 또 사고 사고하여 자질구레한 것까지 신경을 쓰다 보니 자꾸만 범위가 넓어졌다.

신혼여행을 다녀와서 수진이 내외는 우리 집에서 하룻밤을 자고 시댁으로 갔다. 시댁에 갈 때 이바지 음식도 다섯 가지를 준비하여 실려 보냈다. 이제 의식 설차는 다 끝났다.

이젠 아주 갔구나! 텅 빈 딸의 방을 보며 사람 하나 나간 자리가 왜 그리도 크고 허전한지 가슴이 뻥 뚫린 것 같았다.

남편은 수진이가 어릴 때의 앨범사진을 보며 눈물을 흘렸다. 우리는 결혼할 때를 생각하며, 수진이가 어릴 때 이야기도 하며 밤늦도록 우리 부부의 이야기는 끝날 줄을 몰랐다.

행복하게 잘 살아라. 수진아.

"하나님, 감사합니다. 그 아이가 이제 어른이 되어 독립해 나갔습니다. 항상 수진이와 같이하셔서 넘어지지 않게 붙잡아 주시고 도와주십시오. 행복한 가정을 꾸리도록 축복해 주시기 바랍니다. 아멘."

죽음의 문턱에서

1995년 5월 어느 날, 원생들을 데리고 강화도에 역사유적지를 탐방하는 중이었다.

버스에서 내려 유적지를 돌아보고 차에 오르고, 또다시 다른 곳으로 이동하기를 여러 번, 그런데 걷기가 힘들었다. 숨도 몹시 찼다. 그래서 오후부터는 차에서 내리지 않고 그냥 앉아 있었다.

이튿날 출근하는 데 힘이 들어 혜화동 지하철역에서 밖으로 나오기까지 한 10분은 걸려서 올라온 것같다. 진흥원 건물까지 300m쯤 되는 거리를 20분은 걸려서 도착할 만큼 숨이 차고 걷기기 어려웠다.

오후 조퇴를 하고 병원에 가서 진찰을 받았다. 가슴 부분 X-레이를 찍었는데 결과는 심부전증이란다. 심장이 부었단다. 이 약을 먹고 1주일 동안 낫지 않으면, 즉시 수술을 해야 한단다. 집으로 돌아와 우선 약을 한 봉지 먹었다. 약을 먹고 30분쯤 지나니, 소변을 자주 보며 얼굴과 온몸의 부기가 빠졌다. 숨이 차던 괴로움도 싹 가시고 머리도 명쾌해졌다.

하루 병가를 내고 1주일 후에 다시 병원을 찾으니, 계속 그 약을 먹으라고 하였다. 그 후로 처방에 따라 계속 약을 먹으며, 1년 정도 병원 치료를 받았다.

약은 계속 먹었으나 처음 약을 먹기 시작할 때보다는 몸의 느낌이 개운치 않고 가끔 가슴도 아팠다. 병원에 매달 정기 진찰을 받으러 갈 때마다 증세를 말하니 의사의 말이 조금 더 심해지면 수술을 해야 한단다.

나는 그해(1996) 아픈 중에도 무리해서 여름방학시기에 교장강습을 강행했고 아버지가 위암 선고를 받으시고 치료하시다 7월에 돌아가시는 등 심적 부담에서 오는 스트레스와 피로가 겹쳐서 병세를 더욱 악화시켰으리라.

교장강습을 마치고 나니 증세가 더 악화된 것 같았다. 9월에 정기 진찰을 받으러 병원에 가니 의사가 수술을 권했다. 결국 1996년 11월 26일로 수술 날짜를 잡았다.

나는 무서웠다. 11월이 다가올수록 무섭고 두려움은 더했다. 심장을 수술하다니 옛날 같으면 죽음을 기다릴 뿐이었을 텐데 의술이 좋아져서 다행이라며 애써 마음을 달랬다. 그런데 외과 의사가 수술하다가 자칫 실수하면 그냥 끝나는 것이 아닌가? 나를 수술할 의사는 '장병철' 박사로 흉부외과 분야에선 한국에서 몇 손가락 안에 꼽히는 유명한 분이란다. 내가 몹시 불안해하니까 외과의사인 외사촌 동생 홍용이가 같은 외과 의사라서 장 박사님을 잘 안다면서 부탁을 하겠다면서 나를 안심시킨다.

입원은 수술 5일 전에 해야 했다. 입원하기 전날 나의 모든 중요

한 소지품을 한곳에 모아놓고 유서도 써 놓았다. 그리고 장롱 열쇠
는 남편에게 맡겼다. 5일 동안 각종 검사를 다시 하고 많은 절차를
거쳤다.

드디어 수술 날(1996. 11. 26), 아침 일찍 8시에 온 가족을 모아
놓고 의사는 무슨 말을 하는지 모두 장 박사 방으로 내려갔다.

8시 30분쯤 수술실로 가기 위해 운반 침대가 왔다. 그냥 걸어가
자면 좋겠는데 침대차에 누워서 실려 가자니 기분이 야릇했다. 나와
같은 시간에 수술하는 다른 수술실 입구에 나처럼 침대차에 실려 누
워있는 남자 환자가 보였다. 그의 부인인 듯한 여인이 두 손을 모으
고 간절한 기도를 드리는 듯 계속해서 뭔가를 중얼거리면서 눈물까
지 흘렸다. 나는 그 부인의 모습에 더욱더 불안해진다.

아이들을 만나고 나니 청년이 나를 밀고 수술실로 들어가려 했다.
"아, 아직 남편을 못 만났는데요?"라며 남편을 만나고자 했다. 장
박사 만나러 간 남편이 한참 후에 왔다. 그는 아무 말도 않고 내 손
만 잡고 흔들고 있다.

드디어 수술실로 들어갔다. 문은 닫히고 수술실 안은 눈이 부실
정도로 천장에 여러 개의 라이트가 매달려 있다. 나는 아무것도 보
지 않으려고 눈을 감고 누워있었다. 내 팔에 링거를 꽂고는 레지던
트들은 분주히 무언가 준비하고 나의 가슴에 빨간 잉크로 금을 긋고
그 그림 위에 진한 갈색의 소독약을 발랐다.

장병철 박사가 들어오는 것이 보인다. 준비가 된 듯싶었다.

의사 한 사람이 내 팔에 꽂힌 링거 주사 줄에다 무엇인가 주사기
로 삽입한다. 마취제인가보다.

"나를 따라 숫자를 세세요. 하나 하나, 둘 둘, 셋 셋, 넷 네에에……."

9시에 수술실에 들어갔고 수술은 9시 30분에 시작한 걸까?

"김행자 씨! 김행자 씨, 내 소리 들리세요?"

누가 나의 뺨을 자꾸 때리면서 김행자 씨를 찾는다.

"소리가 들리면 고개를 끄덕이세요" 한다. 끄덕했다.

"김행자 씨 정신이 드세요? 눈을 떠보세요." 희미하게 보이는 물체……. "정신이 드세요." 대답이 안 된다. 내 입안에 무엇이 물려 있었다. 팔을 움직였으나 움직여지지 않는다. 양팔도 의자에 묶여 있었다. 조금 시간이 지나니 확실하게 모든 것이 보였다. 내가 지금 중환자실에 와 있는 것이었다.

'내가 살았구나! 수술이 다 끝났구나!' 이제야 모든 것이 확실해졌다.

간호사가 내 입에 물린 구멍 뚫린 플라스틱 기구 사이로 사이펀을 밀어 넣어 입안에 고인 침과 가래를 계속 뽑아냈다. 그런데 나뿐이 아니었다. 주변을 돌아보니, 신음 소리, 우는 소리, 간호사 찾는 소리….

자꾸만 입안에 이물질이 고이는데 한 간호사가 나와 또 한 사람을 맡아서 치료하고 있다. 말도 못 하겠고 손을 풀어 주어서 손으로 의자를 탁탁 쳐서 간호사를 불렀다. "네, 잠깐만 기다리세요." 하고 그쪽 일을 끝내고야 내게로 와서 처치해 준다.

가족을 면회시키는가 보다. 초록색 가운을 입은 가족들이 들어온다. 남편이 들어왔다.

"수고했어. 수술이 잘 되었대."

남편은 눈으론 눈물을 흘리면서 입으론 웃고 있다. 저쪽 안에는 아까 그 아주머니의 소리가 들린다.

"○○아버지. 얼마나 아프십니까? 살으셨습니다."

"음~ 음~" 환자의 신음 소리도 들린다.

그 중환자실에서 하룻밤을 잤다. 그 하루 동안이 지옥과 같았다. 토하는 사람, 별안간 황급히 의사들이 몰려와서 심각한 표정으로 의논하는 모습도 보였다. 저녁 식사 때가 되니 배고프다고 침대 위에 앉아 꾸역꾸역 밥을 먹고 앉은 사람, 의식이 돌아오지 않아 가족이 걱정스런 눈으로 지켜보고 있는 사람, 모두 다 죽음의 문턱을 드나드는 사람들뿐이었다. 유리벽 밖에서 중환자실을 들여다볼 때는 그곳이 평온해 보이지만 유리벽 안은 소란스런 지옥이었다. 나는 저녁 식사로 죽이 들어왔으나 도무지 먹을 수가 없어 물렸다. 통증이 심하여 잠을 못 자고 밤을 새웠다.

이튿날(27일)은 아침부터 나를 중간관리실로 옮긴다고 했으나 자리가 나지 않아 오후 3시에나 들어갔다. 그곳에는 큰딸과 작은딸이 와서 기다리고 있었다. 내 머리맡엔 나의 심장박동 소리와 자막이 흐르는 모니터가 있고 이상 증상이 보이면 벨을 누르라고 했다.

남편은 시동생과 저녁 식사를 하러 나갔고 담당 레지던트가 회진을 왔다. 예쁘고 가냘프게 생긴 여자 의사였는데 나를 진찰하다가 뒤따라온 후배 의사들을 큰소리로 야단을 쳤다. 상황이 급박하게 돌아가고 있었다. 그녀는 급히 서둘러 무엇을 가져오라고 지시했다.

왜 그러냐는 딸의 물음에 폐에 물이 차서 급히 간단한 수술을 하겠 단다.

아니 이건 또 뭐야! 겨우 죽음의 문턱에서 살아 나왔더니 또 수술 이야? 마취도 안 하고 오른쪽 겨드랑이 밑을 뚫고 가느다란 호스를 끼우고 그 끝에 큰 병을 달아 놓았다. 수진이와 수덕이가 울고 난리 다.

수술을 마치고 나니 남편이 들어왔다. 절박했던 순간의 회오리바 람은 지나갔다. 남편이 야속했다. 꼭 중요한 순간에는 어디를 가는 것일까? 좀 진득이 앉아서 환자를 보살피면 안 되나? 한 시간을 앉 아 있지 못하고 나갔다 들어왔다 한다. 그러니 중환자를 놓고 간병 인이 별도로 있어야지 남편 차례라고 하여 다른 사람 없이 남편에게 만 맡겨 놓았다가는 큰일 날 수도 있겠다. 아까 일도 그렇다. 마침 딸들이 있었으니 망정이지, 자기 혼자 있다가 시동생과 밥 먹으러 나갔었다면 어쩔 뻔했는가?

이곳에서 3일 있다가 일반 병실로 옮겼다. 매일 진통제 없이는 견 디기 어렵더니 차츰 덜해지고 15일간 입원 후에 퇴원했다. 퇴원하여 집에 오니 병원에서와는 다르게 남편의 간호가 극진했다. 나의 통증 은 날로 눈에 띄게 회복되어 갔다.

2개월간의 병가를 내어 쉰 다음, 2월초에 진흥원에 다시 출근하 였다.

중학교 교장이 되다

잠실중학교 교장으로 발령을 받고 1999년 9월 1일 부임하였다. 교직자로서 최고의 책임자인 교장이 된 것이다.

친지들이 축하 방문을 해주었다. 떡을 해오는 분도 계셨고 과일이나 화분도 보내왔다. 교장실이 화원이 된 듯 꽃으로 가득 찼다. 모두 내 일처럼 기뻐해 주고 축하해주시니 그 고마움을 잊을 수 없다. 성원해 주는 만큼 더 열심히 근무하여야겠다는 의욕이 생겼다.

석촌중학교 연구부장이던 최옥현 교감 선생도 부임하셨다. 우선 교장과 교감이 동시에 부임하였기에 교직원들을 파악하는 데 어려움이 있겠다 싶었다.

전임 송영재 교장 선생님께서 훌륭히 학교를 이끌어 오셨기에 큰 어려움은 없었다. 그분은 교육평가의 대가답게 이미 잠실중학교에서는 평가 연구학교를 실시하고 있었는데 교육평가원 방식으로 실천하고 있었다. 부임 후 나의 일성(一聲)은 내가 9월에 부임하였기에 이미 1년간 계획을 세워놓고 떠나신 송 교장 선생님의 운영방침을 그대로 시행하겠다는 것이었다. 즉 교장으로서의 나의 운영방침은 내년, 2000년도에나 계획을 세우겠다는 발표하고 2000년 2월 학년말까지 그분이 운영방침을 고수했다.

건축한 지 20년이 넘은 학교라서 곳곳이 손볼 데가 눈에 띄었다. 건물 외벽과 교실을 페인팅하려니 예산이 없었다. 고심 끝에 학부모 회장과 어머니회장을 모시고 송파구청장에게 교장 부임 인사차 함께 방문하자고 제의하였다. 그리고는 어머니회와 학부모회 예산으로 큰 화분을 하나 사서 서무부장과 함께 구청을 방문했다. 구청장과 대담 중에 학부모 대표가 구청에서 예산이 부족한 관내 학교를 도와달라는 청을 드렸고 구청장으로부터 녹지화 사업으로 우리 학교를 선정해 주겠다는 응답을 받아냈다.

11월이 되어 구청에서 담당자가 실사를 나왔다. 우리 학교의 도면을 그리고 나무의 종류와 수량을 세고 그림으로 그리는 것이었다. 나는 담당자에게 새로운 제안을 했다.

"우리 학교는 은행나무, 향나무, 과일나무 등 키 큰 나무는 많으니 그 대신 꽃나무를 지원해주시면 좋겠습니다."

담당자는 영산홍과 줄장미가 있다고 했다. 이렇게 되어 동쪽 화단에서 교문 게시판 앞까지, 서쪽 화단에서 목공실 앞까지 심어질 영산홍 1,250주, 줄장미 300주, 회나무와 주목 3그루를 지원받게 되었다.

이듬해 봄 트럭 2대에 잔뜩 꽃나무를 싣고 와서 식수를 하였는데 인부들이 어찌나 서두르는지 나무에 흙을 제대로 덮지도 않았다. 그것을 우리 학교 기사들이 계속해서 물을 주었지만, 가을 가뭄이 심하여 많은 나무가 죽었다.

가을에 죽은 나무를 뽑아내고 다시 보수하였는데 이번에는 학생들이 차대는 축구 볼에 맞아서 부러지는 등 수난이 잇달았다. 결국 살아남은 건 몇 그루 되지 않았다. 우리 학교가 운동장이나 건물들이 평면이라서 화단이나마 꽃으로 가득 채워보려던 나의 계획은 결국 수포가 되었다.

또 학교에 자동차 진입로가 그대로 흙바닥이어서 군데군데 패어 있었고 비가 오면 웅덩이처럼 물이 고이곤 했다. 그래서 99년 늦가을 학교 남은 예산으로 운동장 가장자리로 빙 둘러 콘크리트 공사를 하였다.

남교사 휴게실과 여교사 휴게실 사이에 급수실이 있었는데 이곳은 이제 무용지물인 공간이었다. 예전엔 겨울에 물을 끓여서 학급마다 공급해주던 시설이었으나 이제는 냉온수기가 있으니 이곳에 온돌방을 만들어 교사협의실로 제공하였다. 이곳에서 선생님들이 바둑과 장기도 두고 TV도 시청한다. 또 여교사 휴게실은 보일러를 고쳐서 따뜻한 온돌방으로 만들고 이불도 새로 바꾸어 편안한 휴식처로 꾸몄다.

도서실과 상담실도 새로 꾸몄다. 도서실을 터서 교실 한 칸 반 크기로 넓혀서 낡은 책은 버리고 필요한 새 책을 해마다 구입하여 필독도서를 3,300권으로 늘렸다. 열람실에 커튼을 새로 달고 책상도 놓아서 학생들이 깨끗한 공간에서 독서하도록 했다. 서가를 개가식으로 바꾸었으며 시청각실과 겸용으로 사용케 하여 다목적실로 꾸미며 칸막이를 달면 아늑한 도서실이 되는 것이다. 이렇게 되자 독서열기가 고조되어 방과 후나 점심시간에는 앉을 자리가 없을 정도였다.

　2002년도에는 학교의 숙원이었던 교사 내부와 외부를 모두 칠을 하여 단장하였고 학교 교표와 학교명을 건물 꼭대기에 크게 달고 나니 비로소 환경미화가 어느 정도 갖춘 셈이었다. 그래도 학교 곳곳에 손볼 곳은 남아 있었다. 교무실에 OA시스템 설치를 해야겠고, 특별실의 컴퓨터 설치, 학생들 사물함 비치, 교사 체력단련실 설치… 등 아쉬운 곳이 많았다.

　잠실중학교에서의 4년은 어려운 일도 많았지만, 행복한 순간도 많았다. 그러나 좀 더 잘할 수 있었는데 하는 아쉬움도 많다. 그동안 나를 도와준 모든 선생님께 감사한다.

둘째딸 수덕이의 결혼

둘째딸 수덕이가 드디어 결혼을 하게 되었다.

애기 때부터 보는 사람마다 예쁘다는 소리를 많이 했다. 탤런트 누구를 닮았다느니, 눈이 너무 예쁘다느니 했다.

나는 수덕이 결혼 걱정은 아예 하지 않았다. 그런데 대학교 다닐 때 미팅도 하고 소개팅도 하는 눈치였으나 이렇다 할 남자친구가 없는 것 같았다. 일방적으로 좋아하는 남자는 몇 명 있었지만 수덕이가 마음에 두는 사람이 없는 것 같았다.

수덕이가 30을 넘기고부터 나는 초조해졌다. 나이가 점점 들어가면서 걱정이 많이 되었다. 제때에 혼사를 해야겠는데….

내가 아는 친지들을 통해 중매로 선도 많이 보였으나, 번번이 이루어지지 않았다. 남편이 성화여서 나는 딸을 나무라기도 하고 달래도 보는 등 부모는 애를 태웠으나 정작 당사자는 느긋했다.

우리 부부가 그 애만 보면 결혼 이야기를 꺼내니까 이제는 결혼 말만 꺼내면 제 방으로 쑥 들어가 문을 닫아버린다. 나이가 많아서 결혼하면 좋지 않은 점 등을 예로 들며 우리 부부가 적극적으로 권하면 결혼이 인생 목표의 전부냐고 반박했다. 그 예쁜 딸이 아깝게 늙어가는 것 같아 더 안타까웠다.

수덕이가 대학원 다닐 때부터 가끔 만나는 사람이 있는 것 같았다. 내가 캐물으면 수덕이는 그저 친구일 뿐이라고 했다. 그런데 수덕이가 서른두 살이 되던 해 4월, 늘상 친구일 뿐이라던 그 청년을 집에 데리고 왔다. 그리고는 두 사람이 결혼하고 싶으니 허락해 달라는 것이었다.

우리 부부는 당황했다. 나는 딸의 남자친구에 대하여 조금은 알고 있었지만 남편은 별로 아는 것이 없어 더욱 당황하는 것 같았다.

그는 박사과정을 수료하고 논문 준비 중에 있었고 안산 제1대학에 교수였고, 건축공학과 출신들의 꽃이라고 할 수 있는 건축사 자격증을 취득한 훌륭한 청년이었다.

남편은 그를 한 달을 두고 관심 있게 지켜보았다. 무엇보다도 그가 우리 딸을 무척 아끼고 사랑하는 것을 일있다. 또한 성실히였다. 5월에 남편은 딸의 결혼을 승낙하였다.

드디어 집 가까운 잠실 연리지 홀에서 2001년 9월 26일, 우리의 둘째딸 수덕이가 결혼식을 올렸다. 결혼할 당시에 서울시 공립 중학교 영어교사인 둘째 딸은 한산중학교 영어교사로 재직 중일 때라서 하객들 중엔 한산중학교 학생들도 많았다. 하객들로부터 신부가 너무 예쁘다고 칭찬을 많이 받았다. 참 흐뭇하기 그지없는 결혼식이었다.

하나님, 이렇게 예쁜 딸을 저에게 주시고 좋은 배필을 짝 지워 주시니 감사합니다. 부디 행복하도록 축복하여 주시옵소서.

青出於監

2001년 겨울방학에 호주와 뉴질랜드로 여행을 하였다.

그 해는 우리 부부가 61세, 즉 회갑이었다. 아들딸들이 저희끼리 돈을 모아서 우리 부부의 여행을 준비하여 주었다. 해서 작은딸과 함께 셋이서 여행을 떠났다.

호주에 도착하여서는 작은 버스로 이동하면서 차 안에서 가이드가 호주에 대하여 설명을 해주었다. 그런데 그 가이드가 이따금 승객들에게 질문을 하였다.

"호주는 섬이지요? 처음에는 무인도였어요. 그런데 제일 먼저 이곳에 와서 살게 된 사람들이 있었어요. 어떤 사람들이었지요?"

모두 잠자코 있다. 대부분 50대 이상의 부부들이었기에 몰랐거나 알더라도 나처럼 아이들마냥 호들갑스럽게 대꾸하기 싫어서였는지도 모른다.

"영국의 죄수들이요."

한 아이가 대답했다. 우리 팀에서 남자아이 1명과 여자아이 1명이 끼어 있었는데 남자아이 목소리다. 중학교 1학년생인 '준'이는 가이

드의 계속되는 설명과 질문에 척척 대답한다. 모두 기특하다며 묻는다.

"너는 어떻게 그렇게 잘 아니?"

"여기 오기 전에 책을 읽고 왔어요."

나는 속으로 생각했다. '부모가 교육을 잘했구나.' 여행을 하기 전에 여행지에 대한 사전지식을 가지고 가야 산 교육을 받을 수 있다는 것을 그들은 이미 잘 알고 실천한 것이다.

우리 학교에서도 방학이 되면 부모를 따라 체험 학습(해외여행)을 하고 오는 학생들이 많다. 책을 미리 읽고 가도록 하고 돌아와서는 소감문을 써내도록 지도하고 있다. 그러나 성의 없이 두어 줄 적어서 내는 학생들이 대부분이다. 그 비싼 달러를 쓰며 외국의 문화를 체험했으면 내 나라에서는 느끼지 못한 것을 배우고 와야 할 것 아닌가 안타깝게 여기던 터였다.

그런데 준이는 제대로 여행을 하고 있는 것이다. '역시 부모의 가정교육이 훌륭하구나. 저 아이는 영리하고 예절도 바를 거야.' 저 아이의 엄마 아빠는 누굴까 궁금했다.

다음 순서로 우리 팀은 서로 돌아가며 자기소개를 했다. 방학이라 그런지 대학교수 가족이 4팀, 기타 2팀, 중3 여학생 1명, 중1 남학생 1명, 우리 가족, 모두 15명이 우리 팀이다. 준이 아버지는 아주 젊어 보였는데 그 젊은 사람이 한양대학교 교수라고 했다.

젊은 아이들 3명 빼고는 모두 50대 이상인데, 준이 부모만 40대 초반이다. 준이 엄마는 보기 드문 미인이었다. 준이의 모습은 엄마를 많이 닮았는데도 남자답고 건강해 보였다.

현재 교직에 있다는 내 소개가 끝난 다음의 일이다. 버스에서 내려 관광하고 다시 버스에 타려는데 준이 아버지가 말을 걸었다.

"저, 혹시 숭덕중학교에서 국어를 가르치지 않으셨습니까?"

"네, 그래요. 그런데 저를 아십니까?"

"제가 2학년 때 선생님께 배웠습니다."

"그래요. 모르겠는데요. 아 그러고 보니…."

이름이 정제창. 그래 맞아! 그애의 특징은 웃는 모습이었다. 눈은 웃지 않고 입만 웃었다. 앞에서 둘째 줄쯤 앉았는데 언제나 나의 설명을 하나도 놓치지 않으려는 듯이 두 눈이 반짝거렸다. 이해가 되면 '씩—' 입만 웃으며 고개를 끄덕였던 아이, 그 아이가 이렇듯 훌륭한 어른이 되었구나! 그때 그애는 경기고등학교에 합격한 걸로 기억된다.

오늘 그를 통하여 그애가 서울공대 전자과를 졸업하고 카이스트 대학원, 외국에 유학하여 박사학위까지 취득한 후 삼성전자에서 TV 액정화면 연구개발자로 이름을 알렸고, 한양대학 교수로 초빙되었다고 했다.

우리는 당장 격의 없는 사제지간이 되어 숭덕중학교 시절로 돌아가 이야기가 끊이질 않았다. 유명했던 학생들의 이야기, 아무개는 지금 무엇을 하고 있고, 어느 선생님은 지금 어느 학교에 교장으로 계시고…. 이야기는 버스에서도 계속되었다. 그는 중학교 때 잊지 못할 선생님으로 조용태 선생님과 정연수 선생님을 꼽았다.

조 선생님은 정제창이 1학년 때 담임이셨는데 2학년이 될 때 전근을 가면서 머리를 쓰다듬으며 용기를 잃지 말고 열심히 공부하여 좋은 고등학교에 가라고 격려해 주셨단다. 그 격려의 말 한마디에 용기를 얻어 열심히 공부했고, 경기고등학교에 합격할 수 있는 동기가 되었다고 한다. 또 한 분 잊지 못하는 선생님은 기술과 정연수 선생님. 수업 중에 라디오 제작에 대한 공부를 너무 재미있게 하였는데 발전하여 전자공학까지 전공하게 되었단다.

그 날 나는, 기분이 너무 좋았다. 준이 아빠가 훌륭하게 성장한 것이 마치 내가 잘 가르쳐서 그런 것 같은 착각에 빠졌다. 중학교를 졸업하고 박사학위를 취득하기까지 얼마나 많은 훌륭한 스승님이 그를 지금의 자리에 올라가게끔 뒷받침이 되었을까마는 나도 그중의 한 교사로서 작은 보탬이 되었다는 사실이 기쁘고 마냥 흐뭇했다.

그때 나는 제자가 이렇듯 훌륭하게 성장하여 나라의 재목이 되어 있는 것을 보면서 '靑出於藍'이란 말이 생각났다.

그런데 나의 빛깔은 어느 정도였을까? 쪽빛도 못되고, 연한 푸른색의 한 점을 보탰을 따름인데 그 속에서 진한 남빛이 나왔으니 더욱 기쁘고 소중하지 않을 수 없다. 이런 만남이 있을 때마다 교직을 선택한 삶에 보람을 느꼈다. 교직의 보람은 바로 이런 순간이 아니겠는가. 뜻밖의 제자와 동행하게 된 호주 여행은 내내 기쁘고 흐뭇한 마음으로 다녀올 수 있었다.

개학 후 직원 연수 시간에 나는, 연수 주제를 다음과 같이 정했다. '교사가 학생에게 하는 따뜻한 격려의 말 한마디가 그 학생의 미래를 좌우하며, 흥미 있는 수업 방법이 학생들의 진로의 방향을 정하기도 한다'는 평범한 진리를 성공한 제자의 삶을 예화로 들면서 힘주어 말하였다.

三代의 어울림

작은딸한테서 전화가 왔다. 금년 5월 5일은 연휴가 겹치고 또한 자기 학교와 우리 학교가 개교기념일이 5월 6일로 같고 7일은 재량 방학도 일치하여 4일이나 연휴이니 우리 내외와 둘째 내외와 큰딸 네와 세 집 식구가 통영으로 2박 3일간 여행을 가자고 했다. 5월 8 일 어버이날에는 두 딸 모두 시부모님을 찾아뵈어야 하니까 5월 4 일 토요일 오후에 출발하자고 하였다.

자기들은 그때까지 외도 구경을 못했다며 큰외손녀의 체험학습을 겸해서 외도, 한산도 충무공 기념관으로 여행 일정으로 잡았다고 하였다. 이번 여정이 나에게는 모두 여러 번 가본 곳이었다. 작은딸은 그동안 여러 차례 친정 부모를 모시고 여행을 하려 하였으나 두 사람 모두 일정이 맞지 않아 가지 못했다면서 이제야 실현할 수 있는 호기라고 좋아한다.

5월 8일 어버이날에 즈음하여 행해지는 행사여서 딸들과 사위들의 호의가 고마워 받아들이기로 하고 남편과 의논하였다. 남편은 직장 관계로 일정이 맞지 않아 할 수 없이 나만 따라나섰다. 예상대로 고속도로는 연휴를 즐기려는 자동차 행렬로 정체 현상을 빚어서 오후 2시에 서울을 출발하였으나 밤11시가 되어서야 정해놓은 펜션에서 여장을 풀게 되었다.

이튿날 아침에 평소 습관대로 6시에 눈이 뜨였다. 사위들, 딸들, 손녀들은 아직 세상모르고 자고 있었다. 현관문을 살며시 열고 마당에 내려가 보았다.

앞이 탁 트여 내려다보이는 바다가 눈앞에 펼쳐졌다. 여기가 그 아름답다는 다도해가 아니던가? 누가 통영을 가리켜 동양의 나폴리라고 말했던가? 과연 그 표현이 잘 어울리는 말인 듯했다. 나는 통영에는 3번째 오건만 그냥 지나가는 길에 들렀을 뿐 이렇게 전망이 좋은 곳에서 숙박하며 관망하기는 처음이었다. 마치 삼태기 모양으로 된 만을 둘러싸고 있는 통영 시내가 한눈에 내려다보이고 멀리 섬들이 겹겹이 겹쳐지거나 띄엄띄엄 바다와 어우러져 그림처럼 아름다웠다.

새로운 감회에 젖어 맑은 공기를 한껏 들이키며 언덕길을 걸어서 슬슬 동네 아래로 내려갔다. 저 아래 바닷가에 가면 싱싱한 생선을 살 수 있으리라는 생각에서였다. 딸들이 서울에서부터 아이스박스에 소고기를 재워서 넣는다, 상추를 사온다 하여 밑반찬을 많이 준비해 왔으나 바닷가에 왔으니 싱싱한 횟감이나 매운탕거리를 사서 사위들의 아침 식탁을 즐겁게 만들어 주고 싶었다.

바다와 맞닿은 큰길가에까지 왔다. 버스 정류장인 듯 조그만 구멍가게 앞에서 버스를 기다리는 아주머니에게 고기 파는 곳을 물었다. 그러나 여기서는 살 곳이 없고 버스를 타고 한참 가야 시장이 있는

데 그곳에 가야만 살 수 있다고 한다. 자기도 생선을 사러 가는 길이라 하여 나도 버스에 따라 올라탔다. 해안선을 따라 꼬불랑꼬불랑 좌로 돌고 우로 돌고 한참을 갔다. 향긋한 해초 냄새를 머금은 싱그러운 아침 공기를 마시며 이리저리 산모롱이를 돌아갈 때마다 펼쳐지는 바다, 섬, 파란 하늘 그리고 양식업을 위해 물 위에 떠 있는 하얀 부표들의 질서 있는 나열들… 바다 표면 위로 운무가 서려 안개처럼 피어오른다.

싱그러운 공기를 마음껏 마시며 경이로운 풍경에 시선이 팔려있는데 아주머니가 이제 여기서 내려야 한다고 귀띔해 준다. 시장 앞에 내려 입구에 들어서니 시장풍경이 장관이었다. 아주머니들이 양쪽으로 죽 늘어앉아서 각종 해물을 파는데 광어, 도다리, 우럭, 멍게, 해삼, 소라 등 고기들도 많거니와 종류도 가지각색이었다. 모두 살아서 팔딱팔딱 뛰는 것들이었다. 이 시장이 통영에서도 그 유명한 서호시장이었다. 나는 매운탕거리를 사고 싱싱한 새우와 통영의 명물이라는 멸치회와 전어횟감을 사서 숙소로 돌아왔다.

아침 식탁은 해물 일색이었다. 멸치회는 처음 먹어본다며 사위들이 반색하며 아주 잘 먹는다. 맛있게 먹는 사위들의 모습이 참 사랑스러웠다. 어린 손녀들까지도 맛있다며 잘 먹는다. 오늘 점심에는 횟집에서 회를 먹을 계획이었는데 횟집보다 훨씬 저렴한 회를 실컷 먹었으니 예산 절감이 됐다며 딸들도 좋아했다.

오후에는 배를 타고 한산도에 있는 제승당에 갔다. 손녀딸은 배 안에서 선장의 관광안내 설명을 들으며 또 한산도에 도착해서도 수첩에 무언가 열심히 적는다. 제승당에서는 손녀와 함께 향을 피우며 충무공 영정 앞에서 우리 일행은 모두 숙연하게 묵념도 하였다. 손녀는 안내판의 안내문도 빠뜨리지 않고 읽고 가끔 메모도 하며 초등학교 2학년짜리가 제법 진지하였다.

돌아오는 길에 큰사위가 자기 딸에게 충무공에 관한 이야기를 열심히 들려주고 있었다. 손녀딸도 위인전에서 읽었다며 자기 아빠에게서 듣는 이야기와 본인이 독서에서 얻은 지식과 제승당을 실제로와 보고 나서의 느낌을 연결하려는 듯 이야기에 귀를 기울이며 이해한다는 듯이 고개를 끄덕인다.

펜션으로 돌아왔다. 꼬마들은 잔디마당이 좋은지 이리 뛰고 저리 뛰고 잘들 논다. 서울의 아파트에서만 갇혀 살다가 흙바닥에서 뒹구는 모습을 보면서 콘도를 구할 수 없어서 펜션에 숙소를 정한 것이 오히려 잘 됐다고 생각하였다. 작은놈은 아까 연못에서 물장난을 치다가 옷을 다 버리더니 이번에는 또 진흙을 온 몸에 칠하여 또 한번 씻기고 옷을 갈아입히는 소동을 벌였다.

오늘 저녁은 바비큐를 해 먹는다며 큰사위와 딸들은 준비하느라고 분주하다. 어제는 한밤중에 도착해서 잘 몰랐는데 마당 한켠에 황토방을 따로 지어놓은 것이 보였다. 작은사위가 오늘 저녁엔 장모님이 여기서 주무시라면서 아궁이에 장작불을 지폈다. 그런데 연기만 피우고 불이 잘 붙지 않는가 보다. 나이가 30이 넘었어도 도시에서만 자랐으니 언제 아궁이에 불을 때 보았겠는가? 사위를 비키라하고 내가 아궁이를 들여다보니 나무에 불이 붙지 않게 되어 있었다. 나는 다시 장작을 교차시켜서 공기가 잘 통하게 해놓고 나무 부스러기들을 앞턱에 모아놓고 신문지에 불을 붙여 부지깽이로 나무를 떠들고 살살 불이 붙어 오르도록 하니 연기도 안 나고 잘 타들어 갔다. 내 어릴 때는 어느 집이나 아궁이에 불을 때며 살지 않았던가?

문득 어린 시절이 떠오른다. 우리 집에는 성철이라는 머슴이 있었는데 그가 소죽 쑤는 아궁이에 풋 밤송이나, 감자, 고구마를 구워주던 생각이 났다. 바비큐해 먹을 때 구워 먹겠다며 서울에서 작은딸이 감자와 고구마를 가져왔던 것이 생각나서 그것을 가져오라 하여 쿠킹 호일에 싸서 불이 타는 아궁이에 넣었다. 한참 후에 감자 익는 냄새가 솔솔 났다. 잘 익은 감자와 고구마를 까먹으며 손녀딸은 할머니가 마치 요술이라도 부린 듯이 신기해 했다. 다음에는 감자와 고구마를 더 많이 가져오자고 하였다. 그날 밤 손녀의 일기장에는 온통 충무공 이야기와 할머니와 구운 감자 이야기로 가득 찼을 것이다.

황토방에서 손녀와 편안한 잠을 자고 다음 날엔 해양 박물관을 보며 여러 가지 바다와 관련된 전시품을 보았다. 여기서도 손녀의 수첩에는 계속 메모가 적혀진다. 외도는 예약자가 많아 다음 기회로 미루고 서울로 돌아왔다.

세대가 다른 3대가 함께 어울리면서 세대 간의 차이가 있고 각각 그들만이 할 수 있는 일이 있고 그것으로 서로의 행복을 주고받을 수 있는 소재가 우리 생활 가운데에는 많이 있다.

옛날에는 3대가 한집에 살면서 각자 자기의 역할을 맡아 도우면서 살았었다. 그러나 현대에는 핵가족이 되어 흩어져 살며 세대 간의 애정이 단절되고 세대 간의 연결고리가 끊어지는 경향이 있다.

그러나 조금만 손을 뻗치면 서로의 손이 맞닿고 따뜻한 온기와 애정을 주고받으며 살 수 있다. 구세대의 늙은 할머니만이 할 수 있는 일이 있고, 신세대 젊은이들의 신선한 사고방식과 10대의 어린 손녀의 꿈이 자라는 것을 지켜보며 거름이 되어주는 것도, 늙은이만이 누릴 수 있는 작은 행복임을 깨달았다.

'80 먹은 노인이 3살짜리 어린 아이에게서 배운다.'는 속담처럼 이번 여행에서 젊은 30대의 딸과 사위에게서 그리고 10대의 어린 손녀딸에게서 인생의 한 수를 배웠다.

(2003년 5월)

수필가로 문단에 등단하다

 2003년 8월에 나는 정년퇴임을 할 예정이었다.
 '모든 것이 끝이다. 마지막이다.'라는 생각이 일마다 꼬리표를 달고 앞섰다. 퇴임하던 그해는 학기 초부터 금년에 교직을 그만둔다는 생각에 학교에 출근해도 기분이 야릇했다.
 43년을 교직에서 겪어왔던 일들을 돌아보면 주마등처럼 지난 일들이 떠오른다. 아쉬웠던 일, 즐거웠던 일, 어려웠던 일들도 많았다.
 지난 43년에 겪었던 일들을 이제 한 권의 책으로 엮으면 어떨까 하는 생각을 했다. 이따금 메모해 두었던 글에다 몇 편 더 써넣는다면 충분히 한 권 될 분량이 될 것 같았다. 그 작품집을 정년 퇴임하는 날 나를 축하하러 오신 내빈들께 선물로 드리자는 생각까지 미치게 되었다.
 4월에 마음을 먹고 작품을 쓰기 시작하여 6월 초가 되어 끝이 났다. 교사 생활 시작부터 첫 학교 발령, 정년퇴직하는 잠실중학교 교장으로서의 직책까지 그동안의 경험담과 일화를 중심으로 쓴 것이다. 6월 말에 책의 완성본이 나올 예정이었다.

드디어 ≪삶의 향기≫라는 제목으로 347페이지의 수필집이 탄생하였다. 책이 출간되고 나서 수필가인 출판사 사장이 나의 글이 참 좋다며 그중에서 두 편을 골라『한국수필』잡지에 신인작가에 응모해 보자고 제안했다. 나의 작품이 신인작가에 당선이 되겠냐며 나는 사양했으나 출판사 사장은 지금 신인작가로 당선되기에 충분한 실력이라고 했다.

출간된 나의 수필집을 가지고 출판사 사장과 함께 한국수필사 사무실을 찾았다. 내 작품집을 원로 수필가이신 조경희 선생님께 한 권 드리면서 추천해 주실 수 있는지 살펴달라고 말씀드렸다.

내 수필집을 읽으신 조경희 선생님께서 〈어느 봄날〉과 〈우리 엄마 자리는 국기 게양대 옆〉을 쾌히 당선작으로 추천하셨다.『한국수필』2003년 7월호에 두 편이 신인상으로 당선되어 신인수필작가상을 받았다.

이로써 나는 정년퇴임 전에 정식 수필가로 등단하게 되었다. 내 작품을 인정하여 추천해 주신 조경희 선생님께 감사를 드린다.

정년 퇴임식

2003년 8월 29일, 나는 잠실중학교 교장의 직분을 끝으로 43년 교직 생활을 마감하는 정년퇴임을 하게 되었다. 내 나이 63세였다.

잠실중학교의 교사들이 정년퇴임식을 해준다고 했다. 교무주임 여명구 선생님이 주관하여 이 행사를 진행하는 듯했다. 나는 선생님들에게 부담을 주겠다 싶어서 극구 사양했다. 그런데 강동구 관내 학교들에서 모두 정년퇴임식을 하는 분위기라면서 남들도 다 하는데 너무 사양하지 마시라며 교감 선생님과 교무주임이 적극적으로 추진하셨다.

"우리가 알아서 부담 느끼지 않으시도록 할 테니 염려 마세요."라면서 초대할 사람의 명단을 달라고 하여서 강동 관내 교장 선생님들과 초임지 학교의 제자들과 우리 가족들을 초대하였다.

퇴임식날, 식이 시작되었다.

내가 교장이 되도록 길을 잡아주신 '김병철' 교장 선생님, 어머니 회장, 육성회장, 나의 제자 대표인 박노균 사장 등 친지들이 축사를 해 주셨다.

이어서 내가 퇴임사를 할 순서이다. 나는 말하는 동안 떨지 않으려고 다짐하고 연단에 섰으나 말하는 도중 목이 메고 말았다. 43년간의 어려웠던 일들, 즐거웠던 일이 주마등처럼 지나가면서 결국 감정이 북받쳐 오른 것이었다.

교사들, 학생들의 꽃다발을 받고 학생들의 축하 노래, 특히 초임지 백암중학교의 제자들이 많이 찾아와 자리를 빛내주었다. 제자 대표인 박노균의 사장의 축사는 나의 가슴을 뭉클하게 하는 감동이었다. 풋풋하고 어리던 소년, 소녀들이 머리가 희끗희끗하여 같이 늙어가는 모습으로 나의 퇴임식에 축하하러 와주었으니 어찌 감개무량하지 않을 수 있겠는가.

식이 끝나고 만찬회 식장에서는 나의 초임 시절의 젊은 여선생님의 첫인상과 좋았던 추억들을 이야기하며 행복한 시간을 보냈다. 며느리와 사위도 보았다는 제자들… 모두 나의 정성과 노력의 결과인 그들… 교사 생활 43년의 노력의 결산인 열매가 여기 다 모여 있다. 맥주 한 잔씩으로 잔을 부딪치며 건배를 외치며 43년의 회포를 풀었다.

주마등처럼 지나가는 내가 걸어온 길은 보람된 일도 많았으나 후회스러운 일도 많았다. 나의 교직 활동의 결실이 제자들이었다면 59명의 교사들, 43년의 교직 생활 중에 만났던 후배 교사들에게 모범이 될 만한 선배로 기억될까. 후배 교사들에게 닮고 싶은 선배로 기억되었으면 좋겠다는 바람을 해본다.

43년 근속의 공을 기리어 나라에서 대한민국 황조근정훈장을 수훈하였다. 영광스러운 일이다.

나의 43년의 교사 생활은 오늘로써 아쉽지만 이렇게 끝이 났다.

초임 교사 시절 백암중학교 학생들과

지제중학교 교사 시절 체육대회 때 학새들과

지제중학교 교사 시절 수학여행 중에(강화도 마니산 참성단에서)

의정부여중 교사 시절 어머니회의 날(5월)

가을 소풍 때 학생들과

결혼 전 데이트를 하면서(비원에서)

결혼식장에서

큰딸 수진과 둘째딸 수덕

4남매의 어린시절

해수욕장에서 4남매와

남해대교 앞에서 4남매와 남편과 함께

어린이대공원 식물원에서 4남매

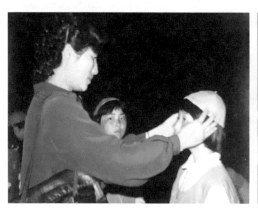

큰딸 수진 걸스카우트 입단식

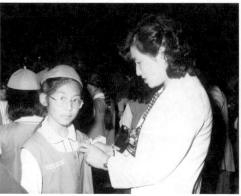

둘째딸 수덕 걸스카우트 입단식

큰아들 이영의 보이스카우트 조장으로 활동하던 모습
(앞줄 오른쪽에서 세번째가 이영)

작은아들 우식의 보이스카우트 입단식 때
아버지와 함께

남편 미국 유학을 마치고 (나이아가라폭포, 1986년)

남편 정길정 교수 박사학위 수여식

성악가 큰딸 수진의 독창회 모습

작은딸 수덕의 대학원 졸업식

〈한국수필〉 신인 등단기념식을 마치고 조경희 회장님과(2003년)

〈한국수필〉 수필가 등단기념패를 받고

대치중 연구주임 시절 합창대회 사회를 맡아서 (上)관람하는 교사들과 학생들 (下)교사들의 찬조출연 합창

교육공로자 표창을 받고(1992년. 큰딸 수진과)
영서중학교 교감 시절

교감이 되어서 (여교감회 하계연수회, 1992년)

연세대학교 교육대학원 석사학위 졸업식(1993년)

국제교육진흥원 근무 시절, 연구사 (左) 김행자, 홍석화,
문묘순. (1994)

잠실중학교 교장실에서

잠실중 교장 시절 평생교육 시범학교 운영 보고회 (작품 전시회 테이프 커팅식)

송파구청의 예산지원으로 학교 환경조성 후 구의원(좌측)과 함께

잠실중 교장 시절 전교직원들과 남도 여행 중 해남에서 주임교사들과 함께

퇴임식에 참석한 내빈들과 축하 합창하는 학생들 정년퇴임식장에서 (잠실중학교 2003. 8. 29)

퇴임식 후 축하 케이크 커팅

정년퇴임식 피로연 장면

황조근정훈장 수여식

황조근정훈장과 훈장증

3

향기로운 계절

퇴직 후 제2의 삶을 가꾸며

내 믿음의 첫걸음

내가 하나님과 처음 만난 것은 철없던 초등학교 시절 주일학교에서였다. 찬송가를 소리 높여 부르고 하나님께 두 손 모아 조그만 소원을 비는 기도도 하고….

고등학교 시절엔 성가대원이 되어 찬양하며 하나님과 가까이 지냈다. 대학에 다니면서부터 교회에 잘 나가지 않았다. 결혼 후 직장생활과 가정생활을 병행하자니 바쁘다는 핑계와 믿지 않는 남편과 결혼하여 종갓집 맏며느리로 1년에 8번이나 되는 제사를 지내며 며느리의 의무를 다해야 한다는 의무감도 작용하여 교회와 점점 멀어졌다.

그런데 삶이 힘들고 어려운 일이 닥칠 때에는 하나님께 기도하면 나의 기도를 들어주시는 하나님을 가끔 만나곤 했었다.

2년 전 직장을 퇴직하고 이제 인생을 정리해야 할 나이에 접어들면서 하나님께 가까이 다가가고 싶은 마음이 일어나기 시작했다. 금년 들어 집 근처에 있는 이 교회 저 교회를 기웃거리다가 큰딸이 자기가 다니고 있는 교회로 나오라는 권유로 서울 영동교회에 다니게 되었다.

첫 예배 때부터 경건한 교회 분위기와 감동적인 목사님의 설교에서 어렵게만 느껴졌던 성경 말씀이 내 생활 속에 있었음을 깨닫게 되었다. 세파에 찌든 나의 영혼이 맑은 물에 씻기는 듯, 마치 먼지 앉은 나뭇잎이 비온 뒤에 말끔히 씻겨서 싱싱한 초록빛으로 살랑거리듯 내 삶은 생기가 돌아 파릇파릇해지고 활기 있는 생활로 바뀌기 시작하였다.

매주 주일이 기다려졌다. 새 신자 등록과 함께 5주 동안 새 가족부에서 교육을 받았다. 전도사님을 필두로 하여 체계적이고 일사불란하게 교회가 운영되고 있는 것 같았다. 사회적으로 무게 있는 분들이 겸손하게 봉사하시는 모습과 미소로써 반겨주는 모든 분의 친절한 환영은 감동의 연속이었다.

식당에서, 성가대 연습장에서, 주일학교 선생님으로서, 유아 탁아방에서… 젊은 청년들도, 연세 지긋한 노신사 분들도 각자의 지리에서 열심히 봉사하시는 모습이 참 아름다웠다. 믿음의 생활을 실천한다는 것이 바로 이런 것이로구나! 매일 매일 신문과 텔레비전에서 펼쳐지는 인간에 대한 실망과 배신감을 이곳에 와서는 회복할 수 있을 것 같았다.

새 신자 교육이 끝나면 나도 봉사를 해야겠다는 마음이 솟구쳤다. 성경공부도 해야겠는데 그것은 뒤로 미루고 먼저 평소에 내가 하고 싶었던 성가대에 들어가 활동하고 싶었다. 새 신자 교육을 마치는 날, 자기가 좋아하는 찬송가를 앞에 나와서 부르라고 하여 〈주 하나님 지으신 모든 세계〉를 불렀다.

종강식을 끝내고 계단을 내려오는데 이만순 장로님이 자기 소개를 하면서 당신이 있는 2부 성가대에 들어오지 않겠느냐고 했다. 딸이 하는 성가대는 3부 성가대이니 겹치지 않아서 잘 됐다 생각하며 어떻게 신청하느냐고 물으니 주일날 아침 일찍이 연습실로 와서 장로님을 찾으라고 했다.

가슴이 설레었다. 내 나이로 보아 성가대에서 오래도록 활동한다 해도 5년밖에 더하겠는가 하는 생각이 드니 조바심과 함께 열심히 해야겠다는 의욕이 불타올랐다. 주일날 아침 일찍 연습실로 가서 인사 소개도 하고 연습 후 성가대에 서서 성가도 불렀다. 그 다음 주 또 아침 일찍 연습실로 갔다. 그런데 소프라노 파트장의 말이 세례교인이 아니어서 규정상 안 된다는 것이다.

실망감은 컸으나 성경 공부부터 하기로 했다. 그렇다, 이제껏 나 자신은 하나님을 믿는다고 자처하면서도 믿음이 약했던 나에게 믿음부터 탄탄하게 다진 후에 성가대든 봉사든 하라는 하나님의 뜻이었음을 깨달았다.

전도사님의 안내로 김성환 목사님이 가르치시는 성경공부반에 들어 열심히 공부했다.

나이는 많이 먹었어도 나는 초신자이다. 서둘지 말자. 성급하게 굴지 말자. 어느 목사님의 말씀처럼 내가 감당할 수 있을 만큼만 하자. 현재 내가 해야 할 일은 성경 공부를 열심히 하는 것 바로 이것이다.

신약 성경을 다 배우고 나면 구약도 공부하자. 모르는 찬송가도 많은데 새로운 찬송가도 많이 익히고, 기도하는 법도 배우고… 하여서 내 영혼을 속속들이 깨끗하게 씻어 거듭났으면 좋겠다.

　이제는 나도 "느리게 사는 삶"을 배우자.

　지금은 성경 공부를 열심히 하는 것, 이것이 나의 믿음을 살찌우는 첫걸음이다.

흐르는 강물처럼

퇴원 수속을 마치고 드디어 집으로 돌아왔다.

말끔하게 세수를 하고 오래간만에 거울 앞에 섰다. 아직도 다리가 휘청거려 의자에 털썩 주저앉는다. 손바닥에 로션을 묻혀 얼굴을 탁탁 두드리며 거울 속에 비친 내 얼굴을 찬찬히 들여다본다.

'이제는 완연한 할머니로구나!' 쓴웃음을 짓는다. 불과 열흘 사이에 바싹 늙어버렸다. 얼굴은 창백하고 주름도 많이 늘어난 듯하다. 한 번씩 병원에 갔다 오면 늙는 속도가 배로 빨라지는 것 같다. '이렇게 해서 늙어가는 것이로구나!' 마치 새삼스레 진리를 깨달은 것처럼 속으로 뇌까린다.

퇴직한 지도 어느 새 2년이 되었다. 2년 전만 해도 나를 처음 보는 사람이면 "나이보다 젊어 보인다." "50대로 보인다."라는 말이 인사치레인 줄 알면서도 싫지 않았는데⋯. "퇴직 후엔 더 빨리 늙는다."라던 선배의 말이 맞는 것 같다. 세월은 휴게소도 안 들리고 달리기만 한다. 더구나 큰 수술을 하고 난 후이니 더 말해 무엇하랴. 어찌할 수 없이 늙어가고 있는 나를 바라보며 잠시 상념에 잠긴다.

인생도 흐르는 강물 같구나! 흐르는 강물을 누구도 멈출 수 없듯 세월은 멈출 수도, 시작된 자리로 다시 거슬러 오를 수도 없다. 강물이 바다를 향하여 어제도 오늘도 그리고 내일도 계속해서 쉬지 않고 끊임없이 흐르는 듯….

강물은 깊은 산골짝 조그만 샘물에서부터 퐁퐁 솟기 시작해서 계곡물이 내를 이루어 흐르다가 강물이 된다. 나의 청춘은 마치도 산골짜기 바위 사이로 자기 몸이 부서져 물방울을 날리며 콸콸콸 소리 내어 흘러가는 냇물의 삶과도 같았다. 이 골 저 골 물을 합쳐 외돌고 휘돌아 와당탕 퉁탕 폭포가 되어 흐르기도 하고, 조약돌이 모여 있는 넓은 자갈밭 개천을 자르륵 자르륵 힘차고 활기차게 흘러오기도 했다. 그러한 시내들이 합쳐져 이렇게 넓은 강물이 된다.

흘러오는 동안 바위도 깎아내고 모가 났던 자갈들도 동글동글 다듬으며 흐르고 흘러서 물 많고 깊은 강물이 되어 흐르듯이 내 인생도 이렇게 여기까지 와 있는 것이다. 우리 인생길도 강물과 같다.

지금의 내 삶은 젊은 생명력으로 활기차지는 않지만 깊고 푸른 강물이 수많은 사연을 품고 소리 없이 흐르듯이 유유히 흘러가고 있는 것이다.

이제 강물이 끝나는 그곳이 얼마나 남았을까? 해가 넘어 가기 전에 아쉬운 하루를 아름답게 불태우는 노을처럼 강물이 바다로 사라지기 전에 삶을 아름답게 장식할 그 무엇이 없을까?

아니다. '불태운다' '장식한다' 하는 말조차 또 다른 욕심에 불과하다. 이제는 모든 욕심을 버리고 초연한 자세를 배우고 싶다. 불교에서 말하는 '무소유의 행복'이란 말의 의미를 이해할 듯도 하다.

그저 현재에 만족하자. 그리고 흐르는 강물처럼 그냥 소리 없이 천천히 흘러가고 싶다. 그렇게 흐르다가 강가에 이름 모를 풀꽃들이 웃음 지으면 그곳에 들러 풀꽃들과 노닐다가 나무들이 목마르다 손짓하면 나무에게 듬뿍 물도 먹여주고, 논밭이 목마르다 외쳐 부르면 논틀과 밭틀을 한 바퀴 휘돌아 논두렁 안에 그득히 물을 담아 밭고랑이 축축하도록 적셔 주고는, 또다시 물속에서 노니는 물고기들과 더불어 유유히… 그렇게 흘러가고 싶다.

늙어간다는 건 서글플 일도 안타까울 일도 아니다. 탄생이 인생의 시작이라면 늙어간다는 것도 인생의 일부분일 뿐이다.

그저 흐르는 강물처럼, 흐르고 흐르다가 어느 날 바닷물 속으로 어느 것이 강물인지 어디부터가 바닷물인지도 모르게 슬그머니 섞이면서 사라질 것이다.

오늘도 강물은 쉬지 않고 흐르고 있다.

큰아들의 결혼

나의 큰아들 이영은 서른두 살이 되도록 여자를 데리고 오는 일이 없었다. 삼성SDS의 엔지니어로 근무하며 바쁜 업무 때문에 매일 밤 늦게 퇴근하고, 어느 때는 주일에도 근무하는 등 너무 회사 생활에 매어 사느라 여자 만날 시간도 없었을 것이다.

'이러다가 혼기를 놓치면 장가도 못 가는 것이 아닐까.'

나는 점점 초조해지고 걱정이 되었다. 친분이 있는 여자 교장 선생님들을 만나면 좋은 규수가 있거든 우리 며느릿감으로 소개시켜 달라고 부탁도 많이 했다.

강동 관내 교감 시절 친목으로 관내 교감들끼리 매달 모였는데 그중 C 교감 선생님이 서부 관내 교장으로 발령이 나셨고 나는 잠실중학교 교장으로 근무할 때였다. 교장 회의 때 교장 선생님들을 만나면 자연스레 강동에서 친밀히 지내던 C교장님과 만나 반가움을 나누며 이야기도 주고받았다. "그 학교에 참한 여선생님이 있거든 우리 큰아들 짝으로 소개 좀 해주셔요."하며 농담 반 진담 반으로 말을 건넨 적이 있었다. 그 이듬해 봄 교장 회의 때 C교장님이 만면의 미소를 짓고 내게로 다가왔다. 작년에 부탁한 숙제를 풀어볼까 한다며 말을 꺼냈다. 참한 여선생님이 있다는 것이다. 학교에 있는 모든 사람이 칭찬하는 여성이라고 했다.

"그런데 키가 좀 작아."

"얼마나 작은데요?"

"글쎄 나만 할까, 나보다 작을까?"

"아유, 그러면 너무 작은데요. 그래도 한 번 봤으면 좋겠는데."

"그러면 내일이라도 우리 학교 교장실로 오셔요. 내가 그 선생님을 교장실로 부를 테니까 그때 잘 보세요. 그리고 난 다음에 마음을 정하세요."

C교장 선생님과 나눈 대화이다. 그런데 그 일로 서부 관내인 연신내까지 일부러 간다는 것이 선뜻 내키지 않는다. 나는 "어차피 본인들이 맘에 들어야 하지, 내가 좋으면 무슨 소용이 있어요. 한번 만나볼 기회나 만들어 주지요."라며 헤어졌다. 다음날 전화가 왔다. 언제 만날지 날짜를 정해서 이야기를 해보자는 것이다. 아들에게 말을 건넸다.

"키가 작다면서요, 에이 그러면 안 봐요."

"한번 만나나 봐라. 애써서 소개해주신 분의 입장이 있는데, 만나보고 마음에 들지 않으면 그때 거절을 해도 되지 않겠니?"

나는 C교장님이 애써 소개해준 규수를 안 만난다고 말을 할 수가 없었다. 그리하여 다음 토요일로 날짜를 정하고 만나보게 했다. 두 남녀가 만나고 온 날 아들에게 물어보았다. 서로 호감이 있는 듯 했다.

"키가 작다는데 얼마나 작데?"

"글쎄 크지는 않은데 그리 몹시 작지는 않던데요?"

다음 주에 다시 만날 약속을 잡았다는 말과 함께 여자 측의 식구들 인적 사항도 늘어놓았다. 아버지가 대학교수라는 것과 할아버지가 교과서에도 나오는 그 유명한 작곡가이신 이흥렬 교수라는 말도 잊지 않았다. 31세로 아들과 한 살 차이이다. 그 후로 주말마다 만나는 듯하였다. 한 번 집에 데려와 보라고 하니까 여자가 집에 찾아오는 것은 나중에 한다고 미룬다는 것이다. 결국 결혼하기로 결정된 후에야 집에 데리고 왔다.

현관에서 신을 벗고 마루에 들어서는데 '어머! 키가 너무 작다.' 아들도 놀라는 눈치이다. 아들 어깨 아래에 머리가 있다. 우리 식구들이 모두 키가 커서 그리 느껴질까? 의외로 너무 작다는 느낌이 들었다. 아들도 나중에 하는 이야기가 늘 "하이힐을 신어서 몰랐다."고 했다. 그런데 듣던 대로 현명해 보였다.

'키는 작아도 마음이 크면 되지 않겠나? 큰며느리인데 마음씀씀이가 커야 할 텐데….' 하는 걱정도 되었다.

그 후로도 둘의 만남이 잦더니 그 해에 11월 3일에 결혼을 하였다. 지금은 아들이 결혼한 지 17년, 손녀가 고등학생으로 아들을 닮아 키도 크고 공부도 잘한다. 큰며느리는 가정도 단란하게 꾸려가고 야무지다. 겪어 보니 키는 작으나 마음은 크고 현명하여 보면 볼수록 흐뭇한 아들 내외이다.

결혼을 시켜놓고 보니 큰아들이 더욱 듬직하고 믿음직스러웠다. 앞으로도 건강하고 행복한 더욱 성숙된 가정이 되기를 바란다.

큰며느리를 소개해주신 최 교장 선생님께 감사드린다.

어린 싹의 신비

봄이 되면 농부는 흙을 고르고 씨를 뿌린다. 얼마 후면 두터운 땅을 뚫고 자기 몸무게의 몇 배나 무거운 흙덩이를 떠들고 파란색의 어린싹이 고개를 내민다.

여린 새싹에서 그런 엄청난 힘이 어데서 나올까?

예쁜 떡잎을 두 개로 벌리며 만지기만 해도 금방 물방울만 떨어질 것같이 말갛고 연한 줄기와 두 개의 떡잎은 하늘을 향해 두 팔을 벌리고 자라나고 있다.

양지바른 뜰 한쪽 짚바구니 안에서는 어미닭이 품고 있는 달걀에서 방금 깨어난 노란 병아리가 보드라운 솜털을 보시시 날리며 나오고 있다. 누가 가르쳐주지 않았어도 알 속에서 두꺼운 알껍질을 부리로 콕콕 찍어서 깨고 알 밖의 세상으로 나온다. 또 병아리는 밖으로 나오자마자 삐약삐약 울 줄도 알고 걸어 다니며 먹이도 쪼아 먹는다.

이처럼 탄생과 성장의 신비를 볼 때마다 조물주의 위대한 창조의 힘과 그 깊고 오묘한 생명의 신비에 대하여 감탄을 금할 수 없다.

나에게는 금년 들어 손주가 둘이 더 태어나서 넷이 되었다. 큰딸에게서 이미 두 명의 손녀가 자라고 있고 금년 들어서 작은딸이 손자를, 아들이 또 손녀를 낳은 것이다.

갓 태어난 아기는 언제 보아도 알 수 없는 경이로움이 보는 이의 마음을 강하게 끌어당기는 묘한 힘이 있다.

엄마의 뱃속에서 이 세상에 나오자마자 우렁찬 울음으로 자기의 탄생을 알리더니 조그만 입을 오물거리며 엄마 가슴에서 젖을 찾는다.

여리고 보드라운 꽃잎 같은 피부, 단풍나무 잎보다도 작고 예쁜 손, 그 세필보다 더 가늘고 고운 손가락에 손톱도 그려져 있다.

새가슴처럼 작은 가슴에서 나는 힘찬 심장소리는 내 가슴을 두근거리게 한다. 일주일쯤 지나니 엄마와 이어졌던 생명선은 흔적만 남겨 놓고 독립된 개체의 몸으로 자리 잡았다. 나는 여자요, 나는 남자요 하는 표시도 뚜렷이 붙이고 두 다리를 들어서 허공을 저어가며 큰 소리로 울어서 의사표시도 한다. 콩알 같은 방울 다섯 개를 달고 한 줄로 늘어선 발가락들… 내 손가락 길이보다도 작은 발, 발뒤꿈치는 투명하고 말랑말랑한 홍시 같다. 이 아름다운 생명체가 하나님의 오묘한 예술품이 아니고 무엇이랴.

눈 코 입의 생김이 어찌도 그리 자기의 엄마 아빠를 닮았을까! 고 조그만 입을 한껏 벌리고 하품도 할 줄 알고 기지개도 켠다. 엄마 젖 한 번 먹고 볼 살이 오르고, 낮잠 한 잠 자고나면 키가 크고, 기지개 한 번 할 때마다 또 한 번씩 자란다. 방실방실 웃는 얼굴은 엄마의 온갖 시름을 모두 날려 보낸다. 잠자는 아기 얼굴은 천사의 얼굴이다.

소파 방정환 선생님의 〈어린이 예찬〉에서 아기의 잠자는 얼굴을 "이 세상의 고요라는 고요 중에 가장 고요한 것만 골라 가진 것이 아기의 잠자는 얼굴이요, 이 세상의 평화라는 평화 중에 가장 평화로운 것만 골라 가진 것이 아기의 잠자는 얼굴이다."라고 표현했듯 이 아기의 잠자는 얼굴은 이 세상의 어떠한 찬사로도 만족스런 표현을 찾아내기가 어렵다.

나비의 날갯짓일까, 예쁜 꽃잎이 푸른 잔디 위에 사뿐히 내려앉는 소리일까, 들릴 듯 말 듯한 쌔근쌔근 숨소리… 꿈을 꾸는 듯 가끔씩 웃어주니 함박꽃 같은 행복이 가슴 가득 피어난다.

포동포동 젖살이 오르고 까아만 눈동자로 사랑하는 이와 눈을 맞추며 방실방실 사랑을 보낸다. 빠알간 앵두알 두 개를 겹쳐놓은 듯한 입술을 제비 새끼가 입 벌리듯 짝짝 벌리며 먹고 싶다, 먹여달라고 요구한다. 기분이 좋다는 뜻도 입을 벌리며 눈가에 웃음을 담는다.

젖을 먹을 때는, 엄마 젖을 물고 숨소리도 가쁘게 세차게 빨다가도 잠시 속도를 늦추고는 사랑스런 눈빛으로 엄마의 눈을 바라보며 웃는다. 꿀꺽꿀꺽 내 아기 목으로 젖 넘어가는 소리를 들으며 흐뭇해하는 엄마의 얼굴을 바라보며 다른 한쪽 젖가슴을 고사리처럼 예쁜 손으로 어루만지며 한쪽 발도 까딱까딱 흔들면서 나는 지금 행복합니다라는 몸짓도 할 줄 안다. 한참을 열심히 빨다가 젖꼭지를 쭉 빼고는 소리 나는 쪽으로 돌아본다. 이게 무슨 소리야? 이제 나도 잘 들을 줄 알거든요.

점점 날이 지나면서 이제는 나도 인간으로서 일어나는 행동을 배워야겠다며 누워만 있지 않고 몸을 뒤집고 고개를 뻣뻣이 들고는 나를 보아 달라, 나와 놀아달라고 요구한다. 배고픔과 불쾌함과 아픔의 표현도 이제는 분명해진다.

누워만 있기 싫으니 일으켜 달라고 요구도 할 줄 안다. 안고 일어서면 또 가만히 서 있지만 말고 움직이라고 명령도 한다.

이렇게 아기는 어린 새싹이 땅속에 영양분을 먹고, 물을 먹고, 햇빛을 먹고 자라나듯이 어린 아기는 기쁨을 먹고 사랑을 먹고 날로 달로 자라나고 있다.

지지대고개

오늘은 친정아버지의 10주기 추도일이다.

'평촌' 사는 동생네 집에서 간단히 추도식을 마치고 우리 남매들은 가솔을 이끌고 예약해 놓았다는 음식점으로 약도 하나씩을 손에 들고 각기 출발하였다.

'이게 뭐람, 제사는 못 지내도 저녁 식사는 집에서 준비해야 하지 않을까. 식사하면서 선친의 추억담을 나누는 것이 추도식을 지내는 의의가 아닌가?' 이제는 아예 식사까지 음식점에서 사 먹는다니, 너무하는 것 같았다. 해마다 부모님의 추도일이나 설, 추석 명절이 되면 아쉽고 허전함과 슬픔으로 끝을 맺게 된다.

우리 시댁에선 매우 정중한 분위기로 제사를 지낸다. 모두 정장 차림을 하고 제수 음식의 가지 수도 많거니와 정성 또한 대단하다. 나는 맏며느리로서 시댁에서는 일 년에 여덟 번이나 그렇게 제사를 지내고 있다. 그러나 친정에서는 내가 큰딸이면서도 아무런 정성도 드리지 못하는 것이 늘 안타깝고 서운하였다. 물론 우리나라 전통 제례가 좋은 것만은 아니나 음식 차림도 없이 기도와 찬송 성경 한

구절 읽기로 간단히 끝내고 음식점으로 우르르 몰려가는 것이 못마땅했다. 이렇게 간단히 추도식을 지내는 동생과 올케가 원망스럽기까지 했다. 나의 이런 생각이 잘못된 것일까? 내가 속 좁은 시누이 티를 내는 것일까? 그런데 다시 생각해보니 오늘이 마침 주일이다. 동생과 올케가 교회 일로 바쁘니 저녁 식사를 준비할 수가 없었으리라.

차창 밖을 내다보았다. 안양을 지나 북수원 인터체인지를 지나고 있으니 어느덧 약도에 그려진 목적지에 가까이 온 듯했다.

여기 어디쯤 '지지대고개'가 있을 텐데 옛날에 다니던 길은 보이지 않고 높은 고개도 없고 시원스레 넓게 뚫린 신작로(新作路)로 자동차들만 씽−씽 꼬리를 물고 달리고 있다. 길 한쪽 옆으로 초등학교 학급 표시판만 하게 나무판자에 '지지대고개'라 써서 세워 놓은 팻말이 눈에 띄었다. 이 초라한 팻말로 이곳이 '지지대고개'였구나 하며 그 옛날 모습을 상상해 볼 뿐이다.

참 오랜만에 와 보는 곳이다. 전에는 서울과 수원을 왕래하던 사람들은 '지지대고개'를 넘어서면 길 양편으로 아름드리 소나무가 줄지어 서 있는 풍광을 즐기던 곳이다. 하지만 비운의 왕세자 사도세자의 이야기와 그분의 아들 정조 임금님의 지극한 효심으로 만들어진 길이었으니 역사의 슬픈 사연을 생각하면서 넘던 고개이다. 이곳에 늙은 소나무가 많아서 '노송지대'라고도 불렀는데 그 많던 소나무는 다 어디로 갔을까. 왜 삭막한 아스팔트 길만 보이는가! 도시계획을 하고 도로 확장도 필요하지만, 이곳처럼 역사적인 사연이 있는 곳은 옆으로 비켜 도로를 만들어도 되지 않았을까. 관광자원으로도 훌륭한 곳이고 자라나는 청소년들에도 살아있는 교훈이 될 좋은 장소이거늘…. 근시안적인 행정이 안타깝기만 하다.

좁은 골목길로 들어서니 길 양쪽으로 소나무를 새로 심어 조경을 해놓은 '솔가'(松家)라는 간판이 붙은 한식 음식점이 있었다.

음식점 둘레에도 향나무와 소나무를 많이 심은 솔밭이 있어 나는 없어진 노송지대를 다시 찾은 듯 기분이 좋아졌다. '솔가'라는 음식점 이름도 마음에 들었지만 이름과 어울리게 소나무 속에 파묻힌 듯한 조경이 일품이었다.

식사하면서 우리 남매들은 돌아가신 아버님에 대한 추억과 회상으로 화제가 만발하였다. 그중에서도 제일 중심을 이루었던 추억은 역사에 얽힌 이야기를 재미있게 들려주시던 일이었다. '이성계의 위화도 회군'이며 '정몽주와 이방원이 주고받던 시구'라던가 '咸興差使'에 대한 故事成語 풀이와 그에 얽힌 이야기들을 우리에게 들려주시기를 좋아하셨다. 그래서 나는 학교에 들어가서도 이미 역사에 대한 식견이 있어서 언제나 역사 시간이 즐거웠고 친구들보다 자신이 있었다.

오늘 우리가 식사하는 음식점 부근의 '지지대고개'와 노송나무에 관한 이야기를 할 때는 구구절절 아버지의 모습이 생생하게 떠올라 그리움이 사무쳤다.

집으로 돌아오는 자동차 안에서 운전대를 잡은 아들에게 이미 알고 있는 이야기이지만 아버지가 내게 들려주셨던 그때처럼 '지지대고개'에 얽힌 이야기를 들려주었다.

조선 시대 영조 임금이 당쟁에 휘말리어 자기 아들인 사도세자를 뒤주에 가두어 죽게 하였는데 그 당시 8살이었던 세손이 커서 임금이 되니 그분이 정조 임금이셨다. 정조는 효심이 지극하여 세자였으면서도 임금이 되어보지도 못하고 돌아가신 아버님을 위하여 지금의 '화산능'을 임금 대우로 능으로 봉하고 능 주변에 소나무를 많이 심어 많은 백성과 만조백관을 거느리고 임금 노릇을 하듯 만들었고 수원성을 임금이 다스리는 성처럼 하였다. 수원성에서부터 '지지대고개'까지는 길 양옆으로 소나무를 심어서 그 소나무들이 아버지의 신하들임을 상징적으로 나타내었다고 한다.

'지지대고개'란 이름이 붙게 된 유래는 정조 임금이 아버지의 묘를 능으로 갖추어 놓고 매일같이 능에 참배하고 싶어 하셨으나 임금이 신하들을 거느리지 않고 백리 밖을 행차할 수 없는 것이 그 당시의 법도여서 정조 임금께서는 호위병 몇 명만 데리고 말을 달려 이 고갯마루까지 와서 말에서 내려 능 쪽을 향하여 절을 히고 조금 지체하다가 가셨다 하여 붙여진 이름이다.

어느 해는 흉년이 들어 백성들이 먹을 것이 없어 송기를 꺾어 먹느라고 능 주변의 소나무 순을 자꾸 꺾어 먹으니 정조 임금은 명을 내려 콩을 볶아 주머니에 담아 소나무마다 매달아 놓아서 소나무 꺾는 것을 막았다. 하고 또 어느 해는 송충이가 성하여 능 주변에 소나무 잎을 모두 갉아먹으니 정조 임금이 몹시 화가 나서 송충이 한 마리를 잡아 이로 꽉 깨물며 "무엄하다. 미물인 네 놈들이 감히 아바마마의 신하들을 갉아 먹느냐?" 하며 호통을 치고 난 후부터 송충이들이 없어졌다 한다.

여기까지 이야기하다 보니 그 옛날 아버지가 우리 형제들에게 이 이야기를 들려주시던 모습이 생생하게 떠오른다. 특히 이야기의 전환점에 이르러서는 그 크신 눈을 더욱 크게 뜨시며 "아~ 그런데, 송충이가 그 소나무를 다 갉아 먹더라지 뭐야!" 하시며 재미있고 실감 나게 말씀하시던 모습을 다시 뵙는 듯하였다.

아들은 자기가 외할아버지를 많이 닮았다며 외할아버지의 추억 몇 가지를 끄집어냈다. 발이 유난히 크셨던 것을 이야기하며 '자기 발이 큰 것이 외할아버지의 유전자를 물려받은 것'이라 하여 우리는 웃었다.

동생이 그 먼 곳에 음식을 예약했던 것은 음식의 맛뿐이 아닌 다른 이유가 있었는가 보다. 그 곳에서 식사한 것은 참 잘한 일인 것 같다. 오늘 우리는 그리운 아버지를 그곳에 만나 뵐 수 있었으니 말이다.

집에 돌아와서도 아버지와의 이런저런 추억이 꼬리를 물고 자꾸자꾸 떠올랐다.

(2005. 8. 7)

大過 없는 끝맺음

남편이 정년퇴직을 한다.

그의 지인들은 "大過 없는 정년퇴직을 축하 한다" 는 인사 말씀을 하신다. 이 말은 참으로 의미 깊고 고마운 말이다.

가끔 신문 사회면이나 TV 뉴스에서 자기의 잘못이 아니더라도 부하 직원의 잘못으로 본의 아니게 중도 퇴직하는 사람 또는 사소한 실수로 도중하차하는 사람들의 사례를 본다. 이런 일들을 생각할 때 한 직장에서 43년 동안 근무하고 큰 과오없이 정년 퇴직을 하게 된다는 것은 정말 축하받을 만한 일이라고 생각한다.

"큰 과오 없이 정년퇴직을 하다." 이 말을 얼른 생각하면 듣기에 따라서는 '저 사람은 평탄하게 인생을 보냈구나.' '운이 좋았구나.' '그저 굴곡 없이 잘 지냈구나.' 하고 무심히 넘어갈 말이기도 하다.

그러나 39년을 같이 살아 온 아내인 나는 그의 삶의 모든 과정을 보며 함께 겪으며 살아왔기에 그저 평탄하게 얻어진 말이 아니라는 것을 안다. 남편은 항상 노력하는 삶이었으며, 앞에 놓인 장애물을 굽이굽이 넘어왔다. 과오 없이 정년퇴직하는 남편의 삶의 의미와 무게가 무겁게 실려 있다. 그렇기에 이 말에 숨겨진 가치를 높이 평가하지 않을 수 없다.

'鄭 吉 正'이란 이름 때문일까? 남편은 지나치리만큼 바른생활의 실천자이다.

현실과 타협 없는 성격이 때론 답답함을 느낄 때도 있었지만 그는 이 길이 바른길이 아니다 싶으면 절대로 가지 않는 사람이었다. 그의 직업이 교수였고 교육 공무원이었기에 더욱 더 자기의 본분을 다하려는 자세였으리라.

자기가 지도하는 학생들에게도 '적당히' 라는 단어는 통하지 않았고 철저하고 엄격하여서 "학생들은 교수님을 어려워하면서도 존경한다."고 어느 제자가 내게 말해 준 적이 있다.

몇 년 전의 일이다. 그 해에 우리 부부가 '호주~뉴질랜드'로 여행한 적이 있었다. 같이 여행하는 일행 중에 엄마를 따라온 중3 여학생이 한 명 있었는데 그 아이가 입은 청바지가 여기저기 구멍이 뚫리고 찢어져서 살이 벌겋게 드러나 보였다. 같은 여자인 내가 보기에도 참으로 민망하였다. 그 모습을 본 남편은 그 여학생에게 교육적으로 지도해야 된다는 직업의식이 발동한 것 같았다. 말할 기회를 엿보던 남편은 관광지에서 잠깐 휴식하는 시간에 아이스크림을 한개 사서 건네며 기어코 한 마디하였다. 남편은 웃으면서 조심스럽게 작은 목소리로 "학생은 바지가 없나? 내가 하나 사줄까? 옷이란 남에게 나를 표현하는 것이므로 남도 내 모습을 멋지게 볼 수 있다면 유행을 따르는 것도 좋겠지." 하며 남들이 들을세라 소곤소곤 말했다. 손자뻘되는 어린 학생이었으니 귀여워하는 마음 반 충고 반이 섞인 말이었으나 그 학생에게 나는 미안하였다. 호텔로 오면서 "당신은 학교에서도 학생들에게 그런 식으로 말하면 인기가 떨어지겠어요." 말하니까 "내가 탤런트인가? 인기 때문에 할 말을 못하게." "그대로 놓아두면 잘못되는 학생들은 누가 바로 잡나?"라고 하였다. 이처럼 가정에서나 밖에서나 남편은 바른생활의 지도자요 실천가였다.

또 남편은 탐구심이 많은 학자였으며 선비였으며 제자라면 모든 것을 아낌없이 주는 참 스승이었다.

주말 부부인 나와 우리 가족들은 남편이 학교에서 돌아오는 목요일 저녁을 기다렸다. 평소에 고대하였던 부부만의 단란한 시간을 갖고 싶었고, 자녀들과의 즐거운 시간도 기다렸기 때문이었다. 그러나 남편은 집에 돌아와 금, 토, 일, 청주로 돌아가는 월요일 오후까지 독서와 교과 연구에만 몰두하였다. 독서나 교과연구에 몰두할 때는 손가락 사이에 끼어 있는 담배가 다 타들어 가서 담뱃재가 3센티 정도로 되어 바닥에 떨어져도 모르고 삼매경에 빠져 있을 때도 많았다. 그럴 때마다 나는 '정녕 학자의 아내는 이렇게 외로운 것인가?'라는 생각도 했었다.

이처럼 학문을 연구함에 있어서나 생활지도 면에서나 교육자로서의 본분을 다하려는 그의 태도는 교사가 되려는 학생들을 가르치는 교수로서 당연한 일이라 할 수 있다. 하지만 항간에서 사람들이 흔히 '요즘에는 학생을 가르치는 선생은 있어도 참 스승은 없다.'라는 말을 한다. 나는 그 사람들에게 '적어도 나의 남편과 그이에게서 배

우고 거쳐 간 교사들과 그이가 지도한 미래의 교사들은 모두 참스
승이 될 것'이라고 말하며 스스로 팔불출이 되고자 한다.

남편과 결혼 후 39년을 돌이켜 볼 때 나는 불만도 많았다. 강직하
기만 한 남편 때문에 그 흔한 재테크도 몰랐고, 아이들에게는 과외
도 모르고 키웠다. 경제 관념에는 약하고 가정생활에는 높은 점수를
매길 수 없지만, 그래도 그는 학자이며 교육자로서 '안빈낙도'와 '정
의로움'을 앞세우는 선비정신을 가진 그의 아내된 처지에서 어찌 불
평만 할 수 있으랴.

'대과 없는 끝맺음'이란 말을 다시 한 번 떠올려 본다.

제자들 가르치기에 성실하고, 옳지 않다 생각되는 일이나 잘못될
것 같은 일은 미리 차단하여 하지 않는 남편의 생활 태도에서는 어
쩌면 커다란 과오란 생길 수가 없는 게 아닐까 생각되기도 한다.

"여보! 당신은 大過 없는 인생의 1막이 끝나고, 이제 2막이 시작
되려 하고 있습니다."

"이제부터는 교육자로서의 짐도 다 내려놓았으니 편안한 마음으
로 건강이나 관리하며 즐겁게 사는 방법만 연구하며 살았으면 좋겠
습니다."

"정년을 축하합니다!"

긴 여로의 짐을 다 내려놓으셔요

"밥을 먹을 때 수저의 손잡이를 멀리 잡으면 먼 곳으로 시집을 간단다." 내가 어릴 때 할머니께서 종종 하시던 말씀이다. 어린 손녀의 수저 잡는 습관을 바로 잡아 주기 위해서 하신 말씀임을 안다. 그런데 나의 경우, 그 말이 맞기라도 하듯 나는 신기하게도 경기도 사람이 우리나라의 제일 남쪽 끝 거기서도 또 배를 타고 갈 수 있는 경상남도의 섬 남해도 출신 남자와 결혼하였다.

나의 남편은 그 남해도의 어촌마을에서 태어났다.

큰 배를 3척이나 운영하는 부유한 선주 집에서 태어나 소년 시절을 유복하게 성장한 그에게는 꿈이 있었다. 이 섬에서 벗어나 대처로 나가 성공하는 것이었다. 시아버님은 딸 셋을 낳고 얻은 귀한 아들을 고등학교와 대학을 부산과 대구로 유학을 보내시며 아들에 대한 기대가 크셨다. 아들 또한 아버님의 기대에 부응할 만큼 명문대학 영어교육과에 입학하여 아버님께 보람이 되었다.

이러한 남편에게 운명의 신은 그를 흔들어놓았다. 대학교 일학년 추석 무렵, 들이닥친 태풍 '사라호'에 선박 3척을 잃고 집안이 풍비

박산되어 파산지경에 이르렀다.

이때부터 남편은 학비 걱정을 해야 했고 가정교사 등 아르바이트로 학비를 벌어야 했다. 대학교 졸업 후 경기도로 희망하여 장호원고등학교로 발령을 받았다. 두 번째 학교인 수원여자고등학교에서 나와 인연이 되어 결혼하게 되었다.

남편은 경기도 고등학교로서 만족하지 않고 서울 시내 채용고시에 응시하여 서울시 고등학교 교사가 되었다.

결혼 후 우리는 금호동 산동네에 신혼살림을 시작했지만 처음부터 우리 식구는 네 사람 또는 다섯 사람이었다. 남편이 직장을 가지면서부터 동생들을 데리고 살며 공부를 시켜야 했기 때문이다. 남편은 집안의 경제는 물론 동생들의 교육 및 장성한 동생의 취직 문제까지 돌보며 아버지의 역할을 대신하는 몰락한 집안의 맏형이었다. 그런 중에도 자기의 대학원 공부까지 하였다.

부부 교사로 우리는 맞벌이를 했지만, 생활비가 항상 모자라고 쪼들렸다. 우리 아이가 생기면서부터는 더욱더 힘이 들었다. 남편을 도와줄 사람은 아무도 없었다. 사회에서 흔히 말하는 소위 '빽'이라는 것은 그림자조차 찾을 수 없었고 다만 사방에 도움받기를 원하는 사람들뿐이었다.

그의 어깨에는 짊어진 짐이 너무 많았다. 몰락한 가문을 일으켜 세워야 하는 대 장손의 의무, 늙으신 부모님을 봉양해야 하고, 부모님의 정신적 지주인 맏아들로서 실망을 드리지 않으려는 안간힘은 처절하기까지 했다. 그러기에 다섯 명의 동생들에게는 아버지 같은 맏형으로서 교육과 장래를 위한 길을 잡아주기에 노심초사였다. 또

한 4남매의 아버지로, 남편으로서 역할도 빼놓을 수 없는 일이었다.

이런 상황 속에서도 남편은 남다른 투지와 끈기로써 꿋꿋이 잘 버티었고 학교에서도 실력을 인정받고 교육부 국제교육을 담당하는 연구사로, 대학교수 공채시험과 유학을 하기 위한 장학재단의 시험 등 수많은 시험을 통과하면서 계단을 오르듯이 한 걸음 한걸음 성실하게 경력을 쌓아 왔다.

기나긴 세월, 걸어온 길은 순탄치 않았고 어려웠어도 여러 가지 인생경로와 교육계의 실무와 행정을 두루 거친 경력이 사범대학 학생들을 지도하는데 밑거름이 되었으리라. 남편은 43년을 오로지 교육에만 종사하여 인재 양성에 일생을 다 바쳤다. 자기 발전에도 분발하여 총장님과 동료 교수들에게도 인정받아 교수에서 학장으로, 연수원장, 부총장으로까지 발전하고, 동료 교수들의 총장출마 권유도 받았으나 정년을 2년 앞두고 있어 사양하고 오늘의 정년퇴임을 맞이하게 되었다.

그 흔한 재테크도 모르고 현실에 어두운 남편이 가끔 불만스러울 때도 있었으나 오직 바른생활의 본보기로 흐트러짐 없이 올곧은 선비정신으로 안에서나 밖에서나 모범을 보이며 살아온 남편이 존경스럽다.

남편의 나이 65세, 인생의 제1막은 내리고 제2막이 시작되려 한다. 이제 긴 여로의 무거운 짐을 다 내려놓고 편안한 마음과 즐거운 마음으로 건강 유지하는 남편의 인생 제2막의 생이 되길 바래본다.

그리스 신화 속을 거닐다

'페레우스' 항구에 배가 정박하였다. 간단한 아침 식사 후에 버스로 다시 이동하였다. 도심을 지나며 차창 밖에 보이는 오고 가는 그리스인들에게서 묘한 개성을 느꼈다.

오뚝한 콧날, 깊숙한 눈, 검은색과 흰색을 즐겨 입는 모습에서 철학적이라 할까 사색적이라 할까…. 하늘하늘 늘어지며 휘감기는 여신들의 흰색 드레스가 연상되며 신화의 나라다운 신비감을 자아내게 하였다.

다시 버스는 해안선을 끼고 산모롱이를 돌아간다. 어쩌면 바닷물의 빛깔이 저리도 고울까, 지중해의 바닷물은 다 저렇게 고울까? 에메랄드 색깔이다.

한참을 가다가 길가에 잠시 내려서 멀리 보이는 바다의 신 '포세이돈' 신전을 바라보았다.

신전은 바닷가에 있는 높은 산꼭대기에 세워져 있다. 지금은 몇 개의 기둥만 남아 있으나 그 산을 에워싸고 있는 망망한 바다, 고기를 잡으러 나간 어부들은 그 세찬 바람과 산더미 같은 파도가 얼마나 두려웠으랴. 그래서 바다 어느 곳에서나 잘 보이는 높은 곳에 신을 모셔놓고 고기잡이 나가기 전에 제사를 지내며 무사 귀환을 빌었을 것이고 바다 한가운데 떠 있어도 이 신전을 향해 구원을 빌었을 것이다.

버스는 한참을 달려서 산위로 올라 '포세이돈' 신전 앞까지 우리를 실어다 내려놓았다. 가까이 와서 보니 기둥 몇 개만 남은 신전이 허망해 보였으나 삼천 년의 세월을 견디어 아직도 저리 버티고 있음이 놀랍다.

바다가 내려다보이는 가든 찻집에서 싱그러운 오렌지 주스를 마시며 초등학교 시절에 읽었던 '그리스 신화'에 등장했던 신들의 이름들을 떠올려 보았다.

바로 눈앞에 보이는 '포세이돈'을 비롯하여 '태양의 신' '물의 신' '제우스신' '헤라여신' 사랑의 신 '에로스'… 등의 여러 신들과 그들에 얽힌 이야기들을 떠올리며 나는 잠시 그리스 신화 속으로 들어갔다.

우리 일행은 다시 아테네로 이동하여 '아크로폴리스' 언덕 위에 '파르테논 신전'으로 향했다.

아크로폴리스 언덕은 해발 150미터, 시가지로부터는 70미터의 높이에 있어 힘든 등산코스였다. 뜨거운 햇볕을 받으며 숨을 헐떡이며 올라갔다.

파르테논 신전에 다다르니 그 어마어마한 규모와 섬세하게 조각된 예술품들의 솜씨에 놀라움을 금할 수 없었다.

이 신전은 BC 4세기경에 페리클레스가 설계하고 조각가 피아디아스가 총 15년이나 걸려 완성한 것으로 그리스의 많은 신전 중에

원형이 가장 잘 보존되어 있는 건축물로 현재 UNESCO 고적 1호로 지정되어 있다.

기둥 한 개의 지름이 1미터가 넘어 보이고 높이도 15미터가 넘는 대리석 원기둥이 줄지어 서 있다. 더구나 그 육중한 기둥 밑에 받침대를 조각해 받쳐 놓은 도리아식 기둥은 예술적 가치로도 세계적으로 높이 평가되고 있었다.

그런데 특별한 장비도 없었던 그 옛날에 육중한 대리석들을 이렇게 높은 곳까지 어떻게 운반했으며 또 그것들을 조각하고 건축을 했을까 정말 불가사의한 일이었다.

"인간은 약하고 신은 강하다."라는 말처럼 그리스 사람들은 모든 길흉화복을 신에게 빌었고 그러기 위해 이 높은 곳에 신전을 짓고 이곳에서 제사를 지내고 멀리서도 이곳을 바라보며 행운을 빌었을 것이다.

아크로폴리스에 있는 신전 중에서 더욱 인상 깊었던 신전은 아름다운 여인들이 기둥이 되어 신전 건물을 머리로 받쳐 이고 있는 듯이 조각한 에크레티온 신전이었다.

여인들의 아름다운 얼굴 모습이며 매끄러운 팔, 바람에 나부낄 것 같은 하늘하늘한 하얀 옷자락이 휘감겨진 옷, 그 위로 드러나 보이는 아름다운 다리의 곡선, 금방이라도 걸어서 나올 것 같이 생동감 있어 보이는 조각품은 현대의 어느 예술가의 솜씨로도 그것을 능가하지 못할 것 같았다.

신을 향한 인간의 의지 또한 대단하다는 생각을 하며 그리스 신화 속을 걸어서 아크로폴리스를 내려왔다.

양산을 받쳤어도 뜨거운 태양 볕 아래 지열이 훅훅 올라오는 그리스의 더위는 대단하였다.

언덕 아래에 있는 상점에서 아이스크림을 한 개씩 사먹고 나서야 비로소 몇 천 년 전의 타임머신에서 깨어난 듯 정신이 번쩍 들었다.

인간은 약한 존재다

아침 일찍 '에기나 섬'으로 가는 유람선에 올랐다. 이 섬은 우리나라의 일개면 만한 작은 섬이지만 그곳에는 세계적으로 유명한 '아기오스 넥타리오스'라는 세계적으로 유명한 성당이 있어 이곳을 찾는 관광객들이 많다고 한다.

'넥타리오스'라는 신부님이 그리스도의 복음을 전하고자 이 섬에 처음 상륙하였을 때 섬 주민들은 처음에는 그를 냉대하였다. 그러나 신부님은 그들에게 농사짓는 법과 고기 잡는 법도 가르치고 이 섬 높은 언덕의 쓸모없는 땅에 피스타치오 나무를 모두 심어 과수원을 만들게 하여 부자 섬이 되게 하였다. 또한 넥타리오스 신부님은 병 고치는 은사를 받은 분이라 이 섬 주민들이 병이 나서 그 신부님께로 가면 그의 오른 손을 환자의 머리 위에 얹고 하나님께 기도를 하면 병이 다 나았다는 이야기가 전해 내려온다.

또한 이 섬 주민들이 성당을 짓고 존경하는 넥타리오스 신부님의 이름을 따서 '아기오스 넥타리오스'성당이라 불렀다.

후일 넥타리오스 신부님은 이 섬에서 돌아가셨고 시신은 로마 교황청 카톨릭 묘지에 묻혔으나 "나 죽은 후에라도 나의 손이 필요한 사람들을 위하여 나의 오른손은 이곳에 두라"는 신부님의 유언에 따라 신부님의 오른손만 관에 담겨져 이 성당에 안치되어 있다. 그 후부터 누구나 신부님 관에 오른 손을 얹고 소원을 빌면 소원이 이루어지고 병도 낫는다 하여 이곳을 찾아오는 사람들이 많다고 한다.

우리 일행도 성당 안으로 들어갔다. 성당 안에는 촛불이 켜 있고 우리는 성스러운 기운에 눌려 숨소리도 죽여 가며 까치발로 걸어서 신부님의 오른손이 안장되어 있는 곳으로 갔다. 많은 사람들이 길게 줄을 서서 기다리는 가운데 드디어 내 차례가 되어 신부님의 관 앞에 섰다. 비록 손 한 짝이 담겨져 있다 해도 관의 크기는 몸 전체가 들어갈 만큼 큰 것이었고 관 뚜껑에는 화려하게 조각을 하고 금테로 장식을 하여 웅장하고 성스러워 보였다. 나도 눈을 감고 관위에 오른손을 얹은 후 소원을 빌고 하나님께 기도하였다.

돌아오는 배에는 사람들로 가득하였다. 그들은 넥타리오스 신부님 관에 오른 손을 얹고 무슨 소원을 빌었을까?

어제 아테네에서 아크로폴리스의 신전들을 보았던 모습들이 떠오른다. 삼천 년 전 신전을 지어 놓고 신께 제사를 드리며 빌었던 고대 그리스인들이 있었고, 3천년이 흐른 오늘날에도 '아기오스 넥타리오스' 성당을 지어놓고 그곳에 안치된 신부님 관에 손을 얹고 소원을 빌고 성당에서 예배드리고 기도하는 사람들이 있다. 또 불당을 지어 놓고 불공을 드리는 불교신자, 교회를 지어놓고 기도드리는 기독교인들… 형식은 달라도 고대 그리스인과 현대인이 무엇이 다르랴 !

역시 인간은 약한 존재이다. 그리하여 인간은 예나 지금이나 신에게 의지하며 신의 은총을 기다리며 사는 것이 아니겠는가?

나는 이번 여행에서 '그리스 신화' 속을 거닐며 신과 인간에 대하여 다시 한 번 생각해보았다.

촛불시위

오늘도 TV 뉴스를 보다 가슴이 두근두근하며 불안과 공포에 휩싸인다.

6월 한 달 내내 수입 쇠고기 문제로 촛불시위가 폭력시위로 발전했다. 이제는 시위군중 속에서 불길도 활활 치솟는다. 경찰들과 충돌로 시위자도 경찰도 부상자가 속출하고 경찰차로 기어오르는 사람들, 경찰차를 밧줄로 묶어서 전복시키려고 영차영차 하며 잡아끄는 사람들 … "청와대로 가자" 하며 몰려가는 사람들, 이를 저지하려는 경찰들.

6·25 한국전쟁 때, 피난길에서 대포소리 속에 떠나온 고향 마을 쪽을 뒤돌아보았을 때 폭격으로 산 너머 고향하늘이 벌겋게 불타는 것을 바라보며 공포와 불안에 떨었던 그때의 기억이 지금 이 시점에 떠오르는 것은 웬일일까.

촛불!

촛불은 참으로 묘한 힘을 가졌다.

소리 없이 자기 몸을 태우면서 세상을 환하게 비추는 촛불, 성당

안에서 두 손 모아 조용히 기도를 드릴 때면 그 누구도 범치 못할 성스러운 분위기를 자아낸다. 또한 촛불은 신비로운 분위기를 연출하며 사람의 마음을 안온하게 하여 연인들이 사랑의 프러포즈할 때도 자주 등장한다. 내가 학교 재직시절 경험한 바로는 '부적응 학생들을 위한 수련원 프로그램'에서 촛불 의식은 부정적이던 감정들을 깨끗이 정화시키는 효력도 있었다. 또, 2002년 월드컵 때의 촛불집회는 응원과 함께 온 국민들의 긍정적인 힘을 한 덩이로 결집시켰던 위력을 보여주기도 했었다.

그러나 이 6월에 소란스럽게 계속되는 촛불시위는 그 어느 것과도 성질이 다르다. 평화적인 집회라는 미명으로 시작하여 군중들의 마음을 한쪽으로 불길처럼 유도하려는 횃불시위라고 표현하는 것이 옳을 것이다. 이제 의사 전달은 충분이 되었고, 잘못된 것들도 수정됐다. 그러나 다시 정부가 물러나라는 시위로 불이 붙었다. 나라의 살림이 어디 쇠고기 문제 한 가지만 가지고 운영하는 것인가? 지금, 해결해야 할 나라의 중요한 큰일들이 산적해 있는데, 쇠고기 문제 한가지로 한 달이 넘도록 소란을 피운단 말인가?

나의 의견이 중요하다면 남의 의견도 들을 줄 알아야 한다. 남의 말은 들으려고도 하지 않고 '내 말대로만 해라 그대로 안 하려면 너는 물러나라'고 외치는 그들이 민주주의를 바로 아는 사람들일까? 상대방의 의견을 들었으면 시간을 두고 기다리는 자세도 있어야 한다.

요즘 우리 사회는 국민들 스스로가 제 살 깎아 먹기식으로 서로 물고 뜯고 싸우는 소리뿐이다.

매일 데모대들만 쫓아다니는 그 많은 경찰, 민생의 치안은 누가 하며, 정치하는 국회의원들은 회의 한 번 제대로 하지도 않고 싸움만 하고 있다.

이 나라가 일제 36년에서 어떻게 찾은 나라인가. 또 6·25 한국전쟁의 폐허 속에서 얼마나 어렵게 발전시켜 놓은 나라인가? 6·25 한국전쟁을 모르는 세대들이 갑론을박하며 원초적인 육탄공세로 창피한 꼴을 세계만방에 광고하고 있는 듯하다.

촛불시위자들의 구호처럼 국민을 생각하는데 촛불시위의 의의가 있다면 쇠고기 문제에만 매달리지 말고 오히려 '금강산관광 중에 관광객이 억울하게 총 맞아 죽은 사건'을 아직도 진상조사조차 거부하는 북한에 대하여서나, '독도를 자기 땅이라고 우기는 일본'에 대하여 대한민국의 국민으로서 촛불집회라도 하여 일본의 야비한 속셈을 세계만방에 알리는 것은 어떠할지.

"나라와 국민을 생각하는 청장년들이여! 앞으로의 이 나라는 그대들이 살아갈 나라이고, 우리 후손들의 나라입니다. 폭력적인 시위로 정부와 맞서서 정부퇴진을 외치는 극단적인 표현보다는, 사방이 강대국으로 둘러싸인 우리나라의 입장을 실리적이고 고단수적인 외교를 위해 조용한 가운데 성숙한 자세로 대처함이 진정 나라를 생각하는 국민의 태도가 아닐까 생각합니다."

2008년 6월에

칭키스칸의 후예들

이번 몽골 여행은 평소에 오지체험을 하고 싶어 했던 나의 욕구를 다소 채워 줄 수 있을 것 같다. 설레는 마음으로 비행기에 올랐다.

울란바토르 공항에 도착한 것은 7월 24일 밤 11시 20분, 한국에서 4시간여 정도의 거리에 있는 가까운 나라다. 우리나라 시골 버스 터미널 정도의 공항을 통과해서 플라워 호텔에 투숙했다. 몽골의 수도라고는 하지만 관공서 건물과 호텔의 건물로 보아 우리나라의 50년대를 연상하게 했다.

7월 25일

오전에 자이산 전망대에 올랐다. 전쟁에 승리한 기념으로 세운 탑이다. 그들이 전쟁을 하게 된 내력과 소련군이 합세하여 승리하였다는 것을 그림으로 표현한 벽화를 보며 항상 약한 나라를 노리는 강한 자의 흑심을 읽을 수 있었다. 전쟁을 이기도록 도와준 대가로 소련의 지배하에 들어가 사회주의 국가로 살아야만 했던 몽골의 역사를 말해주는 곳이기도 했다. 왠지 우리나라의 역사가 떠오르며 씁쓸

한 기분이 들었다.

몽골에는 3개의 강이 있다고 한다. 그 강들 중에서 제일 큰 강이라는 톨강과 시내를 자이산 전망대에서 내려다볼 수 있었다. 높고 큰 건물은 모두 공산당사 또는 인민위원회 회관으로 사회주의 국가의 흔적이 그대로 남아 있었다. 사방을 둘러봐도 나무 한 그루 없는 황량한 벌판인데 이곳이 이 나라의 수도가 된 것은 강을 따라 양쪽으로 나무들이 어우러져 자라고 강을 중심으로 도시가 형성되었기 때문인 것 같았다.

이곳을 떠나 이태준 열사의 기념관을 돌아봤다. 그는 의사로서 일제에 빼앗긴 조국을 되찾기 위해 독립운동을 하고 이런 불모지에서 의술을 펼쳐 몽골 왕의 주치의까지 되었다가 결국 백 러시아인에게 죽임을 당했다. 의로운 한국인, 이태준 열사를 생각하니 마음이 숙연해졌다. 오늘의 한국 사회는 개인주의, 이기주의만 팽배하다. 나라와 민족을 걱정하며 돈보다 의로움에 목숨을 걸 수 있는 사람이 과연 얼마나 될까, 의롭게 살다 가신 이태준 열사의 명복을 빌었다.

다음은 몽골의 국립공원이라는 테렐지로 향했다. 비포장도로 위를 먼지를 풍기며 달리는 덜컹거리는 버스에서 차창 밖을 바라보았다. 우리나라 초원에서는 싱싱한 풀이 흔하게 자라는데 이곳은 사람의 손이 닿지 않는 원시의 초원이기는 하나 바위산뿐이고 나무 한 그루 보이지 않는 벌판의 연속이었다. 비가 적게 내려 건조하고 토질 또한 척박하다. 흙이 30cm 깊이밖에 안 되고 그 밑은 자갈이라고 한다. 그러하니 죽지 못해 겨우 살아가는 듯한 뻣뻣하고 강한 풀들이 쨍쨍 내리쬐는 햇볕에 항거하고 있는 듯했다. 그러나 때때로

양떼들이 풀을 뜯고 있는 모습과 말을 탄 목동이 양을 모는 광경이 보인다. 이렇게 척박한 땅에서 살아가는 사람들에게 유목 이외는 달리 선택의 여지가 없을 것이다.

테렐지로 들어가는 입구에서 말타기 체험을 했다. 처음에는 겁이 났으나 한참 가다 보니 괜찮았다. 그런데 앞에서 말고삐를 잡고 가는 마부는 거의 소년 소녀들이었는데 그 중에는 일곱 살 난 남자아이와 여자아이도 있었다. 그들은 어릴 때부터 말 타고 말을 부리며 살아서인지 겁도 없이 말을 아주 잘 다루었다. 커다란 말이 꼬마 주인이 이끄는 대로 순순히 따라가는 모습이 경이로웠다. 유목생활을 하는 그들에겐 그 넓은 평원을 다니자면 말을 타는 것은 필수였을 것이다. 이렇게 어릴 적부터 늙을 때까지 말을 타서인지 사람들의 체형을 보면 방골이 위로 올라갔으며 하체가 약해서 걸음을 잘 못 걷는 늙은 사람들을 길에서 가끔 볼 수 있었다.

말타기를 끝내고 거북바위를 보러 갔다. 지금까지 넓은 평원에 나무 한 그루 없는 바위산이 군데군데 있는 것을 보았는데 테렐지 입구로 들어서면서는 기묘하게 생긴 바위들이 마치 벽돌을 쌓은 듯이 포개지고 겹쳐져서 여러 가지 기이한 모양을 이루고 있었다. 거북이처럼 생겨 흙 한 점 나무 한 그루 없이 바위만 이렇게 포개진 것이 신기하기만 했다. 예전에는 이 산에도 흙이 덮여 있었는데 바람과 비에 씻겨 없어지고 바위들만 오롯이 남은 것이란다.

저녁 늦게 테렐지에 도착해서 유목민들의 주택인 겔에서 여장을 풀었다. 유목민이 살고 있는 집에서 묵는 줄 알았으나 이곳에도 관광객들이 많이 오니 우리나라에서 펜션을 짓듯이 유목민 주택형태인 겔을 많이 지어놓고 손님을 맞이하는 것이다.

하나의 겔에 4명씩 배정이 되어 12개의 겔에서 우리 일행이 묵었다. 골짜기에는 도랑 같은 물도 흐르고 산에는 침엽수 나무들이 푸른색을 띠고 곧게 자라고 있었다. 그러나 이곳도 산 아래쪽은 푸른색이나 위로 올라갈수록 누런색으로 나무들이 말라 죽어가는 것이 보여 안타까웠다. 하지만 겔을 지어놓은 초원에는 풀들도 무성하고 여러 가지 야생화가 피어 있었다.

여자 일행들은 꽃을 따서 머리에 꽂기도 하고 사진을 찍느라 분주했다. 에델바이스, 엉겅퀴꽃, 패랭이꽃… 보라색, 흰색, 분홍색의 꽃이 초록색 풀과 어우러져 모처럼 초원다운 초원에 왔다는 기분이 들었다. 에델바이스가 지천으로 널려 있었다. 에델바이스는 고산식물인데 이곳이 해발 1,650m나 된다니 그럴 만도 하다. 그러나 너무 흔하니까 〈에델바이스〉란 노래 가사나 멜로디에서 느꼈던 고상한 아름다움은 느낄 수 없었다.

몽골인의 전통음식으로 저녁 식사를 하고 풀밭에 둘러앉아 우리 일행은 소년 소녀들처럼 동요로 돌림노래를 부르며 자연을 만끽했다. 원시의 자연 그대로였다. 초원도 꽃들도 나무도 바람도 바위도… 이곳에 오면 밤하늘의 별 구경이 일품이란 말을 들은지라 하늘을 바라보며 별이 나오기를 기다렸으나 결국 '후드득 후드득' 비가 내리기 시작한다. 별을 못 본 실망감으로 모두 자기 겔로 들어가 잠을 청했으나 겔의 지붕 위에 떨어지는 빗소리에 잠이 오지 않았다.

비가 멈춘 듯하여 잠깐 나가 보니 과연 하늘은 온통 다이아몬드같이 빛나는 별들로 가득했다. 공기가 맑아서일까 더 빛나고 선명해 보였다. 겔로 들어와 잠이 들려고 하는데 그새 또 날씨가 변하여 비 내리는 소리가 들린다. 비도 우리나라처럼 '부슬부슬' 내리거나 '주룩주룩' 내리는 것이 아니라 지붕 위에 조금 '후드득 후드득' 소리를 내며 땅도 적시지 않을 정도의 비만 온다. 이런 기후 때문에 몽골의 대지는 건조하고 물이 귀한 모양이다.

7월 26일

겔에서의 하룻밤을 자며 색다른 체험을 하고 다시 울란바토르로 가는 도중 유목민이 사는 어느 겔에 들러 그들의 실제 생활을 보았다. 4평 정도의 겔 안에서 여러 식구가 숙식을 해결하며 살고 있었고 그들은 이곳저곳을 유랑하며 다니므로 아이들 교육이 문제라서 200km나 먼 곳에서 울란바토르 근교로 왔노라고 했다. 처음 보는 우리에게 마유주를 내놓고 권하는 친절함과 순박함을 보며 마치 우리나라 옛날 시골 아낙네를 보는 듯한 느낌이 들었다.

버스는 한참을 달리다가 울란바토르로 가는 길에 어느 벌판 가운데 우리를 내려놓았다. 돌궐(투르크족)족의 한 장군이었던 톤유 크르브란 재상이 생전에 세웠다는 공덕비를 보기 위해서다.

우리를 안내하는 가이드의 박식한 설명에 우리 조상 중에는 돌궐족(투르크족)의 피가 흐르고 있을지 모른다고 생각하며 다시 이동하여 울란바토르 외곽에 있는 간등사에 들렀다. 그들의 종교는 티벳의 라마불교이다. 몽골을 점령했던 러시아의 몽골족 말살정책으로 아들을 낳으면 1명만 남기고 모두 라마승으로 만들어 라마불교의 번성을 가져왔다고 한다. 하지만 종교를 인정하지 않는 사회주의로 바뀌면서 소련은 그들의 우상인 부처를 부수어 주조 제작에 쓰는 등 많은 수모를 당했다. 소련의 지배에서 벗어나면서 전 국민이 모금해서 관세음 보살상을 세웠다는데 그 높이가 24m나 되는 장대한 것이었다.

다음은 몽골의 마지막 황제인 보흐트칸이 겨울에 머물렀다는 궁전에 들러 건물구조와 그들이 썼던 유품들을 보았다. 유목민의 왕답게 화려하다기보다는 소박했다. 유목민은 가축들의 먹이를 찾아 항상 옮겨 다니므로 물건이나 재산에 욕심이 없다고 한다. 그리하여 있으면 있는 대로 없으면 없는 대로 나누어 먹는 민족이었다. 또한 겔을 짓고 살다가 떠날 때는 간단히 집을 뜯어 말에 싣고 옮아가면 되니까 건축에 대하여 신경을 쓸 것이 없고 또한 자녀들을 교육시킬 수도 없어 교육 수준이 낮다고 한다. 그래서인지 몽골에는 문화유산으로 볼 만한 건축물이 별로 없고 러시아인이 지은 사회주의 상징인 인민위원회 건물, 공산당당사 등만이 있었다.

이제는 시장경제를 받아들이고 자본주의 사회로 바뀌는 단계라서 도시에는 새로 짓는 건축물도 많이 눈에 띄고 스위스 마을이라고 하는 별장촌이 생길만큼 경제가 발전하고 있다. 재미있는 것은 몽골인 중에는 건축기술자가 없어서 이런 건축물을 짓는 재료도 모두 중국에서 가져오고 건축기술자 또한 중국인이 짓는다고 한다.

7월 27일

오늘은 자연사 박물관에 들렀다. 몽골 땅에 공룡이 많이 살았던 곳이란 것을 증명하는 공룡의 화석을 많이 보았다. 또한 그렇게 기후와 생활 여건은 좋지 않지만, 우리나라의 16배나 되는 넓은 땅에

구리와 석유를 비롯해서 많은 종류의 지하자원이 매장되어 있는 통계표를 보고 몹시 부러웠다. 몽골은 희망이 있는 나라다. 발전할 잠재력이 있는 나라다. 훌륭한 지도자가 나라 운영만 잘한다면 세계에 우뚝 설만한 나라라는 생각이 들었다.

마지막으로 이번 여행의 본 목적인 심포지엄 행사를 위하여 울란바타르 대학에 3시쯤 도착했다. 본 행사 전에 이 대학 총장이신 '尹淳在' 총장님과 만나 이런 불모지에 오신 내력과 대학을 세우기까지의 감동적인 이야기를 들었다. 언젠가 〈한국의 여인상〉이란 시리즈 내용으로 신문에서 읽었던 고려인 '기황후' 이야기와 먹고살기 위해 8세 때 간도 지방으로 이민 갔던 경북 안동태생 '이분순' 여인의 이야기에서 한국인은 역경을 극복하여 그것을 성공으로 이끌어내는 인내와 끈기가 있다는 것을 알았는데 '尹淳在' 총장님에게서도 그러한 기질을 찾아볼 수 있었다.

오후 4시가 되어 드디어 '심포지엄'이 열렸다. 한국 교수 2명, 몽골 교수 2명이 주제 강연을 하였다.

한국측 연사는 몽골인과 한국민족의 공통점을 내용으로 한 학술적인 것이었고, 몽골측은 기초적인 문예사조와 애국시를 쓴 시인들의 작품을 소개하였다. 울란바토르 대학은 우리나라의 연세대학교 설립이 그랬듯이 선교사인 '尹淳在' 목사님이 기독교적인 사랑과 봉사 정신으로 세운 대학으로, 몽골인들이 새로운 문명에 접하여 홀로서기를 할 수 있도록 지도자 양성을 위한 교육의 장이라고 할 수 있다. 대학 총장의 월급이 우리 돈으로 120만 원으로 열악한 생활여건 속에서 봉사하며 사는 윤총장 님이 존경스럽다.

세계를 제패했던 칭기즈칸의 후손들, 그들에겐 아직도 용맹스럽고 현명한 칭기즈칸의 피가 흐르고 있겠지만 그들이 지금처럼 침체되어 있는 것은 유목 생활을 하며 욕심 없이 사는 생활 태도와 좋지 않은 기후 등 열악한 환경 탓도 있으리라. 그러나 무엇보다도 칭기즈칸 이후로 통치자를 잘못 만난 데에 결정적인 원인이 있지 않을까 생각한다. 그들의 어려운 생활을 보며 왠지 모를 연민의 정이 느껴진다.

우리나라 역사에도 한때 광개토대왕 같은 훌륭한 지도자가 있었던 시대도 있었다. 반만년을 가난에서 탈피하지 못하다가 1960년대에 와서야 겨우 고개 들고 일어나 기지개를 켰으나 아직 세계를 향한 날갯짓도 제대로 못해 봤는데 요즈음 점점 심각해지는 경제난이 걱정스럽다.

또한 이번 여행에서 기독교 정신으로 자기를 희생하면서 선교하는 '김병권' 선생님의 따님 내외와 '윤순재' 목사님의 봉사정신에 감동하였던, 사람이 아름답고 보람 있게 산다는 것이 어떤 것인가를 다시 한번 생각하게 되었다.

뒷모습이 아름다운 사람

다시 봄이 왔다. 2010년의 봄이 온 것이다. 온 세상이 연두색이다. 나의 산책길도 모두 파랗다. 반지르르한 느티나무의 어린잎들이 생기를 뿜어내고 있다. 은행나무 가로수의 가지들도 연두색에서 점점 진하게 변해간다. 들판에 채마밭에도 각종 채소들이 저마다 얼굴을 내밀며 쏘옥쏘옥 올라오고 있다.

산책에서 돌아오는 길 아파트 화단에 철쭉꽃이 만발하여 그쪽으로 발길이 향해졌다. 진분홍의 철쭉꽃이 아직도 이슬이 다 마르지 않은 채 싱싱한 젊음을 뿜어내고 있다. 따스한 봄 햇살을 받으며 화단 전체에 무더기로 피어난 진분홍의 꽃 무더기이다.

완숙한 30대 여인같이 활짝 피어 젊음을 과시하는 꽃, 방싯이 고개 들고 20대 처녀같이 갓 피어난 꽃송이. 수줍음을 잔뜩 머금고 반쯤 벌어진 17세 처녀 같은 꽃 봉우리. 금방이라도 터질 듯이 한껏 부풀어 오른 사춘기 소녀 같은 꽃 봉우리. 아직 조그맣고 귀여운 아기 망울!

봄은 역시 좋구나! 젊음은 참 좋은 것이다. 내게도 봄이 왔다. 나도 생기가 나고 힘이 솟는 듯했다. 그런데 벌써 저 속에는 지는 꽃도 있다. 저것은 꼭 내 모습 같구나!

나는 철쭉꽃의 아름다움에 취해 한동안 그 자리를 떠날 줄을 몰랐다. 해마다 봄이 되면 젊음이 되돌아오는 식물들의 일생이 부러운 생각도 들었다. '만약, 사람도 식물처럼 한 살이가 다시 시작되어 진행한다면 지난날 내 삶의 후회스러웠던 일부를 수정해 볼 수 있을 텐데…' 하는 부질없는 생각에 쓴 웃음을 지으며 아파트 현관에 들어섰다.

오후에는 봄맞이 대청소를 하려고 부산을 떨고 있는데 '딩동!' 벨 소리가 울린다. 현관문을 열자마자 손녀가 "할머니!" 하며 두 팔을 벌리고 와락 품에 안긴다. 그 뒤에는 아들 내외가 함박웃음을 웃고 서있다. 나의 꽃들과 꽃 봉우리가 온 것이다. 시들어버린 꽃, 나의 뒤에서 그들이 계속해서 피어나고 있는 것이다.

식물도 봄, 여름, 가을, 겨울을 겪으며 고목이 되어 가듯이 인간도 4계절을 해마다 겪으며 새싹도 나오고 꽃도 피우고 열매를 맺으며 고목이 되어가는 것이 아니겠는가. 이봄은 70번째로 내게 다시 찾아온 봄이다.

자연의 오묘한 질서와 법칙에 새삼스레 감탄하였다. '그 자연의 일부인 나도 그 자연에 순응하며 살아가는 것이 아니겠는가.

뒷모습이 아름다운 사람이 되자.

문득 이형기 시인의 시 〈낙화〉가 생각났다.

가야 할 때가 언제인가를

분명히 알고 가는 이의
뒷모습은 얼마나 아름다운가

봄 한철
격정을 인내한
나의 사랑은 지고 있다.

분분한 낙화
결별이 이룩하는 축복에 싸여
지금은 가야 할 때

무성한 녹음과 그리고
머지않아 열매 맺는 가을을 향하여

오솔길 중창단

정년퇴직 후 무료한 시간을 즐겁게 지내볼 요량으로 노인복지관 가곡반에 등록하였다.

나는 서너 종목 등록한 중에 어려서부터 노래 부르기를 좋아했던 까닭인지 가곡반이 제일 즐겁고 만족스러웠다. 고교 시절 음악 시간에 부르던 가곡들, 외국민요, TV에서 성악가들이 멋지게 연주하면 부러운 마음으로 흥얼흥얼 따라 불렀던 새로운 가곡들….

악보를 보며 피아노 반주에 맞춰 선생님이 선창하는 노래를 같이 부르다 보니 평소에 내가 혼자 부를 때 자신 없었던 부분도 이제는 확실하게 알게 되었고 남 앞에서 노래 부르기에도 자신감이 생겼다. 오후 2시부터 한 시간 동안 6~8곡의 노래를 부르다 보면 어느새 한 시간이 훌쩍 가버려 수업이 끝난 후에는 아쉬움이 남았다. 가곡반 수업이 끝나고 모두 돌아간 후에도 몇몇 사람이 음악실에 남아서 몇 곡 더 목청껏 불러 보고 기분이 좋아져서 집으로 돌아가곤 했다. 이렇게 남아서 노래 부르는 사람들끼리 가곡반 동아리를 만들기로 했다. 성악이 전공이신 선생님도 남으셔서 우리랑 같이 노래도 부르고 지도도 해주셨다. 그리고 가끔 '카르소' 같은 테너의 목소리로 독창한 곡을 뽑으실 때면 동료들의 환호성이 건물을 뒤흔들었다.

이렇게 즐기던 어느 날 선생님의 제안으로 이 동아리를 중창단으로 만들어 봉사활동을 하자, 병원 등에 위문공연도 하고 행사에서 초청이 있으면 가서 노래도 부르자 하여 의기투합 '오솔길 중창단'이 탄생하였다. 테너 4명 앨토 4명 소프라노 4명 반주자 한 명 지휘자 선생님, 모두 14명이 중창단원이다. 선생님께서 곡 선택을 하셨는데 악보도 많이 가져오셨다. 〈보리밭〉〈오빠생각〉〈선구자〉〈아가씨들아〉〈이 몸이 새라면〉 등 화음이 아름답고 부르기 쉬운 곡들이었다.

오솔길 중창단원들은 매주 화요일 가곡반 정규 시간이 끝난 후 3시부터 4시까지 1시간씩 더 열심히 연습했다. 어떤 날은 시간 가는 줄도 모르고 5시를 넘기기도 한다. 이럴 때면 J씨든가 누군가가 나서서 "오늘은 저녁 식사하고 갑시다. 내 생일이니 내가 내겠습니다." 해서 즐겁게 저녁 식사까지 마치고 돌아가는 때도 종종 있다.

드디어 복지관 강당에서 창립 연주회를 성황리에 마치고, 첫 번째 봉사활동연주회를 하려고 세곡동에 있는 '행복 요양병원'으로 갔다. 단원들은 선생님의 갤럭시 12인승 자동차에 타고 나머지 인원은 K씨 승용차에 나누어 탔다. 선생님 차 트렁크엔 선생님 개인 소유의 '신디사이저'도 실었다. 우리가 연주할 방에는 피아노가 없으므로 반주를 위한 준비물이었다. 연주할 방의 크기는 학교 교실 한 개 반 정도 크기인데 조그만 무대도 있고 정면 벽엔 하얀 자막도 있어 우리가 노래할 노래 가사를 컴퓨터로 미리 쳐서 노래방 기기에서 비추이게끔 팀장님이 사전작업을 해 놓았다.

관객들이 모이기 시작했다. 대부분이 간병인이 휠체어를 밀고 들어오는 노인 환자들이다. 표정이 하나같이 우울하고 무뚝뚝하게 굳어 있다. 공연 시간이 가까워지자 그 넓은 홀이 꽉 들어찼다.

"우리 단원은 평균 나이 70세입니다. 여기 모인 여러분들 나이보다 더 높으신 분도 있지만 긍정적으로 살며 즐겁게 생활하려고 애쓰시는 분들입니다. 오늘도 여러분을 즐겁게 해 드리려고 왔으니, 우리 다 함께 행복한 시간이 되었으면 좋겠습니다."

단장님의 인사말이 끝나고 노래는 순서대로 진행되었다. 단원들의 탁월한 가창력, 아름다운 화음, 3개월 동안 갈고닦은 실력이 발휘되었다. 〈오빠생각〉〈보리밭〉 등등 관객석에선 그윽한 표정으로 진지하게 감상하는 사람, 우리가 부르는 노래를 따라 부르는 사람, 눈물을 흘리며 감상하는 사람, 박자에 맞춰 손뼉만 치는 사람, 관중들이 점점 처음과는 다르게 행복한 표정으로 변해갔다.

1부가 끝나고 2부가 시작되었다. 우리 중창단에서 가수보다 더 가요를 잘 부르는 팀장님과 전 선생님, 여가수로는 김 선생님의 무대가 펼쳐진다. 배호의 〈돌아가는 삼각지〉〈고장 난 벽시계〉〈어마나〉 등 춤까지 추니 관객석은 흥분의 도가니가 되었다.

2부 프로그램도 모두 끝내고 우리는 나주곰탕집에 모였다. 식당 2층 홀을 우리가 독차지하고 앉아서 오늘의 감회를 말하느라 왁자지껄했다. 단원들의 표정은 모두 화색이 돌아 환하고 마치 전쟁에서 이기고 돌아온 개선장군 같기도 하고, 발표 잘했다고 선생님께 칭찬받은 초등학생 같기도 했다.

"어떤 할머니는 우리가 부르는 가곡을 모두 같이 부르는 데 목소리도 좋고 그전에 음악을 전공했던 분 같았어요."

"내가 본 분은 처음엔 표정 없이 듣기만 하더니 2부 가요시간에 내가 손을 잡고 같이 노래를 부르니 밝은 얼굴로 따라 하시더라구요."

"맨 앞줄에 앉은 할아버지는 어찌나 신나게 노래를 잘 부르던지."

"앞줄 오른쪽 끝 쪽에 앉았던 할아버지 말이에요 〈오빠생각〉 부를 때 계속 울더라구요."

곰탕 한 그릇씩을 앞에 놓고 이야기는 그칠 줄 몰랐다. 조그만 것일지라도 내가 가진 것을 남에게 베푼다는 것은 참 기쁘고 행복한 일이다. 받는 기쁨보다 주는 것이 더 행복하다는 것을 새삼 깨달았다. 단원들은 모두 발그스레하게 행복한 빛으로 상기되었다.

다음 연주는 크리스마스 전날 기흥에 있는 '노블 카운티' 이다. '그날은 크리스마스 캐롤 곡들로 준비할 것'이라는 선생님의 말씀에 단원 전체가 합창이라도 하듯 "네!" 하며 웃는다. 봉사한다는 일이 이렇게 기쁜 일인 줄 몰랐다. 노블 카운티에서도 노인들에게 행복감을 줄 수 있도록 열심히 연습해야겠다.

부부의 날

외출하고 돌아오는 길에 우리 동네 상가 앞을 지나다가 제과점 쇼윈도우에 눈길이 갔다.

'5월 21일은 부부의 날'이라고 그림과 함께 큰 글씨로 쓴 포스터가 붙어 있는 것이다. 피식~ 하고 웃음이 나왔다. '어린이 날' '어버이 날' '스승의 날' 이제는 '부부의 날'로써 가정의 달인 5월을 마감하려는 것일까.

발렌타인데이, 화이트데이, 빼빼로데이 등 상인들의 상술로 소비자를 유혹하는 각종 기념일처럼, 상인들은 '부부의 날까지 만들어 사람들을 유혹하는구나, 그냥 지나치려다가 나도 모르게 제과점으로 발길이 돌려졌다. 제과점 안엔 구미가 당기는 각종 빵이 많았지만 크림과 과일로 화려하게 장식한 축하케이크들이 특히 눈길을 끌었다.

저 케이크를 사다가 촛불을 켜놓고 와인도 한잔 곁들여 기분을 한번 내어볼까? 그러나 건강을 생각해서 웰빙 코너에서 건포도와 호두가 듬성듬성 박힌 호밀 바게트 빵을 하나 사서 집으로 들어왔다.

내가 빵 사온 내력을 듣고 남편은 빵을 반쪽씩 나누어 먹으며 "우리야 매일같이 부부의 날인데 뭐~." 한다. 남편 말의 속뜻을 모르는 바 아니나 내 생각이 역설적인 방향으로 내달리는 것은 어쩔 수 없었다.

그렇다. 우리 부부는 특별한 날이 없이 항상 그저 그렇게 살아왔다. 어제가 오늘 같고 내일도 오늘 같은 50년이었다. 지금 우리가 먹고 있는 호밀 바게트 빵이 꼭 우리 부부와 닮았다. 화려하지도 않고 달콤하지도 않고 부드럽지도 않다. 거죽은 딱딱하고 뻣뻣하나 속살은 그래도 보드랍다. 건건 찝찌름한 것이 목에 넘어갈 때는 거칠지만 몸에는 좋다고 한다. 거죽은 거무스름하고 딱딱하지만, 속살을 씹을 때는 가끔 달콤한 건포도와 호두가 씹혀서 달콤하고 고소한 맛을 더해주곤 한다.

소녀 시절에는 영화를 보면서 영화 속 주인공들에게서 이상형의 남편을 그려보았었다. 잘생긴 영화배우들을 보면서 토니커티스 같은 남성미와 케리 그란드 같은 지성미를 갖춘 남자이기를 또는 신성일과 같은 신선함에 김진규같이 온화하고 마음씨가 너그러운 남성상을 그려보기도 했다. 또한 능력 있는 외교관 부인이 되어 외국을 많이 돌아다니며 살고도 싶었다. 그리고 영화 속 주인공들처럼 정열적이고 나만을 사랑하는 그런 남자와의 아름다운 로맨스를 그려보기도 했다.

나는 지금의 남편과 만나 부부의 연을 맺고 50여 년을 그저 덤덤히 살고 있다. 남편은 무뚝뚝함의 표본인 경상도 사람이다. 과묵하면서도 남성미 있는 듯한 투박한 사투리에 매력을 느껴 결혼까지 하게 되었다. 그런데 결혼하여 살다 보니 매력으로 보였던 그 무뚝뚝함이 그렇게 재미없는 것이라는 것을 연애 시절엔 깨닫지 못했다. 결혼 초기에는 말없이 그냥 서로 바라만 보고 있어도 그저 행복했다. 그러다가 점점 닥쳐오는 현실적인 문제를 해결하며 숨 가쁘게 살아오면서 사랑한다는 말조차 별로 듣지 못하고 그저 서로를 믿고 살았을 뿐이었다. 소녀 시절의 꿈과는 거리가 멀다는 어려움을 겪으며 참고 이해하고 부딪치며 서로의 모난 곳이 깎이고 동화되어 둥글둥글하게 되었다. 이렇게 깎이는 동안 소린들 어찌 없었겠는가. 아직도 우리 부부에게는 서로 간에 불만이 없는 것은 아니다. 하지만 이제 와서 돌이켜보면 50년을 가족을 위해서 책임과 의무를 다하며 살아온 남편이 고맙다.

경상도 사람은 집에 돌아오면 세 마디 말밖에 안 한다는 우스갯소리도 있지만, 나의 남편은 그래도 다섯 마디는 하고 사니 세 마디 하는 사람보다는 나은 편이고, 양은냄비 사랑이 아닌 무쇠솥 사랑이라 아기자기한 재미는 없어도 무거운 무쇠 솥 안에서 밥을 푸근히 뜸들이듯이, 사랑한다는 말 한마디 안 해도 이심전심으로 통하며 살아왔으니 그것으로 만족하자고 위로해 본다.

우리 네 명의 자식이 탈선하는 일 없이 잘 자라 주어서 그것도 다행한 일이고 그중 셋은 결혼하여 가정을 이루었고 앞으로 막내아들이 애인이 생겨서 결혼한다면 우리 부부에게서 네 쌍의 부부가 탄생될 것이다. 그런 후에 우리 부부의 사랑과 결실을 평가해 본다면 평균 수준은 넘지 않을까?

그렇지만 우리 때와는 달리 자식들은 큰 고난 없이 평탄하게 성장했기에 어려운 현실을 참으며 화합하여 잘 살아갈지 모르겠다. 사소한 일에도 참지 못하고 이혼이 난무하는 이 시대에, 궤도 밖으로 벗어나지 않으며 알뜰살뜰 살아가는 부부가 되어주기를 바란다.

부부란, 호밀처럼 거칠고 좋지 않은 재료를 가지고도 건포도와 호두를 넣고 속살이 보드라운 맛을 창조해 내는 솜씨 좋은 제빵사와 같아야 하지 않을까. 부부의 행복은 서로 융합해서 만들어 내는 것이다. 지금까지 우리부부는 무덤덤하게 살아왔다. 그래도 지금 우리가 먹고 있는 호밀 빵에서 가끔 씹히는 건포도와 호두의 달콤하고 고소한 맛같이 간간이 떠오르는 행복했던 아름다운 추억이 생각나며 미소 짓게 한다.

입안에서 또 한 개 새콤달콤한 건포도가 씹힌다. 내년 '부부의 날'에는 더 멋있는 이벤트를 만들어야겠다.

막내아들의 결혼

2008년 5월 31일 막내아들 우식이는 35살에 결혼식을 올렸다. 재즈를 좋아하고 전문가 수준의 지식과 CD도 많이 수집하고 연구하는 둘째 아들이다.

마치 음악회 같은 분위기에서 결혼식이 진행되었다. 결혼식장에서 재즈 전문가이며 색소폰 연주가인 이정식 씨가 이끄는 '이정식 악단'이 연주를 하는 가운데 성대한 결혼식을 올렸다. 축가도 이정식 악단이 축주하고, 성악가인 큰딸이 성악으로 축가를 불러 동생의 결혼을 축하해 주었다. 신랑이 방송국 음악 PD이다 보니 방송국 아나운서가 사회를 보는 특색 있는 결혼식을 올렸다.

신부는 동갑내기 고등학교 국어 선생님이었다. 신부는 딸만 셋이 있는 집안에 막내딸 같은 장녀였다. 나도 남편도 정년퇴임을 한 후인데도 친지분들이 많이 참석해 축하해주셨다.

신혼집을 차려주고 나니 우리 부부는 부모의 할 일을 다 마친 것 같아 무거운 짐을 벗어놓은 듯 홀가분했다.

어느새 막내 우식이가 결혼한 지도 벌써 13년이 되었다. 12세의 손녀도 예쁘게 잘 자라고 있고, 항상 내 눈에 철부지 같았던 막내아들도 대학교수로서 생활이 안정되어 기반이 잡혀가고 있다. 성숙된 독립 가정으로 발전하고 있어 뿌듯하다.

50년 만의 만남

2009년 4월 어느 날, 고등학교 친구인 설정희에게서 전화가 왔다. 수원여고 14기 졸업 동기 친구들끼리 버스를 대절하여 여행을 가는데 너도 참여하겠느냐는 나의 의사를 묻는 전화였다.

고등학교를 졸업한 지 50년이 되는 해여서 50주년 기념 겸 올해가 친구들 대부분이 70세여서 고희 기념여행이기도 하단다. 나는 그 말에 선뜻 나도 가겠노라고 희망신청을 했다.

졸업 후 50년이라니. 그리고 70세라니. 나도 69세이니 똑같이 늙었다는 것을 다시 한번 자각하고 쓴웃음을 지었다. 모두 얼마나 늙었을까. 나는 거울 속에 비친 내 얼굴을 보며 친구들의 늙은 얼굴들은 상상이 안 된다. 19세 소녀들의 얼굴만이 떠오른다. 영자, 종희, 선영이 현재 생각나는 얼굴들이 마구 떠오른다.

고등학교 졸업 후 바로 서울로 가서 대학에 다니느라고 같은 학교에 다니는 몇몇 친구들 빼고는 모두 50년 만에 만나는 친구들이 대부분이다. 대학 졸업 후 중등학교 교사 시험을 보고 교사로 근무하는 동안 우리 동기들이 매월 14일에 수원에서 만난다는 소식은 들었지만 직장생활을 하면서 휴일이 아닌 평일에 친구들을 만나러 갈 수는 없었다. 교사로 여기저기 옮겨 다니면서 근무하는 동안 공적인 일로 가끔 만난 적이 있는 친구들도 있지만 그 이외의 친구들은 만나볼 기회가 없었다. 그런데 그 세월이 벌써 50년이나 흘렀다니… 참 오래되었다. 강산이 다섯 번이나 변하지 않았는가. 50년 동안 그 친구들을 못 만났었구나. 50년이라는 숫자에, 오랜 세월 내가 너무 무심했었음을 뉘우치게 된다.

서울에 사는 친구들은 8시 30분에 잠실역 근처에서 버스가 출발한다 하니 시그마 빌딩 옆에 서 있는 버스에 탄다고 한다. ○○관광 버스에 타라고 일러주었다. 아침 일찍 관광버스를 찾아서 타고 올라보니 종희가 인원체크를 하고 있었다. 반가웠다. 종희도 얼마 만인가. 학교에 근무할 때 몇 번 보고 이제 보는 것이다. 버스는 서울 손님들을 태우고 수원으로 향했다. 북수원에 도착했을 때 수원 사는 친구들이 우르르 탄다. 역시 수원에서 사는 친구들이 많은가보다. 버스에 올라타는 친구마다 얼굴을 세세히 보니 아 너 영자구나. 어머어머 너는 정희구나. 어릴 적 모습이 남아있어 알아볼 수 있으나 속으로는 '어머 이렇게 늙었구나, 완전 할머니들이다.' 친구들을 볼 때마다 학교 다닐 때 그의 모습이 떠올라 서글픈 생각이 든다. '웃자' 웃으며 손을 잡고 흔든다. 학교 다닐 때 추억의 다발들이 한꺼번에 피어오른다. 공부할 때 모습, 교복 입은 모습, 체육대회할 때의 모습….

저들에게 내 모습은 어떻게 보일까. 신현채가 버스 안에서 나를 소개하며 한마디 하란다. 50년 만에 만난 나를 어떻게 한마디로 말할까. 집에서 나를 소개할 때 이렇게 말해야지 하며 머릿속에 할 말을 정리도 해봤었는데…. 막상 말하려 하니 말의 앞뒤가 뒤섞여 조리 있게 말도 못했다. 나는 끝맺는 말을 이렇게 말했다.

"50년 동안 살아온 나의 내력을 한마디로 잠깐 동안에 다 말할 수는 없고, 내가 살아온 내력이 이 책에 다 담겼으니 이 책을 읽어보고 나의 50년을 알아 보기 바란다." 하고 정년퇴직 때 만든 나의 수필집 ≪삶의 향기≫를 한 권씩 나누어 주었다.

단양 8경의 멋진 풍경도 구경하고 관광지에서 산책도 하며 그동안 못 봤던 친구들과 살아온 이야기도 나누며 즐겁게 하루를 지내고 집으로 돌아왔다. 그 후로는 14기 친구들의 모임인 '정우회'에 평일이라도 매달 나가고 있다. 이제는 학교도 은퇴했으니 요일에 구애받지 않고 자유롭게 다닐 수 있다. 나처럼 직장생활을 하던 친구들이 모두 나와서 요즘은 하하 호호 즐겁게 지내고 있는 것이다.

비록 얼굴과 몸은 늙고 머리는 하얗게 되었어노 소녀 시절이나 다름없이 '영자야, 순자야' 부르며 소녀들처럼 즐겁기만 하다.

남상조 선생님, 죄송합니다

남상조 선생님은 내가 수원여고 3학년 때 담임선생님으로 국어 선생님이셨다. 그때 대학 입시를 준비하는 친구들은 열심히 공부하였는데, 나는 아버지의 반대로 진학은 생각도 못하였고 그럭저럭하고 3학년을 보냈다.

입학철이 되어 친구들은 다 입학원서를 썼다. 그런데 어머니께서 아버지 모르게 서울에 사시는 외삼촌께 대학교 원서(수도여자사범대학)를 구입해 보내달라고 부탁을 하셨다. 내일이 마감날인데 원서가 그제서야 우편으로 도착하였다. 부랴부랴 그날 밤 늦게, 입시원서를 들고 수원 선생님 댁으로 찾아가서 원서를 내밀었다. 그래서 겨우 단체접수 속에 끼어 접수하였다.

대학 졸업 후 경기도 백암중학교에 초임발령을 받아 근무하면서 그제서야 서울시 초등학교 교사 채용고시에 합격하고도 경기도 중등교사를 선택한 것을 후회하였다. 당시에는 내 바로 밑에 남동생은 서울 한양대학교를 다니고 있었는데 주거할 곳이 마땅치 않아 친구들과 자취생활을 하고 있었다. 수원여고에 다니고 있는 여동생도 다음해에는 대학을 가든지 하면 서울로 가야 할 텐데 내가 서울에 근무한다면 셋이서 같이 기거하며 동생들을 돌봐주었을 텐데 하는 생각을 하니 경기도 중등학교 교사를 선택한 것이 후회막급이었다.

그러나 이미 중등학교 교사가 되었으니 3년 근무 후에 전근할 때는 서울에 거주지를 두고 서울에서 통근할 수 있는 서울 주변의 경기도 학교로 전근되기를 바라며 희망지를 서울 근교로 써냈으나 또 경기도 양평군의 지제중학교에 발령이 났다. 이곳도 서울에서는 통근이 되지 않아 지평에서 방을 얻어 자취를 하였다. 지제중학교에서 다시 3년을 근무하고 전근 내신서를 냈다. 그런데 이번에는 어느 곳도 발령이 나지 않고 보류되었다. 또 한 해를 지제중학교에서 근무해야 했다.

나의 딱한 사정을 아신 김영남 교감선생님께서 당신의 친구인 경기도 교육청 장학사에게 전화를 해주셨다. 그분을 직접 찾아가 발령이 누락된 이유를 알아보고 희망 사항도 자세히 말씀드리리고 하셨다. 그런데 놀랍게도 그 장학사가 수원여고 시절 교육학을 가르치셨던 한석규 선생님이셨다. 수원에 있는 경기도 교육위원회에 찾아갔다.

교감 선생님은 "내가 전화로 오늘 김행자 선생이 찾아갈 것이다."라고 했으니 사무실 안으로 들어가지 말고 밖에서 다른 사람에게 부탁해서 복도에서 만나라고 말씀하셨다. 근처 다방에서라도 만나 뵈어야지 그렇게 만나서 되겠는가 말했더니 바쁜 사람이니 당신 말대로 하라고 하셔서 사무실 복도에 서서 한석규 선생님을 복도로 불러냈다. 예의에 어긋나는 일 같아서 마음이 불편했으나 교감 선생님 말씀대로 할 수밖에 없는 노릇이었다.

나는 서울에서 통근이 가능한 서울 근교에 가기를 원한다는 말과 제가 수원여고 졸업생이라는 말씀을 드리고 "선생님께 제가 배웠습니다."라고 하니 반가워하셨다. "내 제자니까 도와줘야지. 돌아가서 연락이 갈 때까지 아무 말도 하지 말고 기다리라."고 하셨다. 이튿날 학교에 출근해서 교감 선생님께 경과보고를 드리니 교감 선생님도 내가 오기 전에 한석규 선생님으로부터 전화를 받았다고 했다. 다행히 중간에 한 명의 자리가 생겨서 추후 인사발령이 있을 것이니 기다리고 있으라는 희망적인 소식이었다. 정식 인사발령은 3월 1일자로 다 끝났는데 중간에 국어과에 한 자리가 났다고 하는데 그 학교가 어디일까? 내가 원하는 서울 근교일까? 여러 가지가 궁금했으나 그냥 말없이 기다리기로 했다.

신학기를 맞아 교재연구도 하며 전과 다름없이 열심히 근무했다. 2주일이 지나도 소식이 없어 답답했다. 3월 14일 전화가 왔다. 3월 15일자로 발령이 났다고 한다. 내일 당장 근무지로 착임을 하라고 한다. 근무지는 의정부여자중학교이다.

'아 됐다!' 이제 서울에서 통근이 되는 곳이다. '고맙습니다 선생님!' 당장 이튿날인 3월 15일에 의정부여중으로 부임을 했다. 이사는 나중에 하고… 그 후 의정부에 방을 하나 얻었다. 그곳에서 자취를 하며 동생들과 같이 기거했다. 이사하러 지평에 가서 교감 선생님을 찾아뵙고 나의 전근을 도와주셔서 감사하다는 중간에 한자리가 겨우 나는 그 자리로 나를 전근 발령해 주신 한석규 장학사님께 고마움에 인사를 가기로 했다. 교감 선생님께 말씀드리니 그 사람은 술을 좋아하는 친구인지라 고급 양주를 한 병 사 가지고 가라고 일러주셨다. 근무 중에 짬을 내어 교감 선생님의 말씀대로 고급 양주한 병을 사들고 경기도 교육청에 한석규 장학사님을 찾아뵈러 갔다.

그때 한 장학사님이 남상조 선생님을 아느냐고 물으셨다. "네, 고3 때 담임선생님이셨습니다."라고 대답하니 그 선생님이 여기 장학사로 근무하신다고 하셨다.

"이번에 김 선생님을 의정부여중으로 보내는 작업을 할 때도 나와같이 했습니다. 한 번 찾아뵙고 인사를 드리세요. 이 양주는 남 장학사와 같이 먹겠습니다."

나는 남상조 선생님께서 장학사로 교육청에 근무하시는지 그제서야 처음 알았다. 그 당시 한석규 장학사님은 중등과장쯤 되시고 남상조 선생님께서는 아마 인사계 평 장학사로 계셨던 것 같다. 그러니 인사작업을 할 때에 같이 한 것이 아니겠는가. 그때 나는 "오늘은 그냥 돌아가고 다음에 다시 찾아뵙겠습니다."라고 하고 그냥 돌아왔다. 사무실로 들어가 인사드리고 싶었으나 그날은 빈손인지라 그냥 뵙기가 민망했고 남상조 선생님이 그곳에 장학사로 근무 중인 것도 모르고 한석규 선생님께 찾아가 부탁드린 것도 죄송하고 답례하러 찾아간 것도 한석규 선생님께만 찾아간 것이 되니 더더욱 죄송했던 것이다. 다음에 꼭 따로 남상조 선생님만 찾아뵈어야겠다 하고는 그냥 돌아왔다. 그리고 그해 결혼하고, 아기를 낳아 키우고 학교와 가정생활을 병행하며 사는 데에 바빠서 찾아뵙지도 못하고 지금까지에 이르렀다.

그런데 선생님이 이제는 돌아가셨다고 하니 영영 찾아뵙지도 못하고 말았다.

"남상조 선생님, 죄송합니다. 그리고 고맙습니다. 오늘의 제가 있기까지 결혼한 것도 서울로 옮긴 것도 교감과 교장이 되었던 것도 모두가 선생님 덕택이었습니다. 대학 입학원서도 접수 마감 전날 댁으로 찾아가 어렵게 써주셔서 가까스로 대학에 들어가 지금의 제자리에까지 이르렀습니다. 이러한 제가 선생님을 찾아뵙고 큰절을 올렸어도 그 고마움의 예를 못다 하였을 텐데 이제는 영영 뵙지도 못하게 되었으니… 죄송합니다. 남상조 선생님! 죄송합니다."

막내아들이 교수가 되다

막내아들 우식이는 딸 둘, 아들 둘이라는 완성의 의미와 만족의 기쁨이 있는 아들이다. 어릴 때부터 인물도 좋고 영리하여 우리 부부의 기대가 컸다.

5세 때 초등학교에 다니는 형을 따라서 어깨너머로 공부를 하더니 한글을 다 읽을 줄 알았고, 영어도 녹음테이프를 따라 곧잘 읽더니 초등학교 5학년 때 교내 엉어 말하기대회에 나갈 정도로 영리했다. 4학년 때는 방학 숙제로 연구발표를 하여 구청대회까지 나가서 상을 타왔다. 중학교 때는 우등생으로, 고등학교 초에도 성적이 우수하였다. 그래서 우리 부부는 막내아들이 명문대학에 입학하기를 기대했다.

그러던 막내가 고등학교 2학년 때부터 음악에 심취하여 대중음악 녹음테이프를 듣느라고 워커맨을 지니고 다니며 이어폰을 항상 귀에 꽂고 다녔다. 워커맨이 아들의 손에서 떠나지 않았다. 우리 부부는 몹시 걱정되었지만, 아들은 능청스럽게 음악을 들으면서도 공부할 것은 다 한다고, 음악을 들어야 공부가 더 잘된다고도 했다.

그러나 성적은 점점 떨어졌다. 고3 말기에 수능 성적은 만족스럽지 못했다. 본인은 연세대 신문방송학과를 갈 생각을 했고, 아버지는 그래도 남자가 경제학과를 가야 한다고 경제학과에 지원하라고 하여 부자간 갈등이 생겼다. 결국 아버지의 뜻대로 학교를 낮추어 한양대 경제학과에 들어가게 되었다.

경제학과에 들어가서도 배우는 과목이 자기 취향이 아니라고 재수하여 연세대학에 간다며 학원에 등록을 하고 대학공부는 소홀하였다. 1학기 성적이 나왔는데 결과는 올 F를 받았다. 2학기가 시작되자 교수님께 불려가서 상담을 받았다. 교수님 말씀이 정우식 학생은 입학성적이 우수하여 기대를 많이 한 학생인데 왜 공부를 하지 않느냐면서 전공이 맘에 들지 않으면 복수 전공도 있으니 열심히 공부하라는 충고를 받고 나서야 재수를 포기하고 대학공부에 열중하였다. 1학기 성적이 올 F를 받았기 때문에 그것을 만회하기 위해서는 매 학기마다 방학 중 계절학기를 들었다. 따라서 4학년 때까지 방학 때도 제대로 놀아보지도 못하고 공부에만 매달렸다. 결국 우수한 성적으로 졸업했다. 그러나 복수전공은 마다하고 기어이 그 대학 신문방송학과 대학원으로 진학하였다.

대학원 졸업 후 방송국 공채를 통해서 음악방송 PD가 되었다. 방송국 업무의 특성이 자기가 맡은 프로그램의 시간 배정에 따라 오전 일찍 출근할 때도 있고 오후에 출근해서 밤늦게 퇴근할 때도 있다. 본인이 좋아하는 음악을 소재로 하는 일이다 보니 한밤중에 하는 프로그램이라도 마다하지 않고 즐겁게 일하였다. 특히 재즈에 대해선 전문적이라고 할 만큼 아들의 관심 분야였다. 남들은 맡기 싫어하는, 12시를 넘겨서 하는 '올 댓 재즈'라는 프로그램도 본인은 즐겁게 맡아서 진행하니 그 프로그램을 위해서 매일 밤 새벽 1시에야 집에 들어오는 것이 일과가 되었다. 연애할 시간도 없어 35세가 되어서 야 만혼을 하게 되었다.

우리나라에 재즈 음악이 들어오게 된 계기와 발전사 내지 재즈 음 악의 개념과 특성 등을 담은 '언제나 재즈처럼'이란 재즈 전문 서적 도 발간하여 3판까지 찍어내기에 이르렀다.

결혼 후 대중음악도 이론적 체계를 이루고자 박사과정에 들어가 공부하게 되었다. 남편은 아들이 대중음악이라도 학구열을 올리는 데에 흐뭇해하고 응원을 해주었다. 본래 초등학교 때부터 탐구력이 있고 창의력이 있음을 잘 아는지라 잘 해낼 것이라고 우리는 믿었 다.

남편은 자기가 교수를 지냈으니 자기 대를 이어 자식 중에서 교수 가 나오기를 은근히 기대하는 눈치였다. 드디어 2015년 2월에 성균 관대학에서 '공연예술학과'에서 박사학위를 받았다. 그 해 겨울 12 월에 인터넷에서 '호서대학 교수모집 공채'를 보고 응모를 해 서류 전형에 합격하였다. 응시자가 100명이 넘는데 최종후보 4명에 들었 다는 것이다. 강의 실기와 면접을 마치고 나서 단 한 명을 뽑는 교수 공채에서 최종합격을 하여 2016년 3월에 교수임명장을 받았다.

우리 부부는 매우 기뻤다. 대중음악을 전공한다는 데에 늘 못마땅 해했던 남편은 아들이 본인의 힘만으로 그 분야에서 교수까지 되었 으니 더욱 기쁘고 대견스러워했다. 영어영문학을 전공한 남편은 대 중음악 분야는 전혀 생소한 분야였고 상식조차 없었으니 도와주고 싶어도 아버지가 도울 수 있는 것이 아무것도 없었다. 그런 상황에서 교수가 되었으니 더욱 고맙고 기쁜 것이었다.

남편은 시골의 친척들에게도 알리고 친구들에게도 자랑이 늘어졌다. 공부에 소홀하고 대중음악에 빠져 남편과 아들이 갈등했던 고등학교 때를 떠올리면 꿈같은 일이다. 대중음악 분야에서도 깊이 있게 이론을 정립하여, 박사학위까지 이루어 내더니 결국 그 분야의 교수까지 되었으니. 아버지에서 아들로 교수직을 이어가길 바라던 남편은 더욱 만족스러운 듯했다. 자식에게 대물림이란 말이 이런 때에도 쓰이기에 합당한 말이 아닐까 싶다.

단풍잎

쓱싹쓱싹, 낙엽 쓰는 소리에 잠이 깨었다. 아침 운동을 하려고 밖으로 나섰다. 공기가 싸— 아 하니 안개처럼 코끝에 내려앉는다.

가을 아침의 싸늘한 공기 속에 나무들의 단풍든 모습이 한층 더 아름답다. 차가운 공기가 나의 양 볼을 단풍잎처럼 상기시키면서 머릿속까지 상큼하게 일깨우고 있다.

아파트 주변의 나뭇잎들이 사기 개성대로 물들어 오색으로 그 아름다움을 뽐내고 있다. 느티나무는 그 넓게 벌린 가지가지마다 색깔을 달리하고 너그러운 그늘을 드리우고 이파리 하나에도 파랑 노랑 빨강 삼색의 복합색을 만든다. 벚나무 잎도 잎새마다 오묘한 빛깔의 명도 차이를 나타내며 매달려 있다. 노란색 빨간색 자줏빛까지 한 잎 파리에 점진적으로 자연스레 채색되어갔다.

어느 집 담장 안에 있는 감나무에 감이 탐스럽게 익어간다. 노란색의 감이 주렁주렁 달린 모습은 가을의 풍요로움을 대변하듯 탐스럽다. 감은 화가들의 그림 소재로 곧잘 등장하지만 감나무 잎색의 조화는 인간의 붓으로는 표현하기 힘든 오묘한 색깔이다.

큰길가로 나왔다.

가을의 풍치에서 한몫을 단단히 하는 것으로 은행나무를 빼놓을 수 없다.

공원 앞 산책로 양쪽에 노란색 잎들을 달고 질서 있게 죽— 늘어서 있는 가로수 은행나무. 그 모습을 보면서 여고시절에 보았던 〈애정이 꽃피는 나무〉에서 인상 깊었던 마지막 장면을 연상하며 절절했던 당시의 기분에 다시 잠겨본다. 2열로 끝도 안 보일만큼 저 멀리까지 노—란 터널을 이루고 서 있는 모습은 숙연한 기분마저 든다. 불현듯 캠퍼스를 뻗쳐놓고 원근법을 살려서 은행나무 행렬을 그려보고 싶은 충동도 생긴다.

운동하러 나온 사람들의 수가 점점 늘어난다. 가쁜 숨을 헐떡이며 힘차게 뛰고 있는 젊은 사람들도 보인다. 나도 발걸음의 속도를 높여 부지런히 걸어본다. 여기서부터 가로수는 플라타너스다. 커다란 플라타너스 잎이 보도블록에 떨어져 바람에 뒹굴고 있다. 또 하나 툭—하고 소리를 내며 떨어진다. 마로니에 잎이나 오동나무 잎처럼 잎이 크고 잎자루가 굵은 잎들은 땅에 떨어지는 소리도 크다. 그래서인지 그런 나뭇잎이 떨어지는 소리는 사람의 심금을 울리거니와 버스럭거리며 바람에 뒹구는 모습은 가을의 스산한 분위기를 더해주고 왠지 모를 우수에 잠기게도 한다.

어느덧 동네를 한 바퀴 돌아 출발점으로 돌아왔다. 아까부터 낙엽을 쓸던 아파트 경비원은 여기저기 단풍잎들을 수북이 쓸어 모아 놓았다. 그리고는 밟기조차 아까운 그 예쁜 단풍잎들은 흙과 함께 범벅이 되어 무참하게 쓰레기 마대에 담겨지는 것이다. 소중한 생명이 잔인하게 짓밟히는 듯하다.

정녕 이 아름다운 가을의 자취들을 쓰레기로 버려야만 하는가? 단풍잎들을 보내기 싫다! 가을을 보내기 싫다. 나무 밑에 떨어진 예쁜 단풍잎들을 여러 가지 모양과 색깔대로 골라서 한 웅큼씩 양쪽 점퍼 주머니에 넣고 집으로 들어왔다.

단풍잎들을, 아름다운 가을을, 예쁜 바구니에 담아서 거실 한 켠 잘 보이는 곳에 놓아두었다.

삼일의 행복

작은딸에게서 전화가 왔다.

엄마하고 어디로 2박3일 여행을 같이 가고 싶다는 이야기다. 4학년짜리 손자 녀석이 수련회를 떠나는데 그동안에 가족 뒷바라지에서 벗어나 자유롭게 즐기며 쉬고 싶다는 것이다.

가족이라야 남편과 4학년짜리 아들 이렇게 세 식구뿐인 집에 가족끼리 여행도 잘도 다니더니 거기에서도 벗어나고 싶은가 보다. 하긴 가정주부의 할 일이란 아내로서 또 엄마로서의 의무를 다하자면 나만의 즐김과 진정한 휴식 시간은 갖기 어려운 것이다.

모처럼 작은딸에게 휴일이 아닌 평일에 3일의 여유가 생긴 것이다. 혼자서 가자니 대화의 상대가 없으니 심심하고 대화 없이 즐기자니 감흥과 감동도 덜할 듯해서 선택된 상대가 엄마인 나였나 보다. 마침 나도 삼식이 남편 시중드느라 따분하던 차라 흔쾌하게 의기투합했다. 가정의 모든 일은 남자들에게 맡기고 모녀만 가기로 했다.

여행지는 부산이다.

부산이야 많이 가봤고 "부산에 뭐 볼 게 있다고 부산이냐?"고 남편은 말하지만 우리는 개의치 않았다. 화려한 호텔에 묵거나 유명 관광지를 돌아다니는 것이 아니라 딸의 친구가 부산 영도에 별장 삼아 사놓은 조그만 아파트를 이틀간 숙소로 빌려 쓰기로 하고 대중교통으로 부산 시내 안 가본 곳을 돌아다니며 특산물이나 맛있는 것을 사 먹으며 다니자는 것이었다. 나도 어린애처럼 손뼉을 치며 맞장구를 치며 좋아했다.

당일 KTX 11시 30분 차여서 점심시간을 기차 안에서 보내야 하니까 전철역 앞에서 딸과 만나 김밥도 사고 물, 과일 등 간식거리를 좀 샀다. 마치 소풍 가는 아이처럼 설렜다.

KTX에 자리를 잡고 앉으니 세상 부러울 게 없는 모녀 여행객이었다. 기차가 출발해서 달리자 차창 밖 서울 시내 풍경들… 많이 보았던 풍경들과 건물들이 새삼스럽게도 새로워 보인다. 여기쯤이 갈월동 벌써 용산이네… 수원, 대전 차창 밖의 풍경이 참 아름답다. 농사철이 한창이라 들판엔 보리도 많이 자라 들판이 파랗다. 모내기도 한창이다. 아까 사 가지고 온 김밥을 먹으며 "아차, 삶은 계란도 사올 걸 그랬다"라며 점심을 먹었다. "웬 계란 타령이냐"는 딸의 말에 멋쩍은 웃음이 나왔다. 옛날에 기차여행을 할 때는 김밥과 함께 으레 삶은 계란이 등장했었다. 판매원이 지나가길래 삶은 계란 한 망을 사서 까먹으며 나의 어린 시절의 추억담을 딸에게 들려주며 점심 식사를 하였다.

3시 30분에 부산역에 도착했다. 부산역 앞에서 딸은 TV프로그램, '2박 3일'에서 이승기가 사먹은 견과류를 넣어 만든 호떡집이라며 길게 늘어선 줄 맨 뒤에 서서 기어코 호떡 2개를 사왔다. 종이컵에 담긴 것을 들고 먹으며 가잖다. 난 웃음이 막 나왔다.

"애! 어찌 길에서 먹으며 다니냐? 점잖지 못 하게?" "엄만, 괜찮아요. 이러고 먹는 것도 재미지 우린 관광객이잖아요?" "그래, 젊은 딸과 함께 젊은 기분도 좀 내보자."

자갈치시장을 둘러보고 광복동 거리도 거닐었다. 광복동 거리는 서울의 명동 거리와 같다는 이곳은 어느새 어둠이 드리워 네온사인과 간판들의 화려함이 서울의 명동과는 다른 느낌이다. 간판마다 일본어를 병행해서 써놓았다. 차분한 분위기는 아니고 어딘가 들썩들썩거리는 것이 항구도시임을 말해주는 듯하다.

많이 걸어서인가 배가 고프다. 저녁식사는 부산에서 유명하다는 밀면을 사 먹기로 했다. 부산의 밀면은 6·25한국 전쟁 때 부산으로 피난 온 함흥 사람이나 평안도 사람들이 냉면을 해 먹고 싶어도 메밀국수가 없어 못해 먹으니 밀국수로 냉면 맛을 내어 먹었다 한다. 그 후로 밀면 파는 식당도 생기고 밀면이 부산의 특색음식이 된 것이라 한다.

맛은 냉면만은 못 하지만 냉면을 그리워했던 사람들에겐 그런대로 향수를 달래주었음직하다. 9시가 넘어서야 영도에 있는 딸 친구네 아파트로 왔다. 청소 후 잠자리에 들었다.

아침이 창문으로 훤하게 밝았다. 얼른 창문을 여니 창밖은 바다다. 멀리 수평선으로 해가 떠오른다. "애야! 해 떠오른다. 빨리 일어나라!" 해돋이 구경도 많이 했건만 오늘 것은 유난히도 아름답다. 바다 위에는 고기잡이 배인가 벌써 배도 서너 척 멀리 보인다. 아침 산책을 하기로 했다. 해변가 길을 걸어서 해녀촌이 있다는 곳을 향해 걸었다. 바다 냄새와 상쾌한 공기는 서울에서는 경험하지 못한 특별한 맛이었다. 노래도 흥얼거리면서 1킬로미터쯤 왔을까? 허름한 집이 보이고 근처에 오니 비릿한 냄새가 풍기는 이곳이 해녀촌이란다. 성게를 사 가지고 돌아오는 길은 빠른 걸음으로 집에 왔다. 어제저녁 슈퍼마켓에서 사 온 미역에 성게를 듬뿍 넣고 끓여 맛있는 미역국으로 아침식사를 빛냈다. 성게를 많이 넣고 끓이니 식당에서 파는 성게미역국과는 비교도 안 될 만큼 맛이 있었다.

오늘도 또 버스를 타고 길을 나섰다. 해변가로 가서 점심식사는 해물요리를 먹을 요량이다. 딸은 인터넷으로 버스길도 잘도 찾는다. 싱싱한 회를 먹으려 했으나 관광철이 아니라 그런지 물건들이 좋아 보이지 않아 해물탕으로 끝내고 달맞이고개로 향했다.

이층에 있는 분위기 좋은 카페 창가에 자리를 잡고 앉았다.

창밖으로 내려다보이는 전망이 기가 막히게 좋다. 우거진 고목나무 숲 사이로 바다가 보이고 토스트와 카푸치노 한잔씩을 시켜놓고 여유로운 이야기는 시간가는 줄 모르고 이어졌다. 달맞이 고개의 유명세는 이런 분위기를 즐기는 젊은이들 때문에 붙여진 이름인 듯하다. 문득 5시가 넘은 것을 깨닫고 자리에서 일어섰다. 다음은 어디로 갈까? 아직 저녁 먹기는 이르지만 야경이 끝내준다는 마린씨티(MarinCity)로 간단다. 택시를 타고 젊은이들이 많이 온다는 그곳으로 갔다.

그곳은 바닷가에 고층 아파트를 지어놓고 아파트단지 건너편에 상가단지를 지어놓은 곳인데 밤이 되면 아파트와 상가에서 비추이는 불빛이 바닷물에 비치고 하늘의 별빛도 빛나는 야경 속에서 저녁 식사와 음료를 마시며 즐기는 것이 이곳의 특징이란다. 음식들은 젊은이들이 좋아하는 햄버거나, 양식, 커피 등이다. 뭘 먹을까? 내가 먹을 만한 것이 별로 없다. 결국 퓨전 요리로 소시지와 옥수수를 곁들인 요리를 먹었다. 이른 저녁을 먹고 맥주 집에서 닭튀김과 생맥주를 마시며 자리를 잡고 앉으니 멀찌감치 우뚝 우뚝 서있는 아파트에 불이 여기저기 켜지기 시작한다. 아파트 집주인들이 퇴근해서 이제 집에 돌아왔나? 아니 이제 저녁 먹을 시간이니 등불을 켜고 가족이 단란하게 식사를 하고 있겠지….

9시가 넘으니 많은 불빛이 바닷물에 비취고 상점들에서 휘황찬란한 네온사인의 빛이 길게~ 꼬리를 늘이며 비추이고 상점에서 쿵쾅쿵쾅 울리는 음악소리에 맞추어 그 불빛들이 춤을 추는 듯하다. 이 동네에서 불빛 향연이 펼쳐지고 있는 것이다. 아~ 이것이었구나! 이런 분위기를 즐기러 젊은이들이 이곳에 모이는구나! 우리도 맥주잔을 부딪치며 음악소리에 장단을 맞추어 불빛 향연 멋스러움에 한동안 취해버렸다. 저녁 늦게 숙소로 돌아왔다.

마지막 날 아침이다 .남은 밥과 누룽지를 끓여 아침식사는 간단히 하고 사용한 그릇 정리하고 방을 깨끗이 하고 짐을 챙겨 영도를 떠났다.

마지막 코스로 동래 온천에 왔다. 아침식사를 소홀히 했으니 온천장 앞 식당에서 아점으로 불고기 백반을 먹었다. 온천을 하고 나오니 오후 3시 점저로 동래 파전의 원조라는 할매집에서 파전을 사 먹었다 파전 한 개가 어찌나 두꺼운지 한 개를 둘이 먹어도 배가 불러서 저녁밥은 안 먹어도 되겠다. 곧장 부산역으로 왔다.

역 구내에 부산어묵집이 있다 . 가지각색의 어묵들이 손님의 마음을 끌어당긴다. 집에 있는 식구들을 위해서 여행선물 겸 이런 모양 저런 모양의 어묵을 샀다 .

5시 기차니까 여유롭게 이제 개찰해야겠구나 하고 개찰구로 나가려는데, "엄마 잠깐만!" 하더니 딸이 저쪽으로 뛰어간다. 조금 후에 딸은 큰 컵 두 개와 물병 두 개를 사들고 온다. 그것이 '컵밥' 이란다. 볶음밥을 컵에 담아 파는 거란다. "기차 안에서 저녁식사로 먹으려고… 배는 안 고프지만 저녁밥을 안 먹기는 좀 서운하잖아요?" "이런 것이 다 있구나! 참 편한 세상이로구나!"

집에 도착하니 남편은 또 "부산에 뭐 볼게 있다고 갔다 오노?" 한다.

"뭐 특별히 볼 게 있어서가 아니라 딸과 함께 3일 동안 나는 참 즐겁고 행복했답니다."

내 나이 80세가 되어서

2020년은 내가 여든 살이 된 해이다.

옛날 같으면 80세라고 하면 장수하는 노인이란 말을 들었을 테지만 주위에 80을 넘긴 사람들이 수두룩하다. 나의 80년을 돌아보니 한순간 꿈을 꾼 듯 순식간에 흐른 것 같기도 하고 참으로 긴긴 세월을 산 것 같기도 하다. 그런데 80년의 나의 삶 가운데 보람된 일은 얼마나 있었는지, 또 얼마나 가치 있는 삶을 살았을까.

나의 딸들은 '우리 엄마는 슈퍼우먼'이라고 하면서 "나는 아이 하나를 키우는데도 쩔쩔 매는데, 엄마는 직장생활까지 하면서 우리 넷을 어떻게 키웠어요?"라고 묻곤 한다.

내 인생 80년 중에 3분의 1인 27년은 부모 밑에서 어려움 모르고 지낸 순탄한 삶이었고, 27세에 결혼한 그 이후부터는 역경의 삶이었다고 구분 지을 수 있다.

27세 때 나는 의정부여중 교사로 재직 중이었다. 그해 겨울 고등학교 영어교사인 남편과 결혼을 했다. 우리가 결혼하기 7년 전만 해도 시댁은 선박 세 척을 지니고 수산업을 크게 하던 선주 집이었다.

그런데 '사라'호 태풍으로 그 선박이 모두 태풍에 떠내려가 부서져서 회복 불능으로 가세가 기울어졌던 시기였을 때 우리가 결혼하게 된 것이다. 남편은 집안의 장손이고, 또 9남매 중에 맏아들이었다. 남편 위로 세 분의 누님은 출가하셨고, 시할머니와 시부모님, 3명의 시동생, 2명의 시누이가 있었다. 그때 유일하게 수입이 있는 남편이 시댁의 모든 의무를 떠맡고 있었다. 시동생, 시누이의 학비와 양쪽 집안의 살림까지 모두 남편이 책임져야 하는 형편이었다.

신혼 살림집은 금호동 산동네 방 두 칸짜리 전셋집, 남편과 시누이, 시동생 삼남매가 자취하며 살고 있었던 그 집으로 내가 들어가서 사는 것이었다. 그 집에서 나의 신혼 생활이 시작되었다. 다행히 방은 두 개여서 하나는 우리 부부의 신혼 방이었던 셈이었다.

그 당시 시댁은 삼촌과 사촌 가까운 친척을 통 털어서 돈을 버는 사람은 남편과 나뿐인 시댁, 시골에서도 서울에서도 가족들은 모두 우리 부부에게만 의지해야 하는 상태였다.

결혼하자마자 성인 넷이 그 전셋집에 동거했는데 고등학교 일학년인 둘째시동생, 기술 교육기관에 재학 중인 다섯째 시누이 이렇게 네 식구였다. 그리고도 군대에서 갓 제대한 큰 시동생도 취직시켜 달라 1주일 또는 한 달 정도 머물다 내려가는 등 우리 집에 자주 오르내렸고, 시골집에는 초등학생인 막내 시동생과 큰 시동생, 넷째 시누이, 시할머니와 시부모님이 계셨지만 이분들은 돈벌이할 형편이 못 되었다. 돈쓸 일이 생길 때마다 우리 내외가 다 해결해야 했다.

나중에는 막내 시동생까지 다 서울 우리 집으로 올라와 살며 공부시켜야 했고 두 시누이, 세 시동생을 모두 결혼시켜야 했다. 그중에 시동생들은 결혼 후 전세방이라도 마련해 주어 살림을 살도록 해주는 것까지가 우리 부부의 몫이었다. 이런 중에도 남편은 현실에 안주하지 않고 자신의 발전을 위해 노력하는 사람이었다. 이렇듯 어려운 생활 가운데에서도 석사와 박사과정을 마쳤다.

서울살림의 생활비도 한 달에 한 가마 쌀을 먹는 큰살림이었다. 매월 생활비도 빠듯한데 일 년에 두서너 차례 큰 돈 쓸 일이 생기곤 했다. 그때마다 친지들에게로, 은행으로 돈을 빌리러 분주히 돌아다녔다. 4남매의 탄생과 성장, 교육비까지 그중에서도 교육비가 제일 큰 비중을 차지하여 우리 부부의 봉급으로는 도저히 다 충당할 수가 없었다. '윗돌 빼서 아랫돌 고이고 아랫돌 빼서 윗돌 고이는' 기나긴 삶이었다. 막내아들이 대학을 졸업하고 나서야 비로소 수지타산이 미이너스는 겨우 면하고 제로 상태가 되었다.

결혼하고 40여 년 동안 다사다난했던 역경들이 줄지어 있었지만, 기쁜 일 또한 많았다. 42세에 남편은 대학교수가 되었고, 45세 때 연구교수로 미국에 유학을 다녀왔다. 그때 나도 남편을 따라가고 싶기도 했으나 그럴 형편이 못 되었다. 남편 대신 내가 가장이 되어서 집안일을 해결하고 꾸려가야 하는 막중한 책임과 정신적 부담을 안고 외롭게 견뎌내야 했다.

그 후 우리 4남매도 셋째까지 대학생이 되었고 막내는 고3이었다. 나도 주임교사와 교감직을 수행하면서 이젠 나의 발전을 위해서 나에게도 투자할 차례가 되었다 싶었기에 '연세대학교 대학원 교육행정학과'에 입학하였다. 1990년 가을 학기부터 1993년 2월까지 대학원에서 열심히 공부하였다. 학교에 근무하면서 5학기를 다니자니 매우 힘겨웠다. 교감으로 근무하면서 퇴근시간 무렵 신촌까지 가서 7시부터 10시30분까지 강의를 마치고 집에 돌아오면 12시가 되곤 했다. 집에 돌아와서도 바로 쉴 수 있는 건 아니었다. 싱크대에 수북이 쌓인 고3 아들의 도시락 설거지가 기다리고 있었고, 내일 아침 도시락 반찬을 준비해 놓고서야 잠자리에 들 수 있었다.

그 후 나는 장학사가 되고 중학교 교장이 되어 63세에 정년퇴임을 하기까지 1인 다역의 역할을 병행해야만 했다. 그 길고 긴 세월 동안 잘 살아낸 나 김행자, 내가 생각해 봐도 불가능한 일을 해낸 것 같아 내 자신이 참 장하게 느껴진다.

어떻게, 어찌 그 일들을 다 해냈을까? 내게 주어진 그 어느 역할이든 소홀하지 않았지만 지금 돌이켜보면 나의 사랑하는 자식들 4남매에게 애정을 듬뿍 주지 못했던 일이 몹시 미안하고 아쉽다. 내가 한 일들 중에서 가장 부족한 점으로 늘 마음에 걸리는 부분이다.

결혼할 때 어리기만 했던 두 시누이가 결혼하여 자녀들을 낳고 모두 성공적으로 키워냈다. 내가 결혼할 무렵 제대하고 난 큰 시동생을 남편이 어렵게 취직시켰던 곳이 '대동화학(말표 고무신 제조회사)'이었다. 시동생은 퇴사 후에 그곳에서 배운 기술과 경력을 기반으로 일으킨 사업이 크게 성공하여 지금은 굴지의 기업체를 운영하는, 회사의 회장이 되었다. 둘째 시동생 역시 서울 '지하철공사'에, 막내시동생은 '농협'에 취직하여 직장생활을 성실히 하고 은퇴하였다. 지금은 손자들 재롱을 즐기며 여유롭게 우리 내외와 함께 늙어가고 있으니 참으로 다행한 일이다.

이제 나의 인생 80년을 다시 되돌아본다.

결혼 후 53년 동안의 삶이 비록 역경의 삶이었지만 부부가 서로 보듬으면서 더 나은 삶을 위한 노력을 쉬지 않고 살아왔다. 우리 부부와 네 자녀들, 시댁의 시동생들과 시누이들, 모두의 삶이 무난하였음이 가장 큰 보람이다.

이제는 기울어졌던 집안도 일으켜 세우고, 시동생들도 모두 성공해서 중상위급의 가정을 이루어 그들도 각기 자녀들을 모두 훌륭히 키워 번족한 정씨네 가문을 일으켜 세워 놓았으니 내가 고생했던 성과와 보람이 아니겠는가? 정씨가문의 장손 부 김행자의 공이라고 자화자찬 해본다. 나 혼자 한 것이 아니고 남편과 같이한 것이었고 하나님께서 돌보심이 있었기에 가능했던 것임은 두말나위 없다.

하나님 감사합니다.

그렇지만 이러한 나의 노력과 고생을 모두들 당연한 듯이 여기고 아무도 몰라주어도 그래도 나는, 나 자신에게 크게 칭찬을 해 주고 싶다.

'나' 김행자의 80년 인생에게 큰 상을 내려 주고 싶다.

큰딸 수진네 가족(사위 한원희, 손녀 지선, 승연)

둘째딸 수덕네 가족(사위 양승정, 손자 준모)

큰아들 이영네 가족(자부 이연주, 손녀 유나)

막내아들 우식네 가족(자부 정지현, 손녀 윤진)

고향 남해대교 입구에서 아버지와 큰아들 이영

막내아들 우식의 박사학위 수여식장에서

남편 정길정 교수 한국교원대학교 정년퇴임식

남편과 함께 (그리스 여행 중에서)

둘째딸 수덕과 동유럽 여행 중에
(上) 오스트리아 빈 요한스트라우스 동상
앞에서
(下) 체코 카를교에서

가족 사진 (4남매와 며느리, 사위, 손자와 손녀들과)

친정어머니 생신에 모인 부모님과 4남매, 며느리들과 사위들, 이모님을 모시고

시어머님 팔순 잔치(8남매와 사위와 며느리, 시댁 어른들)

청운회 봄나들이

서울영동교회 송파2지구 구역예배 후 (정현구 목사님을 모시고)

청운회 (신년하례식을 마치고)

은빛합창단 봄소풍

오솔길 중창단 창단 발표연주

오륜교회 노인대학에서의 초청공연

오솔길 중창단 행복요양병원 환우들의 위문공연

오륜교회 노인대학에서의 초청공연

수원여고 14기 동기회
졸업 50주년 기념여행

수원여고 동창 14기 정우회 친구들과

정우회 친구들과 벚꽃놀이

길벗회 인도 여행 (타지마할에서)

이수 모임 (일본 도야마 여행)

한국수필작가회 모임
(수필가 김진수, 이순자, 김행자)

四月會에서 청평사 여행 중에서

四月會 모임

二水會 친목 회식자리에서

군자교우회 (左)허브마을에서, (中 右) 힐링캠프에서

여행 동호회-캐나다 여행에서

여행 동호회-일본 여행에서

4

축하의 글

대치중학교 교장선생님
남편
자녀들

영원한 스승의 모습

故 **김병철** | 전 대치중학교장

나의 인생행로에서 김행자 교장선생님은 진정 잊을 수 없는 교우의 한 분이셨다. 여걸과 같은 체구에 섬세한 선비의 모습을 함께 한 교장선생님을 대치중학교 교장으로 근무할 때 김행자 선생을 처음 뵈었다. 그때 너무나 강한 인상을 받았기에 학교 교무분장에서 모든 선생님들이 가장 힘들어했던 연구부장을 부탁드렸고 당신의 탁월한 능력 덕으로 대치중학교 역사에서 가장 빛나는 황금기를 만들었다고 자부한다.

당시 대치중학교 학부모님들의 기대와 욕구는 아무리 강남 일번지라는 특수성을 감안한다 하더라도 너무나 강하고 용암과 같이 타오르는 현상을 보여왔다. 다행히 김행자 선생님은 이 모든 것을 용해시키고 새로운 아이디어를 갖고서 학사를 혁신시켜 전국 중학교에서 학력 1위를 차지하는 우수한 학교로 만들었다. 예로 전국 중학교 모의고사에서 대치중학교 학생들이 1등에서 5등까지 독차지하는 영광을 가진 바 있었고 이와 같은 튼튼한 기초 학력 덕분에 후에 이윤조 학생은 서울대학교 법과대학을 1등으로 입학하였을 뿐만 아니라 서울대학교 인문대학 전체 수석을 차지하기도 했다.

오늘에 와서 김 교장에게 더욱 감사하게 생각하는 것은 당신의 교육에 대한 그 깊은 열정과 애정이 더할 나위 없이 강렬하여 대치의 아들딸을 위한 많은 일화를 남겼을 뿐만 아니라 대치중학교 발전에 커다란 초석을 세웠다.

더더욱 학생들의 실력 향상을 위해 매주 토요일마다 진단학습을 위한 교과별 시험을 치렀고 선생님들은 밤새워 이에 대한 성적처리를 하여 학부모님들에게 그 결과를 알려 드림으로써 학부모님들은 그 자료를 활용하여 효과적인 자녀지도와 학습활동을 할 수 있도록 하였다. 뿐만 아니라 수준별 반별학습, 5분 생활영어를 통한 생활영어 실력제고, 학생들의 심성을 맑고 아름답게 하기 위한 '마음의 창'이라는 노트를 만들어 전교생들에게 나누어주고 5분간 선현들의 금언을 듣고서 15분 동안 느낀 것을 쓰게 하여 작문력을 향상시켜 논술의 기초를 스스로 깨우치고 다지게 하였다.

이제 40여 년의 교직생활을 마감하는 김행자 교장선생님의 앞날에 무궁한 안식과 건강을 기원하면서 당신의 삶의 조각에서 우러나는 깊은 향기와 교직의 편편 속에서 인내한 아름다움에 대한 마지막 헌시를 보내고자 한다.

여기
큰 마루턱 배움의 전당에
어느 날 큰 스승 한 분이 나타나셨네.
타오르는 큰 눈망울
구룡의 정기를 갖고
대치의 큰 기둥되셨네.

일년 삼백육십오 일
눈이 오나 비가 오나
한결같이 꿈나무 육성에
잠을 이루지 못했네
아, 가이 없는
사랑의 날개를 접고
이제 그만
편안한 여생을 보내소서.

(전 서울시교육청 정책국장, 전 서울고등학교장)

부부 八旬

정길정 | 남편, 교원대학교 명예교수

아내와 나는 금년이 우리 나이로 팔십 세가 되는 팔순(八旬)이다.
두 사람은 같은 1941년생으로 아내는 생일이 음력 2월 나는 음력
8월이라 아내가 나보다 6개월 정도 빠르다. 그래서 자식들이 부모
님 팔순잔치는 일가친척들과 부모님의 친구 분들을 초대하여 호텔
뷔페로 색다른 이벤트도 벌려서 축하잔치를 하겠다고 아버지의 생
신 날짜 근처로 날을 잡아 호텔을 예약을 한다, 초대장을 만든다하
며 계획을 세우더니 코로나 감염 병의 유행으로 국가적 방역조치로
예약도 모두 취소하고, 식당에도 못 가고 집에서 조촐하게 가족끼리
식사모임으로 대신했다.

사람들은 노년에 접어들면 누구나 지나온 세월을 회상 하면서 추
억담을 나누거나 추억거리를 되새겨 본다.

우리도 53년 전 결혼 이후 금년에 팔순을 맞기까지 기억에 남는
추억거리가 있다면 1986년에 있었던 아내의 첫 번째 미국여행이 먼
저 떠오른다.

나는 1985년 6월 청주교육대학에 재직하고 있을 때 미 국무성이
주관하는 풀브라이트(Fulbright) 프로그램 장학생으로 선발되어 미
국 일리노이대학(University of Illinois)에 연구와 수학 차 유학길

에 올랐다.

그 당시 아내는 교육공무원으로 서울 시내 중학교에 재직 중이라 부부가 함께 떠날 수가 없었기에 혼자 미국으로 떠났다. 그러나 귀국 시에는 아내를 미국으로 초청하여 미국여행을 함께한 후에 귀국하기로 사전계획을 세워 두었다. 그 후 아내는 1986년 7월 말에 여름방학을 이용하여 미국을 방문하겠다는 날짜와 항공기편 도착시간을 알려주는 편지를 보내왔다. 도착 날짜에 나는 동료 교수와 함께 시카고 오헤어(O'Hare) 국제공항에 미리 도착하여 아내가 도착할 시간에 맞추어 입국장 앞에서 기다리고 있었지만 마지막 탑승자가 다 나올 때까지 아내의 모습이 나타나지 않았다. 시간이 지날수록 불안하고 긴장감이 계속되었다.

그런데 한참 만에 아내가 손을 흔들며 웃는 모습으로 나를 향해서 나오고 있었다. 그 순간은 반갑기도 했지만 가슴 설레는 기분이었다. 입국장을 나와서 우리 일행은 시카고 시내에서 간단히 휴식과 식사를 마친 후 승용차로 일리노이 대학교가 위치한 시카고 시 남쪽에 위치한 대학촌인 어바나샴페인(Urbana Champaign)으로 향했다.

승용차 안에서는 차창 밖의 이국적 풍경에 관심이 쏠려 있는 아내에게 나는 우선 공항에서 입국장으로 유난히 늦게 나온 사정 이야기를 먼저 듣고 싶었다. 그러나 아내는 자초지종의 이야기 내용을 말하고 싶지 않은 듯 나중에 집에 가서 말하겠다고 미룬다. 같이 갔던 동승자 동료 교수를 의식하여 그런듯했으나 나의 성화에 못 이겨 결국 이야기를 꺼냈다.

1980년대 국내정치가 불안하던 제5공화국 시절에는 국비장학생이나 국외 장학금으로 외국에 유학할 때라도 외환소지액이 제한되어 있어서 충분하게 여유 외환을 지니고 출국할 수 없었다.

아내는 그 사정을 잘 알았기 때문에 미국 여행 시 왕복 여행비를 절감할 수 있는 방안으로 미국 왕복 항공비와 미국 국내여행 항공비를 무료로 제공해 준다는 정보를 입수했던 것이다. 그 혜택을 받기 위해선 국내에 있는 홀트 아동복지회에서 미국으로 입양되는 아이들을 데리고 무사히 미국까지 도착하여 임무를 완수했을 경우에 주어지는 혜택을 받을 수 있는 것이었다. 그리하여, 비행기가 미국에 도착했을 때 탑승자가 다 빠져나간 후에 미국에 있는 홀트 아동복지회 직원과 함께 비행기 안으로 아이들의 양부모 될 사람들이 함께 탑승하였고, 그 양부모들에게 아이들을 인계하는 일까지 그 책임을 다 마치고 나오느라고 그렇게 늦었단다.

아내가 데리고 온 아이들은 '백일 정도의 어린 아기'와 '3살짜리 여자아이' , '6살짜리 남자아이' 이렇게 3명인데 아기에게 3시간마다 우유 타 먹이기, 울고 보채면 달래서 잠재우기, 기내식이 나올 때마다 세 아이의 밥 챙겨 먹이랴, 화장실 데리고 가랴 아기 기저귀 갈아주랴, 한국 공항에서부터 미국에 도착할 때까지 잠시도 쉬지 못하고 아기는 계속 띠에 메어 안고 있었으며 잠은 한잠도 못자고 밤을 꼬박 새우며 고생을 했단다. 나는 아내의 말을 들으며 마음이 편치 않았다. 몹시 미안하고 마음이 무거웠다. 승용차에 동승한 동료 교수에게도 부끄러운 마음이 들기도 했다.

어바나샴페인 대학촌에 도착한 후 1주일간은 대학촌을 둘러보면서 일리노이대학 캠퍼스와 도서관 박물관 앨러턴 파크(Allerton

Park)등을 둘러보았다.

그 후 미국 내 여행계획에 따라 인근에 있는 미주리주에 있는 쎄인트루이스와 미시시피 강을 구경했다. 그 다음으로 미국 동부에 있는 뉴욕, 워싱톤, 나이아가라 폭포 등 관광지를 여행하고 시카고를 거쳐 다시 어바나샴페인으로 돌아와 그동안 내가 생활했던 짐을 본국으로 부치고 귀국 날에 맞추어 한국으로 돌아올 때는 LA에 들러 주요관광지인 헐리우드, 헌팅톤(Huntington) 도서관 ,예술관 등을 방문하고 아내가 LA에 이민 와서 살고 있는 사촌 동생들을 만나보고 싶다고 해서 사촌 처제의 집을 방문했다. 큰 처제는 은행에 다니고, 작은 처제는 미국 공무원으로 근무하며 각기 부부가 맞벌이를 하며 잘들 살고 있었다. 이튿날 큰 처제는 은행에 조퇴를 했는가 오후에 우리를 데리고 유니버샬 스튜디오와 디즈니랜드로 안내 했다. 손님으로 온 우리에게 손님대접을 하였던 것이었다. 고맙게도 유명한 관광지를 사촌처제 덕분에 구경하고, 우리는 마지막 코스인 Hawaii를 경유해서 약 한 달간의 여행을 마치고 무사히 귀국했다.

우리 부부에게는 금년에 부부八旬을 맞아, 지난날 함께했던 미국 여행을 회상하면 그 시작부터가 특별한 여행이었던 것을 이 순간까지도 추억으로 오래 남아 있다.

이제 두 사람의 팔순과 함께 결혼 53주년을 회고해 볼 때 즐겁고 행복한 시간도 있었지만 ,힘들고 어려웠던 순간들이 더 많았다.

그러나 부부는 평생의 동반자란 말도 있듯이 남은 여생동안 늘 건강을 지키며, 서로 이해하고 배려하며, 항상 사랑하면서 살아가기를 기원합니다.

나의 사랑, 나의 어머니

정수진 | 큰딸

장바구니

나의 큰딸이 대학에 가고 둘째가 수험생이라 대학 강의와 연주로
정신이 없어도 아이들 먹거리며 반찬은 해야 한다는 생각에 부랴부
랴 장을 본 것들을 양손에 가득 들고는 차를 멀리 세운 탓에 투덜거
리며 걷고 있는데 문득 어머니 생각이 났다.

4남매 중 내가 초등학교 시기이고 동생들이 초등 3학년, 1학년, 유
치원생이었을 것이다. 당시 어머니는 봉천여자중학교에 근무하셨을
때였다. 엄마가 오시는 퇴근 시간을 우리는 눈이 빠지게 기다렸다.
사당동 서문여고 근처 시장에서부터 방배동 집까지 버스 두 정거장
거리의 언덕길을 어머니는 한 손에는 장을 본 한 보따리 반찬과 다른
한 손에는 4남매에게 줄 간식거리를 한가득 들고 오시곤 했다.

"띵동! 엄마다!" 우리는 서로 뛰어나가 현관 앞에 쪼르륵 서서는
들어오실 때부터 학교에서 칭찬받은 일들과 숙제, 준비물 이야기로
앞을 다투어 서로 이야기하느라 정신이 없었고, 어머니는 피곤해하
지도 않은 채 4남매의 얘기들을 다 들으며 같이 즐거워하고 고민도
들어주면서 늘 조언과 용기를 주셨었다. 나는 지금 운전도 하면서
주차장이 조금 멀어도 짐이 무겁고 팔이 이리 아픈데 엄마는 매일

퇴근 후 버스 두 정거장 거리를 걸어(그곳을 지나는 버스 노선이 없다.) 항상 우리에게 줄 맛난 간식거리들을 그쪽 시장이 물건이 다양하다 하시며 그 먼 거리에서부터 사오셨다.

이렇듯 어머니는 매우 알뜰하셨다. 당시는 "둘만 낳아 잘 기르자"라는 표어가 당연하던 시기였고 내 밑으로는 줄줄이 동생이 셋이나 되었고, 수많은 일가친척 중 장손의 맏며느리셨던 어머니는 그리 살림이 녹록지 않으셨던 것 같다. 얼마나 팔이 아프셨을까 생각하니 불평이 쑥 들어간다.

난 어려서부터 외갓집에 자주 놀러가서 어머니의 어린 시절 얘기를 들을 수 있었다. 어머니는 어릴 때부터 쾌활하고 적극적이고 총명했으며 밖에 나가 놀면서도 나물도 캐오고 버섯도 따오는 등 수완도 좋으셨다고 한다. 대학도 외할아버지 모르시게 사범대에 시험을 쳐서 합격하셔서 당시 아들만 대학에 보내려 하셨던 외할아버지의 마음을 바꾸실 정도로 어머니는 진취적이고 목표한 것은 꼭 이루어 내는 성품으로 어릴 적부터 남다르셨다고 한다.

어머니는 평교사로 시작하여 43년을 교직에 몸담으시면서 잠실중학교 교장 선생님으로 명예롭게 정년퇴임하셨다. 나는 어릴 적 위인전기를 참 많이 읽었다. 퀴리 부인, 나이팅게일 등 많은 여성 위인들을 존경하지만 난 어머니를 진심으로 존경한다. 나도 두 딸의 엄마이고 학교에서 학생들을 지도하는 교수이고 아내이고 예술가이지만 언제나 '엄마처럼은 아직도 멀었어. 난 상황이 훨씬 나은 편인데 왜 이리 나태할까? 나도 두 딸들이 존경하는 엄마가 될 수 있을까?'라는 생각을 종종 한다. 물론 어머니와 내가 사는 시절이 많이 다르지만.

엄마의 손과 바나나

나는 어릴 때 몸이 약해서 잔병치레를 참 많이 했었다. 아마도 어머니께서 신혼 초기 가장 여유가 없고 힘든 시절이 나의 유아 시절이어서 잔병도 많았던 것 같다. 자주 '이동기소아과'에 갔는데 열이 나고 아픈 나를 두고 어머니는 어쩔 수 없이 학교로 출근하셔야 했다. 퇴근하실 무렵 외할머니가 아픈 나를 소아과에 데리고 갔고 엄마는 부랴부랴 오셔서 마지막 타임에 진료를 받곤 했던 기억이 난다.

엄마는 내가 아프면 꼭 바나나를 사주셨다. 지금은 바나나가 흔하지만 그땐 바나나 한번 실컷 먹어보고 싶다는 말이 당연했던 시절이다. 그리고 우리 사남매 소풍날에도 꼭 사서 넣어 주셨다. 당시 꽤 비싼 편이었지만 당신은 드셔보지도 않으시고 자식들이 즐겁고 풍성한 날로 추억하게 하고 싶으셨던 걸까? 그래서 난 바나나를 보면 엄마 생각이 난다. 또 아파서 잠을 잘 못 이루면 엄마는 내가 잠들 때까지 등을 쓰다듬고 긁어 주셨다. 내가 살짝 잠이 들 즈음 고단한 엄마도 깜빡 손을 멈추시곤 했는데 그때마다 내가 "응 응" 하며 보채는 참 이기적인 딸이었다. 그예 엄마 손이 다시 움직여야 다시 잠을 잤던 기억을 해보면 하루 종일 중학교 수업을 하셨으니 얼마나 힘드셨을까. 참 철딱서니 없는 딸이었다.

어머니가 뇌출혈로 사경을 헤매실 때 나는 그 일을 기억하면서 울면서 밤새도록 엄마의 등을 쓰다듬었다.

'과학물체주머니'와 소풍

아직도 기억에 남는 일은 초등학교 1학년 때이다. 자연 과목 준비물로 물체의 표본을 종류별로 가지고 오는 과제가 있었다. 자갈, 나무, 못, 모래, 사포, 대패밥, 조개껍데기 등 한 20가지 종류였는데 저녁 때 퇴근한 어머니는 당황해하며 밤새도록 헤매며 준비물을 구해 오셨는데 동네 목공소며 공원에서 모래와 자갈 등을 또한 시장에 가서 장사하는 아주머니께 부탁하여 한가득 구해오셨다. 다음날 학교에 가보니 나처럼 많은 양을 가져온 학생은 나밖엔 없었고, 다들 학교 앞 문구점에서 산 것들이었다. 선생님께서 준비 잘해왔다고 칭찬하셨다.

언제나 학교 일로 바쁘셨던 어머니였지만 항상 입학한 딸의 준비물과 학업에 철저하셨다. 나는 어머니의 성실하심을 곁에서 배울 수 있었고 학교에서 늘 모범적이고 전 학년 반장과 회장도 하며 학교생활에서 우수한 학생일 수 있었다.

퇴근하신 어머니는 우리 사남매의 학교생활과 준비물, 그 날 우리가 받은 칭찬에 관한 일들을 들으면서 기뻐하셨고, 우리에게 자신감과 용기를 주셨다. 이따금 학교 숙제를 안 했거나 엄마가 내 주신 숙제를 안 했을 때는 무서운 호랑이로 돌변하실 때도 있었지만….

임원선거가 있을 땐 꼭 어머니 앞에서 미리 예행 연습을 시키고는 조언해 주셨다. 그래서일까 임원선거 때마다 말을 조리 있게 잘하는 아이로 알려졌고 전교 회장도 할 수 있었다.

엄마는 교육에 있어서는 맹모이셨지만 소풍엔 6년 동안 딱 2번밖에 오실 수 없었다. 지금은 달라졌지만 내가 초등 저학년 소풍 땐 어머니와 함께 가는 것이 보편적이었다. 그래서 소풍 땐 늘 외할머니께서 같이 가셨다. 직장에서 성실하셨던 어머니가 결근하실 수도 없으셨을 것이다. 2학년 때인가 엄마가 결근하시고 소풍을 함께 했는데 그날처럼 하늘이 파랗고 행복했던 날은 없었던 것 같다. 오죽하면 담임 선생님께서 "수진이는 오늘 정말 좋겠구나." 하셨고, 어린 맘에 소풍과 비 오는 날 우산 때문에 나는 커서 교사가 되진 않겠다고 생각했다.

어머니는 공립학교 교사, 아내, 맏며느리, 사남매의 엄마로 참으로 1인 다역으로 하루하루를 바쁘고 열심히 살아오셨다. 빠듯한 살림에서도 최선을 다해 시댁의 형제들까지도 늘 챙기고 공부시키셨다. 또 우리에게도 많은 경험을 쌓도록 어려서부터 피아노를 배우게 하고 비원, 과학관 등 견학 가는 것도 잊지 않으셨다. 특히 부모님과 여동생과 함께 갔던 속초와 강릉 오죽헌, 이승복기념관 등의 여행은 아기였던 두 남동생에겐 미안했지만, 초등시절 행복한 추억과 큰 배움이 있었던 기억으로 남아 있다. 또 생일이면 친구들을 초대하는 생일파티를 초등시절 때 한 번도 거르지 않고 해 주셔서 친구들과 원만한 교우를 갖게 하시고 그 바쁘신 중에도 걸스카우트 입단식까지 참석하셔서 선서식 때 함께 사진을 찍기도 하였는데 내게 참 소중한 시간으로 기억된다. 어머니는 엄격하실 땐 정확하시고 타협이 없으셨지만 내가 좌절하고 의기소침할 땐 인자하시고 용기를 북돋아 주셨다. 요즘의 알파맘과 베타맘을 다 가지신 셈이랄까? 특히 음악을 좋아하셨던 어머니께서는 당시 교내에서 열리는 가창대회 때마다 나가서 상을 타오는 딸이 자랑스럽기도 하고 당신의 성악가의 꿈을 저를 통해 이루고 싶으셨는지 (사실, 어머니는 나보다 좋은 성량과 목소리를 타고나셨고, 노래실력도 출중하셨다.) 노래대회 때만 되면 열정을 다해 당신이 직접 지도하셨고 곧잘 했던 나는 신흥 8학군 방배초등학교에서 노래대회 나가면 항상 최고상을 받고 당시 유행하던 'KBS 누가 누가 잘하나' 방송 출연도 했었다. 지금 생각해보면 약간의 소질이었고 우물 안 개구리였지만 어릴 적 다양한 경험들로 난 서울예고에 진학해서 이화여대 성악과를 거쳐 소소하게나마 성악가로 전공을 살려서 살고 있다. 이 모두가 어머니의 무한한 지지 덕분이었던 거 같다. 어머닌 지금도 조수미보다는 아니지만 내가 제일 노래를 잘한다고 생각하신다. 하하.

엄마의 약식

중학교에 진학하여 청소년기를 보낼 때 가장 기억에 남는 것은 약식이다.

물론 그밖의 여러 에피소드로 당시 시범 남녀공학이던 방배중학교에서 20반중 유일한 여자반장이었던 일, 합창대회에서 일등과 솔로 독창 등 추억이 있었지만 약식을 보면 엄마 생각이 무척 난다. 엄만 새 학년에 올라가서 임원인 나에게 약식을 찬합 한가득 만드셔서 담임 선생님께 보냈다. 밤새도록 밤이며, 대추며 온갖 좋은 재료로 만드시는 것을 보았는데, 당시는 촌지 문화도 있던 시기였지만 몸에 좋은 보양식인 어머니의 정성이 담긴 약식으로 선생님들께서는 너무 맛있고 감사하다고 좋아하셨고 난 어머니의 정성 덕분에 기억되는 회장이 될 수 있었다. 그 바쁜 교사생활에서도 부유한 학생 임원들 사이에서 기가 죽을까하여 밤새도록 만드신 엄마의 약식은 맛도 정말 좋았지만 엄마의 사랑으로 기운이 북돋는 보약이었다. 난 엄마의 약식만 보면 기운이 난다. 뭐든 잘할 수 있을 것 같다. 며칠

전 둘째 손녀딸 수능 시험을 앞두고 힘내라고 만들어 주셨다. 둘째 딸은 상점의 약식과 다르다고 맛나게 두 개나 쓱싹 해치운다. 연세가 드셔도 내리사랑은 한이 없으시다. 엄마의 약식비법을 배워야 할 텐데…

어머니께서는 항상 부지런하셨다. 물론 아버지께서도 모든 면에서 철저하시고 성실하셨기에 두 분이 똑같으신 면이 있다. 어머니는 교사로서 유일한 휴식시간인 여름방학도 시간을 헛되게 보내신 적이 없으셨다. 물론 내가 저학년이고 동생들이 어릴 적엔 여행과 견학에도 많이 신경 쓰셨지만, 우리가 자라서 청소년기와 고학년시기엔 방학 내내 교재와 수업연구로 씨름하시며 공부하시던 모습이 기억난다. 난 사실 방학 때도 뭘 저리 열심히 하실까 하고 내심 불만이었던 적도 있다.

지금도 버스를 타고 대치중학교를 지날 때면 눈을 한 번씩 흘길 때도 있다. 어머니가 연구부장으로 계실 때 교육연구를 너무나 열심히 하셔서 큰 상도 타시고 학교도 지금의 명문 중학교로 발돋움 된 것 같았지만 난 엄마와 여름방학의 한적한 시간들을 빼앗긴 것 같아 맘이 불편한 적도 있었다. 하지만 자신의 전공을 살려서 발전하고자 늘 도전하시는 어머니의 모습은 지금 생각해도 존경스럽고 자랑스럽다. 나 또한 전공분야에서 부족하지만 처한 형편 내에서 조금이라도 발전하려고 늘 도전할 수 있었던 것은 어머니께서 직접 삶 속에서 실천하시는 모습을 나도 모르게 배운 것은 아닐까. 두 딸들을 키우는 엄마로서 내가 어머니께 배운 도전정신이 내 삶속에서도 실천되어 두 딸에게도 이어지길 바래본다.

서울예고, 대학입시 엄마의 뒷모습

순탄했던 중학교 시절과는 달리 서울예고 시절은 힘겨운 수험 생활이었다. 음악 선생님의 강력한 추천과 소질을 살린다는 명분으로 당당히 서울예고에 합격한 기쁨은 오래 지속되지 않았다.

서울예고에는 전국에서 학업과 실기가 뛰어난 학생들이 모인 학교, 고위 관료와 대기업 총수들의 자제들이 모인 학교, 천진난만하고 자신감이 넘쳤던 내가 비로소 인생의 고난과 열등감도 알게 된 시기였다. 좋은 친구들도 만났고, 대가인 교수님들께 음악과 학문을 배우는 기회이기도 했지만, 청렴한 교육자 집안의 딸, 순진하고 고지식한 성격으로 점점 자신감을 잃어갔다. 또 3년을 방배동에서 세 검정까지 강을 건너고 버스를 두 번 갈아타면서 등하교를 했다.

결국 나는 첫해 서울대에 실패하고서 재수로 이화여대 성악과에 합격였다. 나도 두 딸의 수험생 뒷바라지를 경험해보면서 맘이 타들어가는 어머니의 맘을 이제는 조금은 알 것 같다. 많은 시간이 흐르고 은사님이신 조태희 교수님을 찾아뵈었을 때 "네가 재수할 때 서울대로 준비하다가 이화여대로 바꿀 때, 어머니께서 찾아오셔서 무슨 일이든 할 테니 붙게만 해 달라며 안타깝게 말씀하셔서, 충분히 실력이 되니 전혀 걱정 마시라 했는데도 불안해하시며 무겁게 힘없이 뒤돌아 가시던 뒷모습이 인상 깊이 남는다."고 하셨다. 조 교수님은 지금도 어머니의 안부를 항상 물어보신다. 어머니는 아마도 당신 딸이 실력이 아닌 다른 것에 밀릴까 봐 애타게 걱정하셨던 것이리라. 나는 이화여대에 높은 실기 점수로 합격하였다(후일 지도교수님을 통해 알게 되었다).

대학을 졸업하고 유학도 다녀오고 한참 시간이 흘러 큰딸 지선이가 대학에 합격하고 나이 들어서 은사님을 통해 어머니의 일을 알고서는 눈물을 흘렸다.

엄마의 심장병

대학 시절을 즐겁게 보내고 졸업 후 전문 프로 합창단에 취직하여 (모테트 합창단) 활동하며 대학원과 유학준비를 계획하며 하루하루 화려한 싱글로 철없이 지내던 중 어머니의 심장의 판막에 이상이 있고, 입원해야 하고 후일 곧 심장수술을 고려해 봐야 한다는 청천벽력과 같은 소식에 접하게 되었다. 곧 어머니는 신촌 연세세브란스에 입원하셨고 나는 병원을 나오며 하늘이 깜깜했던 추운 겨울을 잊을 수가 없다.

그렇게 콧대 튕기며 잘난 척 하던 내가 그렇게도 무기력하고 아무 것도 할 수 없는 존재로 불안하게 느껴질 수가 없었다. 온 식구들은 초비상이었고 항상 건강해만 보이시던 어머니였기에 충격이 컸다. 건강에 과신하시고 그간 너무 무리하게 일해 오셨던 것이 원인인 거 같아 맘이 더욱 힘들었다.

하나님께 간절히 기도도 했다. 우리 가정과 4남매가 그간 어머니의 울타리 덕에 유지하고 있었다는 것을 깨닫게 되었고 침착하셨지만 고심하시는 아버지의 충격도 크셨다. 난 당시 교제 중이던 지금의 남편과 서둘러 결혼을 하게 되었다. 생각해보면 어머니의 병도 전혀 무관하진 않은 것 같다.

남편과 근무한 병원 심장내과 교수님의 조언과 가족들의 고민 끝에 주치의의 신중한 결정으로 어머니는 결국 내가 결혼 후 2년 뒤 1996년(56세)에 대수술인 '심장 인공판막 수술'을 하셨다. 지금은 의술이 좋아져서 그다지 드문 수술도 아니지만 당시로서는 생명과도 관련된 대수술이었으며, 사례도 많지 않았었다. 온가족의 간절한 염원대로 수술은 성공적으로 잘되어 24년을 무사히 지내시고 금년에 어머니의 팔순 생신을 맞이하게 되니 진심으로 감격스럽고 감사할 따름이다.

그러나 수술 이후 어머니는 혈액을 묽게 하는 약을(와파린) 평생 복용하셔야 하며 출혈을 항상 조심하시며 일상생활을 해야 하는 짐을 얻으셨다. 수술하신 후 많이 회복되셨고 철저한 건강관리와 약복용 등으로 다시 학교 일도 왕성히 하시고 잠실중학교 교장직도 명예롭게 퇴직하셨다. 그 후 실버합창단 활동도 하시며 건강을 잘 유지하고 계셨다.

시간이 흘러 난 학령기의 두 딸의 엄마로, 아내로서의 역할과 유학 후 학교와 문화원 강사라는 사회적 역할로 정신없이 살고 있었고 큰딸 지선이도 서울대 입학하여 심적인 안일함을 느낄 때였다. 항상 평탄한 줄 방심할 때 일이 터진다 했다. 2014년 5월 연휴를 앞두고 어머니는 아침부터 머리가 아프시다고 하셨고 가족들은 큰일은 아니겠거니 생각했지만 삼성의료원에서 검사를 받아 보았다. CT상으로는 별 이상이 없어 보이는데 MRI 검사는 시간도 걸리고 새벽이 되어야 결과가 나오니 꼭 검사할 필요가 있겠냐는 의견에 난 기다려도 꼭 검사하겠다고 고집했다. 그날 이상하게 의사친구인 나영이를 만났는데 MRI검사를 해보라는 조언을 듣기도 했지만 느낌이 이상

했다. 다음날 새벽 난 정신없이 아버지와 119를 타고 울면서 엄마가 수술했던 병원으로 가고 있었다. 뇌출혈, 미세하지만 머리에 실핏줄이 터져 두통이 심하셨던 것이다.

우여곡절 끝에 병실에 입성했으나 다음날부터 유례없는 4일간의 연휴라서 주치의도 겨우 연락해서 뛰어 들어오셨고 어머니는 심장 약복용 중이고 연세도 있으셔서 수술은 하실 수 없고 심장병 약(와파린)이 계속 출혈을 일으키니 심장에 부담을 주더라도 약을 끊고 자연적으로 출혈이 잦아드는 방법밖에는 없다는 것이었다. 기한은 5일이고 더 이상의 출혈이 없게 절대 안정이어야 하고 그 안에 약 없이 심장이 잘 버텨 주어야 한다는 것이다.

무슨 007 작전 같았다. 병의 상태를 잘 아는 사람이 있어야 하니 간병인을 쓸 수도 없는 상황에서 자식이 사남매인 것이 이때처럼 다행인 적이 없었다. 자식은 장수의 화살통의 화살이라던가! 우리는 돌아가며 불침번을 서기로 하고 마지막 날엔 내가 있기로 했다. 어머니는 피를 잘 돌게 하는 심장 약을 못 드시니 점점 많이 힘들어하셨다.

5일째 되는 날 다시 와파린을 넣는다 해도 완전히 출혈이 멈췄다는 것을 확신할 수도 없는 상황이었다. 난 어머니가 너무도 힘들어하셨던 마지막 4일째 그 날 밤을 잊을 수가 없다. 약을 멈춘 상태라서 심장에 무리가 되니 통증으로 답답해하시고 잠을 못 이루셔서 밤새도록 등을 마사지해 드리니 조금 편안해하시고 조금이라도 주무실 수 있었다. 난 불안감과 피곤함으로 지쳐 갔지만, 문득 어릴 적내가 아파서 잠을 못 이룰 때 나의 등을 마사지해 주셨던 엄마의 따스한 손이 생각나서 눈물을 흘리며 새벽이 지나 잠드실 때까지 등을 마사지해 드렸고 어머니는 그날 밤 고비를 잘 넘기실 수 있으셨다.

그리고 몇 주 더 입원하신 후 퇴원하실 수 있었다. 어머니는 그날 밤을 잘 기억 못 하시고 꿈에 외할머니가 오셔서 등을 마사지해 주셨다고 회복기에 말씀하셨다. 나에겐 강인한 어머니셨지만 병세로 위독하신 때에는 어머니도 엄마가 그리우셨나보다. 아버지께서 가장 많이 애쓰시고 사남매의 든든한 버팀목이 되어주셨고 나의 의견에 무조건 따라주고 혼연일체로 함께 간호한 동생들이 있어 위기를 무사히 넘길 수 있었다.

한 번씩 크게 입원하시고 퇴원하시면 연로해지시는 어머니를 뵈면 마음이 너무도 안타깝다. 이젠 나도 오십이 지나 어머니와 친구처럼 나이 들어간다. 사진 속 고우셨던 그때로 다시 돌아가고 싶다. 음악과 문학을 사랑하시고 사치하신 적은 없어도 당신도 딸들도 늘 멋쟁이로 색깔 맞추어 입히셨던 멋쟁이 어머니! 어머니의 팔순생신을 맞아 어머니와의 추억들을 정리해본다.

하나님께서 지상의 인간에게 미처 다 손쓸 수 없어 만든 천사가 '어머니'라는 말이 있듯이 내가 태어나서부터 나이들은 지금까지도 예민하고 고집쟁이고 부족한 딸인 나에게 어머닌 여전히 천사시다. 무엇으로 어머니의 사랑과 헌신에 보답할 수 있을까?

어머니, 그동안 너무나 수고하셨고 훌륭하셨어요. 어머니 사랑합니다! 오래오래 건강히 제 곁에 있어 주시고 행복하시길 기도합니다.

2020년 어머니의 팔순을 맞이하며

테이프 속의 어머니

정이영 | 큰아들

어느 날, 본가 서재 책장 위에 쌓여있는 오래된 비디오테이프들을 정리했다.

큰누나 결혼식, 외할머니 생신, 작은누나, 나, 동생 결혼식, 그리고 어머니의 정년 퇴임식 등등… 26여 년 전부터 12년 전까지의 우리 가족의 소중한 추억들이 담긴 비디오테이프들을 디지털 동영상으로 변환하여 엄지 손톱만한 USB 메모리에 모두 담아 받아 볼 수 있었다.

동영상들을 편리하게 컴퓨터, 스마트폰, TV에 연결하여 볼 수 있는 것이 신기하기도 하였고, 무엇보다도 잊고 있었던 20여 년 전의 어색한 내 모습과 우리 가족들, 그리고 그 누구보다도 우리 어머니의 생생한 모습이 있었다.

큰누나 결혼식장에서 고운 빛깔의 한복을 입으시고 단아하게 서 계시는 어머니, 외할머니 생신 모임에서 외할아버지, 외할머니께 흥을 돋우어 드리려고 박자에 맞추어 손뼉 치며 노래를 불러 드리기도 하고, 외삼촌과 같이 멋지게 가곡도 부르던 '분위기 메이커'인 멋쟁이 어머니, 교장 정년퇴임식에서 명예로운 퇴임을 축하받으시면서 감격에 겨우신 듯한 어머니 모습, 나의 딸아이 돌잔치에 손녀를 안고 첫돌을 함께 기뻐하시는 어머니의 모습 등등 보고 있으려니 그 당시의 추억과 행복을 느끼면서도, 동영상들 속에서 시간이 지날수록 조금씩 나이 들어가시는 어머니의 모습이 안타깝기도 했다.

40여 년 교직 생활을 하시면서 우리 4남매를 낳아 기르시고 교육시키고, 삼촌들 학업까지 책임 지는 맏며느리의 역할을 묵묵히 해오신 우리 어머니, 내가 지금 돌이켜 볼 때 어머니께서는 '리더란 어떻게 해야 하는가'에 대한 모습과 모범을 보여주셨던 것 같다.

고생을 많이 하셔서일까? 나이 드시면서부터는 여러 번 넘어져서 다치기도 하시고, 이런저런 병환으로 고생하셔서 우리 4남매가 가슴을 졸이게도 하셨다. 어머니는 입원 중에도 자식들에게 약한 모습, 힘든 모습 보이지 않고 언제나 강한 의지로 극복하는 '강철의 어머니'의 모습을 보이려는 듯 애쓰시지만 해가 갈수록 어머니의 건강은 나빠지는 것이 눈에 띈다.

이제는 비디오 영상 속의 50대, 60대, 70대 어머니의 모습을 지나, 지금은 팔순을 막 넘기시는 어머니께서, 지금껏 살아오신 당신의 인생을 뒤돌아보고, 추억과 반성, 앞으로 남은 미래에 대한 바람과 가족들에 대한 사랑을 글로 엮어 남기고 싶어 하신다. 26년 전 군 제대했다고 건들거리고 어머니 속이나 썩히지 않았으면 천만다행이었을 시커먼 이 큰아들이, 이제는 26년 전 어머니의 나이와 비슷한 나이가 되어 어머니의 발자취에 아들의 마음을 글로 써서 어머니의 글 묶음에 끼워 넣어 보려 한다.

10월이 중순을 지나면서 연말이 하루하루 빠르게 다가옴을 느끼는 계절이다.

주말이 되면 어머니께서 좋아하시는 홍시를 사 들고 본가에 가서 가족들의 소중한 추억이 담긴 비디오 동영상을 어머님과 같이 보며, 즐거운 저녁 시간을 보내야겠다.

어머니! 사랑합니다. 항상 건강하세요!

내 인생의 플랫폼

정우식 | 둘째아들

어머니는 내게 항상 그림자 같았다. 나에게 가장 가까운 곳에 자리한 존재인 셈이다. 내 유년 시절, 청소년 시절 여기저기에 어머니의 흔적이 자리한다.

나를 설명할 수 있는 세 가지 키워드가 있다. 그리고 그 키워드엔 동시에 어머니가 오버랩된다. 그것은 당신이 아니었다면 이런 유별난 기질이 외줄 타기 곡예사 같은 위태로운 인생으로 향할 수 있었음에도, 나를 이해하고 긍정적인 힘을 발산할 수 있게 조력하셨다는 뜻이다.

유별남, 유년 시절과 청소년 시절 내 자아를 설명해줄 키워드다. 난 그야말로 럭비공이었다. 조금은 튀는 기질로 다분히 '끼'를 발산해야 직성이 풀릴 타입인 거 같았다. 어머니는 그런 나의 내면을 잘 들여다보신 것 같다. 음악 듣는 귀가 있는 걸 아시고 피아노를 배우게 했고, 지금도 음악 듣는 귀를 갖고 먹고사는 거 보면 장차 10년, 20년 후에 내 모습을 예상하셨던 건 아니었을까. 다분히 단점일 수도 있는 이 유별남을 나의 장점이 된 것은 바로 어머니의 이해심 때문이었다.

마니아(mania), 나를 한마디로 표현할 수 있는 별칭은 바로 이 말이 어울릴 듯하다. 나의 마음속에는 항상 결핍이 자리하고 있는 것 같았다. 욕심이 많아서인지 아니면 원래부터 하고 싶은 게 많아서였는지. 그걸 해소할 방법은 뭔가에 꾸준히 열중하는 거였다. 마니아란 말은 순전히 나를 위해서 나온 단어인 것 같다. 이런 마니아 기질은 지금까지도 계속된다. 초등학교 때는 지하철 마니아였고, 고등학교 때부터 지금까지는 음악 마니아이다. 그리고 요즘은 연구와 스포츠 쪽으로 마니아 기질을 발하고 있다. 어머니는 이런 나의 마니아 기질을 잘 아신다. 초등학교 시절, 자유 연구를 위해 서울의 지하철역을 다 외우고 다녔을 정도였는데, 어머니는 직접 옆에서 연구 지도를 해 줘가면서 서울지하철 노선에 대한 연구의 완성도를 높여 주셨고, 이 연구는 구청장상까지 받게 되었다. 자유 연구는 자칫 주눅들 수 있었던 초등학교 시절에 자신감을 줬고, 그 추진력은 어머니의 응원 덕분이었다.

중고등학교 때는 음악에 심취해서 자칫 학업성적이 떨어질까 걱정도 많이 했지만, 어머니는 좋아하는 대중음악 쪽으로 관심을 가져갈 수 있게 도움을 주셨다. 방송사 피디로 진로를 정할 무렵이었던 대학교 2학년 때엔 어디서 알아보셨는지 방송 프로덕션의 PD 한분을 소개시켜 주셔서 인턴십을 할 수 있게 해 주셨고, 대학 졸업 직후에는 방송 아카데미에 등록할 수 있게도 해 주셨다.

방송 아카데미는 등록금의 일 년분을 일시금으로 내라는 거금이었음에도 아버지도 모르게 어렵게 마련하여 주셨다. 자기가 좋아하는 분야에서 열중하다 보면 그 분야에서 무언가 이루어 내리라는 믿음이 있으셨고 내게도 늘 그런 말로 희망을 주고 격려를 해 주셨다.

대기만성, 이 말은 어머니의 자화상이다. 청소년 시절, 대학, 군대, 입사, 그리고 결혼… 매 순간이 고비였고 두근거림이었지만, 어머니는 그럴 때마다 의연하게 나를 도와 주셨다. 현재의 부족함을 부끄러워하지 말고 정진하다 보면 때가 되면 뜻을 이룰 거라 충고하셨다. 공중파 방송사 음악 PD가 목표였던 나는 대학 졸업 후 근 3년 정도를 음악PD가 되기 위한 공부에만 몰두했다. 결국은 공채를 통한 방송국 음악 PD가 되었지만, 이때도 어머니는 다른 곳에 취직 준비하라고 채근을 안 하시고 그냥 기다리셨다.

'대기만성'이란 말은 우리 어머니에게 어울리는 말이다. 직장생활을 하시며 2남 2녀를 훌륭하게 키우신 것도 힘든데 더하여 자신의 발전을 위해서도 늦은 나이에 대학원을 다니시고 마침내 중학교 교장까지 역임하시고 정년퇴직을 하셨다.

아들이 바라본 어머니께 본받고 싶은 자세는 주위의 시선에 아랑곳없이 끝까지 해낼 수 있다는 불굴의 패기였으며, 끝내 이기리라는 자신감이었다. 이러한 어머니의 자세가 내게는 크나큰 무언의 교훈이었으며 나의 롤모델이 되었었는지도 모른다.

그러기에 나는 어머니의 모습을 은연중 닮아가고 있었다.

어느덧 방송국 PD에서, 대학교수로 이어지며 나의 음악적 마니아 기질은 그 분야에 명실공히 최고조에 도달했던 것이다. 내가 여기까지 도달하게 된 것은 다른 사람이라면 벌써 포기했을 나의 독특한 기질을 어머니는 깊은 사랑과 이해심으로 조용히 받아주셨고 기다려 주셨기에 지금의 내가 있기까지가 가능했다고 생각한다.

"우식이는 잘할 거야."라며 항상 나를 두둔했던 어머니는, 마치 기차가 종착역에 도착하기 전에 역마다 플랫폼에 머물러서 사람도 더 태우고, 연료도 보충하고, 힘을 충전하여 새로운 힘을 내뿜으며 다음 목적지를 향해 달리듯이 그렇게 때마다 고비마다 나에게 힘을 주셨던 나의 '어머니는 내 인생의 플랫폼'인가 싶다.

이제 어느덧 내 인생시계는 오후 2시쯤에 자리한 중년이 되었다.

어머니의 연세도 금년에 80세가 되셨다. 어머니는 몸도 마음도 옛날 같지 않으시다. 기력도 쇠진하셨고 병으로 약해진 몸은 거동조차 불편하시다.

이제부터 이 막내아들은 어머니를 향한 '사랑의 마니아'가 되어야 겠다. 지금까진 사랑을 받기만 했던 막내아들 우식이가 이제는 어머니가 좋아하시는 일만하고 어머니의 건강을 보살피는 그런 아들이 되겠습니다.

'내 인생에 플랫폼'이 되어주신 어머니! 고맙습니다. 어머니, 사랑합니다!

김행자 자전에세이

흐르는
강물처럼